धर्मशाला
जयपुर
ジャイプル
अजमेर
उदयपुर
ウダイプル
अहमदाबाद
アーマダーバード
बोम्बे
ボンベイ
पणजी
パナジ
कुलाबा बिच
コルバ・ビー
तिरुवंतपुरम
トリバンドラム
N
W
E
S

インドいき

मेरा भारत महान

ウイリアム・
サトクリフ［著］
村井智之［訳］

ソニー・マガジンズ

Are you Experienced ?

ジョージに

ゼウス、人間どもに理解への道筋を示し、苦しみを通して知が生まれることを定めし。

アイスキュロス『アガメムノン』

いままでになくいい感じだよ、刺激にいっそう敏感になって。

ジョン・ウェイン・ボビット

もくじ

Part One
お粗末な計画

Part Two
バックパッカーたちは一日なにをするのか？

Part Three デイヴ・ザ・トラベラー

おもな登場人物

デイヴ

本音をいえば、インドなんて行きたくないけれど、でもリズと何か月もいっしょにいられるなら……。

インドへの想い　★

リズ

親友ジェームズの恋人。すごい美人。自分勝手な女なんだけれど、気になっている。でも、なんでインド旅行なの？

インドへの想い　★★★

ジェームズ

いちおう親友。いろんな面でぼくより勝っていることは明らか（それがまたムカツク）。リズみたいな美人の恋人がいるのに8か月間も冒険旅行に出るんだって（ぼくにとっては好都合）。

ジェレミー（J）

かなりイヤなやつ。パブリックスクール出のろくでなし。だけど、パパから送金してもらっているようじゃインド通もたいしたことない。はっきりいってもっともかかわりたくない男。

インドへの想い ∞《むげん》

ランジ

イギリス生まれのインド人。ものすごく金持ちで、とてつもなくスケベ。常識人なのか破天荒なのかまったく判断がつかない。

インドへの想い（日常生活なので判断できず）

フィー

リズの旧友。いかにもお嬢様らしいツンケンした態度がちょっと鼻につく。ニルヴァーナに達しただとか、今日はトランキリティだわ、とかかなりイっちゃってる変な女。

インドへの想い ★★★★

キャズ

フィーの友達。印象が薄いからあまり語れないが、フィーと同じくかなりイっちゃってることは確かだと思う。

グルへの想い ★★★★

イラスト　カズモトトモミ
デザイン　祖父江慎＋コズフィッシュ

インド
いき

Part One

1

お粗末な計画

彼女の態度が変わったからって

「この座席、うしろに倒れないわ」

「倒れるさ」

「倒れないんだってば」

「いいか、こうやって……」ぼくは機内の座席と格闘した。なるほど、がんとして動かない。「きみの言うとおり。壊れてる」

リズがにやりと笑う。そう、含み笑い。彼女にとってはそれがいちばん嫌味なやり方。その笑いの裏にはこんな思いが隠されている——あんたはあたしにばかにされることに耐えられない愚かな男よ。これが数週間まえなら、リズはぼくの耳をひっつかみ、この役立たず、それでも男なの、とでも面と向かって言ったにちがいないけれど、いまは薄笑いのみで心の内を知らせようとしている。あんたってほんとに愚かな男なのね、でもそれをいま話しあうつもりはさらさらないの、と。

「席替えてよ」

ぼくは応えない。時間どおり空港に到着したぼくは、チェックインをすませ（窓側をお願いしますとはっきり指定して）、ゆうに一時間半も待たされたのだ。一方のリズはといえば、ぎりぎりになって姿を見せ、おまけにトラベラーズチェックも用意していなくて、ぼくらは空港中を駆けずりまわらなくてはならなかった。チェックを作れるところがひとつだけ開いていたからよかったものの、もしそれも閉まっていたらどうなっていたことやら。ひょっとしたらぼくは、三か月間たったひとりでインドを旅するはめになっていたかもしれない。最悪の場合、リズに金を貸すはめになって、ふたりとも途中で金が尽き、せっかくの旅もそこでおしまい、なんてことになっていたかもしれない。もちろん、ぼくがリズに金を貸す筋合いはないし、実際貸してもいなかっただろう。だいたい旅の準備をする期間は充分にあったんだから。

「席替えてよ。どうせ本読んでるんでしょ？　だったらうしろにもたれかかる必要ないじゃない。こっちは眠りたいのよ」

うそに決まってる。飛行機はたったいま離陸したばかりで、空も晴れわたり、眼下には見事な景色が広がっている。そもそもぼくが窓側をお願いしますとはっきり指定したのは、外の景色が見たいがためだった。子どもじみてるって？　そんなことはわかっている。でもだれがなんと言おうと、ぼくは飛行機が好きなんだし、窓からの眺めに心を躍らせることを恥じてもいない。そんな歳でもあるまいしと思われようが、いっこうにかまわない。とにかく好きなものは好きなんだから。

「デイヴィッド……聞いてるの？」

リズがぼくをにらみ、表情をゆがめて露骨に軽蔑《けいべつ》の色を浮かべる。その顔つきはこう語っている――言いなさいよ、ぼくは外が見たいんだって。ほら、言えるものなら言ってみなさいよ。そうすれば否定しがたい事実があきらかになる。あたしたちふたりにとって否定しがたい事実。そう、あんたの場合、肉体的には十九歳でも精神年齢は十二程度だって。あんたは自分のいやな性格を恥じてもいないって。

べつに妄想でもなんでもない。すべてはリズの眉間や小鼻に寄ったしわに刻まれている。無性に腹が立つのは、ぼくは実際に読書をしていたのではないということ。手にした本をぱらぱらめくってはいたものの、ほんとうは窓の外を眺めていただけだった。けれどもその行為を見られた以上、本なんて読んでないとも答えられない。そんなことを言おうものならリズの思うつぼ、ぼくは確実に身勝手な人間に映ってしまう。

「わかったよ」とぼくは言う。「もうちょっとしたら」

ぼくは本を閉じ、これ見よがしに窓の外に目をやって、なにも自分のことだけを考えている人間なんかじゃないことを、せっかくの楽しみを犠牲にしてまで席をゆずろうとしていることを、身をもって示す。リズが深くため息をつき、首を振るのが視界の端に見える。ぼくにたいするリズの評価はすでに固まっているので、ぼくがなにをしようと、その評価にさらなる確信を与えることにしかならない。

リズはぼくを憎んでいる。リズにとってぼくはわがままで、大人げなくて、偏屈で、傲《ごう》

慢《まん》な男にすぎない。ぼくは親切にも席を替えると約束した。ぼくだってじきに眠りたくなるだろう。でもうしろに倒れる席をゆずってしまえばそうすることもできない。なのにリズは隣で首を振って、なんて自分本位な男だろうとため息をついている。まったく冗談じゃない。

　どうしてこんなことになったんだろう？　なにがどう変わってしまったんだろう？　数週間まえ、ぼくらは親友であり、ほとんど恋人と言ってもいい関係だった。それがいまは、仕方なしにふたりでインドに向かい、三か月に及ぶ旅を始めようとしている。おまけにぼくにたいするリズの扱いは腐った肉なみ。もちろん、ぼくは実際にわがままで、大人げなくて、偏屈で、傲慢な男なのかもしれないけれど、それでもリズはちょっとまえまではぼくのことが好きだった。ぼく自身はなにも変わっていない。なにもいまになって自分の態度を変える理由もない。そう、彼女の態度ががらりと変わったからって。

先の見えない恐ろしさ

オーブンに足を踏みいれるようなものさ。インドにはじめて降りたったときのことを人はよくそう言うけれど、そんな陳腐な表現で心構えができるほど現実は甘くなかった。インドに降りたったぼくらは、まさにオーブンに足を踏みいれたのだから。

デリーの空港は、それこそまるで冗談のようだった。こんなに狭苦しい場所にこんなに大勢の人間が押しこめられて、しまいに共食いをしはじめないのが不思議なくらい。むちゃくちゃだった。しかもぼく以外には、ひとりとしてこの混みように気づいていないように見える。

数時間ほど行列を作って入国審査を受け、空港を脱出したはいいものの、外のほうはいっそうとんでもないことになっていた。建物から出るなり、体臭のきつい男たちがラグビーチームを形成してタックルしてきて、ぼくらの体のあちこちを思いっきり引っぱった。この場で手足をばらばらにして、パーツごとにべつの交通手段で市内に運ぼうとでもいうように。腹立たしいなんてもんじゃない。強盗にでも襲われているような気分だった。し

かもオーブンのなかで。おまけに自分のタクシーに乗せようと躍起になっている男たちは、だれもがみな貧乏で、死に物狂いになっているように見える。このまま引きかえしてとっとと家に帰りたい、そう思った。

同じ便で到着したバックパッカーたちがバスに乗りこむのをリズが目にし、ぼくらは人混みのなかを平泳ぎして彼らのあとを追い、バスによじ登った。エンジンはすでにかかっていたが、無事に席を確保し、ほっと胸をなで下ろした。しかしそれもつかの間、運転手が怒ったようにぼくらの荷物を指さし、続いてバスの屋根に指先を向けた。周囲を見まわすと、乗客はだれも荷物を抱えていない。いったん外に出ると、ふたたびべつの人の群れに取り囲まれた。どうやら荷物を屋根に載せてやろうということらしい。だれかに頼んだら最後、目を離した隙《すき》に盗まれるにちがいないと確信したぼくは、自分でバスの上に登ろうとしたが、荷物置きのボスらしき赤いターバンを巻いた男に梯子《はしご》から引きずり降ろされた。荷物をぐいぐい引っぱられ、自分でやるのをあきらめてすべてを任せると、男は手際よく荷物を屋根に載せ、ロープを鞭《むち》のように使って縛りつけた。きわめて慣れた手つき。屋根の上にはすでにほかの荷物も結びつけられている。とにかく法で認められてはいるらしい。男は梯子をつたって降りてくると、上向きにあごを動かすような奇妙なジェスチャーをして言った。「ムニー、ムニー」

「お金が欲しいのよ」とリズが言った。

「なんで金を渡さなきゃならないんだよ？　これはこの男の仕事だろ？　ぼくは自分でや

ったってかまわなかったのに」

「いいからチップをやりなさいよ、まったく。あたしは先にバスに乗って席を取っておくから」

「そんなこと言ったって渡す金なんてないよ。どう見てもトラベラーズチェックを受けとるような顔じゃない」

「なんでもいいからとにかくやって」

「なんでもいいってなにを？　トイレットペーパー？　きのう付けの『ガーディアン』？」

リズは質問を無視してバスに乗りこんだ。

「ムニー、ムニー」

「金は持ってないんだよ」

「ムニー」

男はいまやぼくの服を引っぱりはじめていた。見物人が続々と集まってきて、ぼくを包囲した。

「だから現金は持ってないんだって。銀行に行かなくちゃ」

「**ムニー！**」

一銭も持っていないことを示すためにズボンのポケットを引っぱりだすと、イギリスの硬貨がじゃらじゃらこぼれ落ちた。男は憎らしそうな目でぼくをにらみ、身をかがめて硬貨を拾いはじめた。地面に落ちた小銭をめぐってちょっとした騒動が起きているあいだ、

ぼくはそそくさとその場を離れ、バスに乗りこんで、それがイギリスの硬貨であると判明するまえに姿をくらまそうと思った。

荷物の一件でまごまごしていたおかげで座席はなくなったらしく、リズは通路のうしろのほうに立っていた。ぼくはそっちに歩いていった。

「間に合った」とぼくは言った。

三十分後、車内がぎっしり満員になったところで、運転手は再度エンジンを吹かした。

そのまた三十分後、車内がぎっしり満員になったと思ったときの二倍の乗客を詰めこんで、バスは這《は》うように空港をあとにした。赤いターバンを巻いた男はあいかわらず、窓の向こうからぼくに向かってなにやら叫んでいた。

「こりゃひどいな」とぼくは言った。

「なにが？」とリズが言った。

「なにもかもさ」

「いったいなにを期待してたのよ？」刺すような目つきがぼくに向けられた。

「これが普通なのかな？」

「そうなんでしょ」

「こういうことを経験しにぼくらはわざわざこんなところまで？」

「そうよ、だってここはインドだもの」

「まったく、信じられない」

ぼくは突然、胃のなかが小さな石でいっぱいになったような気がした。なにもかもまちがっている。ぼくはまちがったところに来てしまった。土地の食べ物はまだなにも口にしていなかったけれど、熱気と人混みにひどい息苦しさを覚えた。それはまさに、先の見えない恐ろしさだった。

ああ、ぼくはなんてことを？　なんだってまたこんな恐ろしい国に？　自分は確実にこの国を嫌いになる。ぼくはすでにそう断言できた。どう考えたってこんなことに慣れるわけがない。しかもいまとなってはどうすることもできないときている。

まったくとんだことになってしまった。とんでもないことになってしまった。

J

市内でバスを降りたあと、ぼくらは〈リンゴ・ゲストハウス〉に向かった。なにしろ名前の響きが良かったし、それが『ロンリー・プラネット（英語圏で発行されている個人旅行ガイド）』に載っている最初の宿でもあった。バス停からもそう遠くなく、わき道に入ったところにあるらしかった。

ところがぼくらが取ったルートは、いわゆる通りと呼ばれるものとはかけ離れたものだった。そもそもアスファルトで舗装されていない。泥が固まったような道は土ぼこりに覆われ、苔《こけ》の生えた石やゴミや牛の糞《ふん》があちこちに転がって、驚いたことに、そんななかをほとんどの人がゴムぞうりをはいて歩きまわっていた。

注意深く観察すると、そこにいるインド人はイギリスにいるインド人とはまったくちがうように見えた。肉体的にどうこうというのではなく、風変わりな服を着ているわけでもない。これだと特定できるわけではないけれど、そこにはたしかに異質ななにかがあった。とにかく体の動かし方や、顔の表情がどこかちがうのだ。それがなんであれ、ぼくは怖くて仕方なかった。どこに目をやろうと、そこには大勢のインド人がいて、互いに叫びあっ

たり、ぼくに向かって「タクシー？」とか、「うちの店がいちばんうまいよ」とか、「国際電話を格安の値段で」とか怒鳴っている。通りにいる者はみな声を立てて笑ったり、しゃべったり、言い争ったりしながら、まるで自分の縄張りのように威張った態度で人を押しわけて歩いていた。

ゲストハウスは薄暗い階段を上ったところにあり、屋上にある狭い中庭を囲むようにして、ダブルルームが何部屋か並んでいた。首のわきにゴルフボールのような肉のかたまりを膨らませた男が、ダブルルームはもう満室だけれど、ドミトリーのベッドなら空いてるよ、と言った。ぼくらは男に導かれるまま梯子を登った。さらに高いところにある屋根の一角には、トタン板でできた小屋のようなものが建っていた。

ただでさえオーブンのなかにいるようなこの国にあって、トタン板の壁と屋根に囲まれたドミトリーはまさにオーブンそのもの、部屋のなかには寝台がところせましと並べられ、ぎらつく外の光から薄暗い部屋に目が慣れると、いかにも憂鬱《ゆううつ》そうな旅人たちが数人、寝台に横たわっているのが見えた。申し合わせたようにみなやせ細り、みすぼらしい格好をしているので、一瞬、ここは監獄なのではないかと錯覚するほどだった。黙々と本を読んでいる者が数人、寝ている者がひとり。一組のカップルは、仰向けになったままじっと宙を見つめている。

どう見ても、人生を楽しんでいる若者たちには見えない。狂気と混乱が渦巻く通りから

脱出したはいいものの、今度はさらにたちの悪い場所に迷いこんでしまったらしい。死体置き場のような陰気な空気のなか、数分ほど戸口に立っていても、ひとりとして顔を上げる者はいなかった。これからどんなことが起きようとも、こいつらみたいにだけはなりたくない。とっととイギリスに帰りたい。

ぼくはここインドで三か月間、どんな気分で過ごすのかを想像し、絶望のあまりいきなりめまいに襲われた。

「どう思う?」とリズが言った。

「恐ろしい」

「ふむ」

「もっといいところがあるかな?」

「かもね」

「困ったらだれかに訊けばいいさ」とぼくは言った。

「ここにいる人たちはこの宿がいちばんだと思いこんでるのよ。じゃなかったらこんなところにいないでしょ?」

「まあ、そうだけど」

あるいはだれもがここがデリーでいちばんの宿だと思っているのかもしれない。そう考えると、信じられないくらい気がめいった。けれどもこの暑さのなか、荷物を背負ったまま気に入るところが見つかるまで探しつづけるわけにもいかない。

リズがバックパックからガイドブックを引っぱりだし、デリーのページを開いた。同じエリアにはもう一軒、〈ミセス・コラソーズ〉というお勧めの宿があり、「ごくごく普通の宿。宿泊客多し。快適かどうかは疑問」と書かれていた。けっして魅力的な説明ではなかったが、近くにある安宿はそれしかなく、ぼくらはふたたび熱気のむんむんする通りに出てそのゲストハウスに向かった。

〈ミセス・コラソーズ〉の雰囲気は、〈リンゴ・ゲストハウス〉よりはかろうじて救いようがあるもので、精神分裂症ぎみのヒッピーたちの姿もそれほど見かけなかった。やはり個室は満杯だったが、ドミトリーのベッドを二台、ありがたく確保して、ようやくどさりと倒れこむ場所を見つけたことにほっと息をついた。

ぼくらは文字どおりどさりと倒れこんだ。

硬いベッドに横たわって上を見ると、天井に据えつけられた扇風機は、周囲の空気にまったく影響を及ぼさない程度の緩慢な速度で回転していた。ぼくはふいに、いままでこんなに暑い思いを味わったことがないことに気がついた。もちろん、日焼けして皮膚が熱くなったり、あちこち走りまわって体がほてったりすることはあったが、オーブンに入れられた厚切り肉のように、内側から料理されるような奇妙な感覚ははじめてだった。ぼくの体はまさに熱のかたまりと化していた。手足や内臓が肥大したように感じられ、生焼けの肉が骨にこびりついているような気分だった。鼻の穴から漏れる息は、ミニチュアのドラ

イヤーさながら、熱い風を上唇に吹きかけている。

こんな暑さのなか、インド人はどうやって生きているんだろう？ こんな状態のなか、国はどうやって機能しているんだろう？ 一部の地域とはいえこんなに気温が高くなって、よく地球全体が熱気に包まれてしまわないものだ。

荷物は解きたくても解けなかった。なにしろベッドのまわりには棚ひとつない。どさりと倒れこんだはいいものの、ぼくらはつぎになにをしたものかと思い悩むことになった。旅人は一日なにをして過ごすのだろう？ そんな疑問はつねに頭のなかにあったけれど、こうしてはるばるインドまで来て、デリーの安宿にあるベッドに横になっても、つぎにやるべきことは思いつかなかった。ぼくらはふたりとも暑さにやられ、疲れきって動くこともできなかった。部屋の外に出て、インドにいるという現実に直面する意志、あるいは勇気など、これっぽっちもなかった。

部屋に残っているのは、ぼくらのほかにもうひとりいた。その男はベッドに仰向けになり、両ひじをついて手だけを上げ、やはりじっと宙を見つめていた。本でも読んでいるように見えるが、肝心の本を持っていない。

「ハーイ」とリズが言った。

「ピース」とその男は言った。

「ピース」とリズが言いかえした。

男はむっくりと体を起こして、いやらしい目つきでリズを見た。

「名前はなんていうの？」とリズが訊いた。

「J」

「J？」とぼくは言い、一瞬にしてやなやつだと思ったことを声の調子で伝えた。われながら見事なもんじゃないか。アルファベットひと文字でそんなことをやってのけるなんて。

「J――とってもクールな名前ね」リズがぼくの埋めあわせをするように言った。

「本名は？」とぼくは言った。

「本名？」

「そう」

その男は見るからに、パ、ブ、リ、ッ、ク、ス、ク、ー、ル、出、の、ろ、く、で、な、し、という感じだった。

「J」

「両親はきみのことをそうやって呼ぶのかい？」

「いや。ジェレミーの略さ」

「なるほど。それは失礼したよ、ジェレミー、じゃなかった、J」

「どこから来たの、J？」とリズが言った。

ジェレミーは薄笑いを浮かべて、意味深なまなざしで長いことリズを見つめた。リズは動揺しているのを悟られまいと平静を装っていた。

「きみたちはふたりは……インドに来て間もないんだろう？」

リズは無理やり頬《ほお》を赤らめて処女の恥じらいを演じ、指先でシーツをいじった。「そう

なの、たったいま着いたばかりなの」

「だと思った」とJは言った。

「荷物にエアラインのタグもまだついてるし」とぼくは言った。

Jはその言葉を完璧に無視して続けた。「インドに入って数か月も経てば……そんな質問はしなくなる……あたかも生まれた国であるかのようにインドになじんでくるのさ」

「なるほどね」とリズが言った。「想像がつくわ」

「で、生まれた国は？」とぼくは言った。

Jは無視を決めこんだ。

「イギリス？」とぼくは言った。「ぼくらはイギリスから」

Jはしぶしぶうなずいた。

「イギリスのどこ？」とぼくは言った。

「どこって……南部だよ」

「偶然。ぼくらもそうなんだ。ロンドン？」

「いや」

「なんて町？」

さすがにJもうんざりしたらしい。

「タンブリッジ・ウェルズ」とJは言った。

「いいねえ」とぼくは言った。「インドはまさに驚きの連続なんじゃないか？　そんな裕

福な町からやってきた者にとっては？」

「もうそんなに驚かされることはないさ、さすがにもうね」とJは言い、リズの目をじっと見つめた。

「インドにはもうどれくらい？」とリズが訊いた。

Jは含み笑いをした。「どれくらいいって、もうずいぶんになるな。この国を愛して……憎んで……このままいったら故郷に戻れなくなるんじゃないかと思うくらいまで」

「それって……一週間くらい？」とぼくは言った。

ふたりともあきらかに機嫌を害している。

「そうとう病気もしただろ？」とぼくは言った。

「わからないな、きみの言う病気の意味が」

Jは自分がたったいま、きわめて知的なことを口にしたようにぼくを見つめた。

ぼくはJがたったいま、きわめてばからしいことを口にしたようにJを見つめかえした。

「病気は病気さ。ほら、デリー、、、、、、ビリビリーとも言うだろ、たとえば下痢とか」

「いいか、もしこの国で生き残りたいなら、普段使ってる言葉の定義を考えなおしたほうがいいな。西洋でひとくちに病気と言っても、それは東洋ではべつのことを意味する。インド人は自分の運命をちゃんと受けいれてるんだ。運命に刃向かおうとする頑固な態度が、西洋を過剰なまでに健康を気にする国々にしてしまったのさ。なにもかもいつしか過ぎ去る定めにある。腹を下そうが下すまいが、そんなことはたいしたことじゃないんだよ」

「とか言って、生水は飲まないようにしてるみたいだけど」とぼくは言い、ベッドのわきにあるミネラルウォーターのボトルをあごで示した。

Jが顔をしかめてぼくをにらんだ。リズもそのとおりにした。

「ひとくちいいかな、ジェレミー、じゃなかった、J」

Jはうなずいた。

水を飲ませてくれと頼んだはいいものの、妙な菌を移されてはたまらない。ボトルの先には口をつけず、そのままのどに流しこもうとしたが、なかなかうまくいかずにほとんどはシャツの上にこぼれた。幸い、ふたりには気づかれなかったらしい。

リズにせがまれたJは、いままで訪れた町のことをしゃべりはじめた。リズはJが推薦する場所をひとつ残らず書きとめながら、「すごいわ!」とか、「あたしたちにそんな勇気あるかしら」とか、「そのラクダ使いはどこに行ったら会えるの?」とかつぶやいていた。長々としたやりとりにいい加減吐き気をもよおしたぼくは、ちょっと廊下で話があるんだけどとリズに声をかけた。

「なんで廊下に出なきゃならないのよ?」とリズは言い、ジェレミーが広げた地図からしぶしぶ顔を上げた。

「話がある」

「話って……」

「ふたりきりで」

リズはジェレミーと目くばせをし、ぼくのあとについて廊下に出ると、こちらが口を開くのも待たずに非難を浴びせた。

「なんなの？　Jに向かって失礼なことばっかり」

「どうも虫が好かないんだよ」

「あんな口のきき方ないでしょ？」

「口のきき方もなにも、ややつじゃないか」

「ちゃんと話してみればいい人だってわかるわ」

「かんべんしてくれよ……」

「だってほんとにいい人だもの。インドにだって長くいるっていうし、あたしたちふたりにとって有益な情報をたくさん持ってるわ」

「で、きみは有益な情報を聞きだすためにいちゃいちゃしてるってわけか」

「いちゃいちゃなんかしてないじゃない」

「してるさ。あいつはきみが部屋に入るなり色目を使って……きみもきみだよ、すっかり真に受けるなんて」

「冗談言わないでよ」

「冗談じゃない。事実を言ってるまでさ。だからぼくは虫が好かない」

「もっと大人になりなさいよ」

リズはくるりと踵《きびす》を返して、ドミトリーに戻っていった。

ぼくはリズのあとから部屋に入ってこう言った。「きみは好きなだけここにいればいい。ぼくはひとりで街を見てくるよ」

「まったく、興味のかけらもないの？」とリズは言った。「お勧めの場所を知りたくないっていうの？」

「興味津々さ、リズ、まさに好奇心のかたまりってとこだよ。でも探検すべき世界はすぐ外にあるんだ。いつまでも部屋のなかにいたって仕方ないだろ」

勝ち誇ったように外に出たものの、みじめな気分は否めなかった。


どういうわけか、外はなかよりも暑かった。

〈ミセス・コラソーズ〉は静かな通りにあったので、ぼくはエアポートバスを降りた大通りに向かって歩いていった。よしよし、いい感じ。ぼくはいまインドの街を歩いている。べつになんてことはない。こんなのへっちゃらさ。ちゃんとした家だって建ってる。みんなが騒ぎたてるほど貧しい国じゃない。

そのときだった。薄汚いと形容するほかない幼い女の子が背後から現れ、ぼくが着ているシャツの袖を引っぱりはじめた。女の子は片手をカップのように丸めて前に差しだした。

忘れてた、換金しなきゃ。

「ごめん、お金はないんだよ」とぼくは言い、ふたたび歩きはじめた。

女の子は腕を放さず、シャツの袖を引っぱりながらいっしょに通りを歩きはじめた。

「ごめん、お金はないんだよ」ぼくはもう一度言った。

女の子はシャツを引く手を止めない。

「いいかい、お兄さんは一ルピーも持ってないんだよ」

女の子はさらに強く袖を引っぱり、いかにも哀れっぽく、理解不可能な言葉をつぶやいた。

「ないって言ったらないんだよ」とぼくは言い、足早に歩きはじめた。

女の子はなかば走りながらあとをついてきて、追いつくたびに袖をぐいと引っぱった。

ぼくは足を止めた。**「ノー・マネー、銀行に行く途中、ノー・マネー」**

じっと見つめても女の子はひるみもしない。こっちがなにを言おうと、解放するつもりはないらしい。

ぼくはふたたび歩きはじめた。駆け足とまではいかないまでも、できるだけ急いで前に進んだが、女の子は必死になってあとをついてくる。立ちどまると、また袖を引っぱられた。

「消えろ」とぼくは言った。

女の子は動じない。

「頼むから放してくれ」

女の子はみじめさいっぱいの大きな目でぼくを見つめた。くそっ、小銭さえあったら。いまとなっては心からそう思った。とにかく追いはらってしまいたい、そんな気持ちもあ

ったけれど、その子の目を見ていると、自分が恐ろしく下劣な人間に思えてならなかった。あるいはこの子は地獄の住人で、ぼくに取り憑《つ》くように遣わされたのかもしれない。ぼくがどんなに裕福で幸運かを思いださせるために。いままで与えられたすべてのものを、ぼくが受けるに値しない人間だと思いしらせるために。

とりわけ運の悪さを感じているときにあって、自分がどんなに裕福で幸運であるかを思いだしたくはなかった。なにしろぼくはいま、不快で不潔で不吉な異国にいて、信じがたい暑さのなか、なんとしてでも金をもらおうという幼い女の子に捕まっているのだから。ぼくらはお互いの顔をじっと見つめあった。目の前の女の子がどんな暮らしをしているのかはあえて考えないようにした。しかし向こうはぼくの目をのぞきこみながら、目の前の男がどんな暮らしをしているのか想像を膨らませているにちがいない。実家のイメージが頭をよぎって、ふいにホームシックになり、罪悪感を覚えた。

「あっちに行ってくれ」ぼくは力のない声で言った。

女の子は動かない。二、三歩進むと、性懲りもなくついてきて、ぐいぐい袖を引っぱった。

ついに怒りを抑えきれなくなり、振りかえって女の子の体を押しやった。倒れないようにと力を加減したが、二、三歩あとずさるくらいの力は込めた。女の子は二、三歩あとずさった場所に突っ立ったまま、ぼくをにらみつけていた。

ぼくはそそくさとその場を立ちさった。女の子はもうついてはこなかった。

たったいまなにが起きたのかはあえて考えないことにした。インドを旅するかぎり、この種のことは、遅かれ早かれ慣れなくてはならないのだろう。きっとうまくかわすコツのようなものがあるにちがいない。そう、物乞いにたいするインド人の接し方のようなものが。ぼくは少しずつそれを学んでいくしかない。

重苦しい気分は一転してわくわくする興奮に変わった。今回の旅は闘いになりそうな予感がした。まさに自分にたいする挑戦。

けれどもそんな意気揚々とした気分もすぐにしぼみ、ふたたび胃のなかが小さな石でいっぱいになったような気がした。

気づくとすでに大通りに出ていて、道路の向こうに銀行が見えた。ぼくは道路を渡って銀行に入った。

無視

ゲストハウスに戻ると、リズとジェレミーはふたりしてベッドの上に座り、インドの地図を広げながらくすくす笑っていた。ぼくが部屋に入るなりぴたりと笑い声を止め、うしろめたそうな顔を向けると、すかさずへたな作り笑いをしてそれを隠した。

「外に食事に行かないか、おふたりさん？」とぼくは声をかけた。

「いいわね」とリズが言い、心配いらないわよ、なにもなかったからという説得力のない笑みを浮かべた。

「デリーでうまい中華料理の店って言ったらどこかな？」

ふたりは顔をしかめてぼくを見た。

「冗談」とぼくは言った。

「なるほど」とジェレミーが言った。「冗談ね」

「どこかお勧めの店はある？」リズが甘えるように唇をとがらせて言った。

「いろいろあるさ」とジェレミーが言った。「もちろんベジタリアンの店がいいだろ？」

「もちろん」

「なんだって？」とぼくは言った。「きみはベジタリアンなんかじゃないじゃないか」

「たったいまそうなったの」とリズが言った。「人の健康は食べ物次第。郷に入っては郷に従え。地元の人たちが食べるものを食べることにしたのよ」

「きみが吹きこんだのか、J？」

「まあね。この国の肉が体によくないのは言わずと知れてる。ハエに覆われてそのへんに置かれてるのを見たら、すぐに納得するさ。当然、おれの場合は五歳のときからベジタリアンをやってるから、あんなものを口にしたら一発で気分が悪くなる。そう口に出して言えるようになるまで、五年はかかったけどな。とにかく、西洋文化にしっかり植えつけられてるんだよ。ほんとうの食事には肉がつきものだって……」

「ちょっと待った、インドの肉は安全じゃないって言ってるのか？」

「安全じゃないなんてもんじゃない」

「誤って口にしたら病気になると？」

「九分九厘ね」

「ばかばかしい！　本気で言ってるのか？」

「本気に決まってるさ」

「とか言って……冗談なんだろ？」

「冗談なんかじゃない。常識さ」

「信じられない」

「信じられないならそれでもいい。好きなものを食えばいいさ。たとえ腹を抱えて痛がったって、病院には運んでやらないからな」


ゲストハウスを出たとたん、ついさきほどぼくから施しを乞おうとした女の子が現れ、通りを行くぼくらのあとを追いながらそれぞれの袖を引っぱった。しばらくだれも口を開かなかった。

すると突然、ジェレミーがさっと振りかえって、脅すような目つきで女の子をにらみ、面と向かって声を張りあげた。**「ノー、ノー・バクシーシ」**

女の子はぴくりともしない。

「シイーッ、シイーッ！」ジェレミーは鋭い声で言い、頭の鈍い犬を追いはらおうとするように、両腕を振りまわした。

そしてか細い二の腕をつかむと、ぐらりと一度、かなり激しく女の子の体を揺すった。女の子はうつろな顔をしたまま、その場を動かなかった。

「シイーッ！」ジェレミーが歯のあいだから荒い息を漏らした。

女の子はようやくその声に従い、無言で振りかえって、ゲストハウスの前にあるいつものウエイティングスポットに戻った。

気まずい沈黙に包まれながら、ぼくらは通りを歩きつづけた。ジェレミーの無情な態度

に、ぼくは少なからずショックを受けていた。そんな気持ちを察したらしく、ジェレミーがわけ知り顔でぼくに冷笑を浴びせた。まったくおまえもうぶだな、とでもいうように。

「あの子たちはほんとの物乞いじゃないのさ」とジェレミーは言った。「観光客を標的にしてるんだよ。インド人があの子たちに施しをするのなんて見たことがない」

「ぼくの目にはれっきとした物乞いに見えたけどな。どう見ても丸々と太ってるって感じじゃなかったし」

「元締めのギャングに全部吸いとられちまうからさ」

「じゃあ、あの子たちはなんにももらえないってこと?」

「もらえるわけがない。稼ぎはごっそり元締めの懐に入るってわけ」

「一日終わって一ルピーも稼げなかったら?」

「そんな心配は無用だね」ジェレミーはくすくす笑った。「あいつらは毎日ちゃんと稼いでるよ。たんまりとね。たったいま飛行機から降りたばかりの心やさしい観光客が、この国の事情なんてなんにも知らずに、軽々しく五十ルピーを渡したりするからな。五十ルピーっていったら、あの子たちの父親が一週間あくせく働いて得る額だぜ。まったくひどいもんだよ。観光客の無分別なふるまいが、この国の経済を混乱させてるんだ。おまけにガキどもはうんざりするほどしつこいときてる。あんなこと許されるべきじゃないんだよ」

この男はファシストだ。ヒッピー面《づら》したファシストだ。

「でもだからって、幼い女の子をあんなふうに邪険にしなくても」とぼくは言った。

ジェレミーがふたたび声を立てて笑った。「この国で生き残るにはそれが唯一の方法なんだよ。物乞いにすがられるたびに動揺してたら、自己嫌悪におちいって、そのうち自殺まで考えかねない。物質主義に基づいた豊かさとか、そんな西洋の先入観はいっさい捨てて、インド人と同じように対処するのさ」

「インド人と同じように？」

「無視だよ、無視」

ジェレミーはあきらかにこのやりとりを楽しんでいた。賢者にでもなった気分でいるらしい。

「まあ、見てなって」とジェレミーは言った。「二週間もすれば、物乞いの存在にすら気づかなくなる」

「シャツの袖をぐいぐい引っぱられて、どうやっても放してくれなくて、それでも気づかないっていうのか？」

「ああ、そうさ。インドに長くいる者は顔つきでわかる。なにごとにも動じないクールな顔つきだよ。物乞いたちはその表情を見たとたん、しつこくつきまとうのをやめる。自分たちが眼中に入っていないことを、いくらせがんでも一ルピーたりとももらえないことを、やつらはちゃんと心得てるからな」

「だったらなんでさっきの女の子はきみのあとを？」

「あの子はなにもおれのあとについてきたわけじゃない。おまえたちを追ってきたのさ。

それをこのおれが親切にも追いはらってやったってわけ。それに、デリーはほかの町とはまたちょっとちがうのさ。いろいろと組織化されてるんだよ」

「じゃあ」とリズが言った。「二週間もすればもうわずらわされなくなるのね？」

「保証する。物乞いを見ても平然としていられるようになれば、あいつらもぴたりとつきまとうのをやめるさ」

「なめられないようにもっとタフにってことね？」とリズが言った。

「そのとおり。おれたち西洋人は甘やかされすぎてるのさ。そういう意味でも、インドに来ることはかなりの収穫になる。さまざまな悲惨な状況に直面して、免疫を作ることができるからね」

「そんなにいいことかな、免疫ができることが？」とぼくは言った。

「いいか、その免疫がなきゃ、この国じゃ幸せになれないんだ」ジェレミーはため息をつき、突然会話に興味をなくしたように言った。「単純なことさ」

「ほんとそうだわ」とリズが言った。「Jの言うとおりよ」

リズのひたいからはみるみるうちに不安のしわが消え、その顔に新たな表情が浮かびはじめた。リズはあごをかすかに前に突きだし、きっと目を細めた。

どうやらタフにいこうとしているらしい。

かんべんしてくれよ、とぼくは思った。いままでだって充分威張りちらしてたくせに。

レストランに入ってメニューを見ても、食欲をそそられるものはほんの一部しかなかった。

「インドの肉が危ないっていうのはほんとなんだろうな？　まさかぼくまでベジタリアンに変えようってわけじゃ？」

「もうその話は終わってるだろ？　好きなもんを食って、味わうだけ味わえばいいさ。おれには関係ない」とジェレミーが言った。

「信じられないよ、はるばるインドまで来て、カレーも食えないなんて」

「食べられないことないわよ」とリズが言った。「ベジタリアン・カレーを頼めばいいじゃない」

「そんなのカレーとは言わない。わき役の料理さ」

ふたりはそろってぼくを無視した。

「どうやって見つけたの、この店？」とリズが訊いた。

「まあ、いまとなっちゃ常連みたいなもんだけど、最初は穴場中の穴場を見つけたような気分だったよ。もちろん、例の本にも載ってない」

「例の本？」とリズは言った。

「例の本っていったら例の本さ。唯一持ち歩く価値のある本だよ」

「あたしたちが持ってるのは『ロンリー・プラネット』なんだけど、それでよかったのかしら？」リズは不安いっぱいの表情で尋ねた。

「よかったもなにも」ジェレミーは大げさに間を置いた。「それが唯一の本さ」

リズがほっと息をついた。

「でもその唯一の本とやらにも載ってないのに、なんでこんなに西洋人がいるわけ？」とぼくは訊いた。

「口づてさ」

「メニューが全部英語に訳されてるのは？」

リズが割って入った。「ちょっと、いつになったらそのすねた態度をあらためるつもり？」

「すねてなんかないよ」

「気に入らないなら来なければよかったじゃない」

「気に入ってるって。ただなにもかもはじめてのことだから慣れようと思って」

「とにかく、ぶうぶう文句を言うのはやめて。旅を楽しむ努力をしてよ」

「べつにぶうぶう言ってるわけじゃ」

「言ってるわよ。それになにかっていえばジェレミー、じゃなかった、Jにからんで」

「そんなことないよ」

「そんなことあるわよ」

「J、ぼくはなにかときみにからんでるかな？」

「まあ、ちょっと怖がってるだけだろ？　きわめて自然な感情さ」

「怖がってる？　きみのことを？　むかついてはいるけど、怖がってなんかないよ」

「デイヴ、やめてって言ってるでしょ。せっかくの旅が台なしじゃない」

「きみも何様のつもりだよ？　引率者じゃあるまいし」

「行儀よくして」

「リズ、頼むから――」

「いいから行儀よくして」

「オーケー、わかった、わかったよ。お、行、儀、よ、く、い、た、し、ま、す」

リズは例の刺すようなまなざしでぼくを見ると、指を鳴らしてウエイターを呼んだ。

「ウエイター！　注文取ってちょうだい」

「まだ決まってないよ！」

リズが目をむいてぼくを見た。

「いまのは文句じゃないだろ？　文句って部類に入るわけ？」

リズの目にさらに力がこもった。

「わかったよ。口を開いたぼくが悪うござんした。じゃあ、ぼくもきみたちが頼むものを頼むよ」

「個性に富んだ選択だこと」とリズが言い、意地の悪いことにレンズ豆の料理を注文した。

インドではじめて口にする食べ物。ぼくはまずライス数粒からトライした。よし、どうやらだいじょうぶらしい。ちゃんとライスの味がする。続いてレンズ豆の料理。最初のう

ちはゆっくり噛《か》んで、なにか妙なことが起こらないか様子を見た。いままで食べたほとんどのカレーより辛いものの、なんの問題もなくのどを通り、即座に逆流する気配も感じられなかった。

精神的に不安定な状態でさほど食欲もなかったが、元気の素だと自分に言いきかせて食べられるだけ流しこんだ。デザートには、三人とも抗マラリア剤のタブレットを飲んだ。

レストランからの帰り道、ゲストハウスにたどり着く手前で、ぼくらはさっきと同じ物乞いに出迎えられた。ジェレミーとぼくで失敗している女の子は、今度はリズを標的にした。

しかし新たにタフな女に生まれ変わったリズは、一秒たりとも時間を無駄にしなかった。ぐいと一度袖を引っぱられるやいなや、勢いよく振りかえって女の子の肩をつかみ、「**ノー、ノー・マネー。ゴー・ホーム！**」と叫びながら小さな体を激しく揺すった。この人は頭がおかしいとひと目で判断する勘をぼく以上に発揮して、女の子はすかさずあとずさった。

ずんずんゲストハウスへと向かうリズのあごのラインからは勝ち誇った思いがにじみ出ていた。その頭のなかでなにを思っているかは考えるまでもない。デイヴの役立たず。なによ、おどおどしちゃって。でもあたしはちがう。あたしはこんなことで動じたりしない。そう思っているにちがいない。

一瞬、のどの奥で、マラリアの薬が溶ける焼けたゴムのような味がした。どう考えてもこんなのうまくいきっこない。

必須課目ってわけじゃあるまいし

はじめてリズに会ったのはほんの数か月まえのこと。クリスマス間近で、大学が始まるまえの一年間の休みの最中に、学校の仲間と集まって、最後にもう一度飲もうということになったのだった。ぼくらのグループはほとんどがそれぞれの旅に出ようとしていた。

ジェームズ（名目上は親友となっているけれど、実際は少なくとも三年まえからお互いの癇《かん》に触っていた）はポールと、新しいガールフレンドを連れてその場に現れた。それがリズ。ぼくはジェームズのその行為に疑問を感じずにはいられなかった。旧友が集まって別れの酒を酌みかわそうってときに、新しい顔を連れてくるなんて。せっかくの盛りあがりに水を差すようなもんじゃないか。

「はじめてだったよな、おまえらふたりは？」ジェームズはきわめてさりげなくぼくらを引きあわせた。新しいガールフレンドについてはうんざりするほど聞かされていたものの、ジェームズはなにかと理由をつけてけっして会わせてくれなかった。そんなわけでぼくはてっきり、きっと本人を見せるのが恥ずかしいにちがいないと思いこんでいた。すんごい

美人なんだぜと断言した手前、その期待にこたえられないリズを会わせるのが恥ずかしくて仕方ないのだと。けれどもそんな考えはひと目リズを見たとたん消えさった。リズの美しさはジェームズの言うとおり、まさに息をのむほどだった。これを屈辱と呼ばずになんと呼ぼう。ジェームズがリズを紹介しなかったのは、ぼくのことを恥ずかしく思っていたからだった。

「ああ、はじめてさ」とぼくは言った。

「リズ、デイヴだよ」

「どうも」とリズは言い、軽くならキスをしてもいいわよと頰を突きだした（肌だってつるつる）。

「こいつらに会うのもはじめてだったよな？」とジェームズが言い、一歩下がって、ポールとおそろいではいている茶色いレザーブーツを見せびらかした。

「なんだよ、それ？」とぼくは言った。

「ウォーキングブーツさ。下ろしたてなんだぜ」とジェームズが答えた。「ポールと最後の買いだしをしてきてな。ほら」と言って、ユースホステル協会の巨大な緑色の袋をテーブルに置いた。そしてぼくらはみんな席についた。

「リュックサックだろ、貴重品を入れる隠しポケットつきベルトだろ、蚊取り線香、蚊よけスプレー、蚊よけジェル、生水を飲み水に変えるタブレットが八箱に、チューブ入り携帯旅行用洗剤が四本……」

がらくたがテーブルに山積みにされていくあいだ、ぼくはちらりとリズの顔を見た。かすかに目を細めたリズは、怒ったように口をとがらせていた。というのも、ジェームズはポール（いちばん古い友だちで、ジェームズの従順な引き立て役）といっしょに長旅に出る予定になっていて、そのあいだリズはひとりロンドンに残り、芸術の基礎コースを履修することになっていたからだった。

「……携帯用の裁縫箱、耐水性の懐中電灯、吸湿力抜群の靴下、緊急時に使うナイロン製のタオル、どんなシンクにも使えるゴム製の栓、それからきわめつけは……これ」

ジェームズの手には、プラスチックでできたてのひらサイズの黒い箱が載っていた。

「なんだよ」

「ジャジャーン」ジェームズがプラスチックの蓋をこじ開けると、平たい箱のなかには四角に折られた紙が入っていた。ていねいに広げていくと、ミニチュアの世界地図だった。

世界地図を見せられるのだけはごめんだった。ジェームズは例のごとく、「最高の計画」のほんの些細《ささい》な変更箇所を長々と説明しようというにちがいない。ぼくは即座に先手を打って陽動作戦に出た。

「ウォーキングブーツ？　なんのためにそんなもの？」

「トレッキング用さ。今回の旅は——」

「いつから興味持ったんだよ、トレッキングなんて？」

「いつからってずっとまえからさ」

「うそつけ。田舎は嫌いだっていつも言ってたじゃないか。退屈で仕方ないって」

「言っとくけどヒマラヤだぜ、デイヴ。田舎とはちがう」

「田舎は田舎さ。ただのばかでかい田舎にすぎないよ」

「デイヴィッド、標高八千メートルもある山を三つまとめて拝むことになるんだぜ。世界に八千メートルの高さの山がいくつあるか知ってるか？」

「そんなの知るかよ、山岳博士じゃあるまいし――」

「六つ」とジェームズが言った。

「七つ」とポールが訂正した。

「六つだって」

「七つだって」

「六つ」

ぼくはリズに向きなおった。「最高のコンビだろ、このふたり」

リズは肩をすくめて中途半端な笑みを浮かべた。

「ジェームズ」ぼくはふたりの言いあいに割って入った。「そんな話、興味のない者にとっては退屈なんだよ。旅の話はふたりでいるときにしてくれよ、な？　いまこの席にはもうふたりいて、必死に眠気と闘ってるんだ。もっと現実的な話をしようぜ」

「ふん」とジェームズが言った。

「ふんってどういうことだよ、ふんって？」

「つまり……あんまり優雅な態度じゃないってことだよ」

「優雅な態度じゃない？」

「恥ずかしいってことだよ……そんなふうに露骨にねたみを表に出すのは」

「なるほど、この気持ちは退屈からじゃなく、ねたみから来るものだってわけか」

「そっ」

「でもって心の底では、ほかの山よりちょっとだけ高い山がいくつあるか知りたくてしょうがないと思ってると？」

「デイヴ、おまえはおれたちが旅の話をしているのが耐えられないんだよ。なにしろおまえは、せっかくの長い休みを無駄に過ごしちまってるからな。なんの計画も立てないでいたからこんなことになるんだよ。そしておまえがなんの計画も立てなかったのは、基本的に旅に出ることを恐れていたからさ」

「恐れてなんかない、ちゃんと海外には行くさ」

「スイスだろ？」

「ああ」

「ううっ、そいつは勇ましい。それが命を賭けた旅ってわけか。スイスのホテルでウエイター！　とんだ大冒険だよ」

「ばかにすんなよ、ジェームズ」

「衛生状態だって最悪だしな、スイスに行ったら一発で病気になる」

「ジェームズ、いい加減にしてよ」とリズが言った。「ひょっとしたらデイヴィッドはフランス語を勉強したいのかもしれないじゃない。それかドイツ語とか。スイスの何語圏に行くつもりなの、デイヴィッド?」

「フランス語圏……」

「フランス語を習いたいってか、デイヴィッド? それはそれは、履歴書にも箔がつくもんな」

ぼくは顔が赤くなるのを感じた。

「おまえはねたんでるんだよ。ただの臆病者《おくびょうもの》なのさ」とジェームズが言った。「ほんとの旅をしてみようっていう勇気もない。異国の文化のなかで生き残る自信がないからさ」

「そんなもん生き残れるさ」

「じゃあなんで旅に出ないんだよ?」

「べつに……」

「ほっといてやりなさいよ、ジェームズ」とリズが言った。「みんながみんなあなたみたいじゃないのよ。べつに旅に出たくないなら出たくないでいいじゃない。デイヴィッドの勝手でしょ? なにも必須課目ってわけじゃあるまいし」

ぼくがリズに恋をしたのは(あるいはしはじめたのは)このときだった。

ジェームズは唇を噛んで、顔をしかめたまま作り笑いをした。みんなの前でガールフレンドに意見されるのが気にくわなかったらしい(つまりジェームズはその程度のやつだっ

てこと)。「まあ、そりゃそうだけど……おまえだって芸術の基礎コースを履修するはめにならなきゃ、旅に出てたろ?」

「べつに履修するはめになったわけじゃないわよ。取りたくて取ってるんだから」

「まあな、でももし時間があったら、アジアとかそっち系の国に行くだろ?」

「言われなくたって、アジアとかそっち系の国には行こうと思ってるわ。夏休みなら充分に時間も取れるんだし」

「まあまあ、こんなところで蒸しかえすなよ。そのことについてはふたりでもう話しあったじゃないか。とにかくおれが言いたいのは、もしデイヴみたいに一年も休みがあったら、ヨーロッパくんだりで時間を無駄にはしないだろうってことさ」

「わたしが言いたいのは、いい加減に自慢話はやめてってことよ。あなたが今度の旅でどこに行こうとしているのかはみんな承知してる。みんなあなたのことをとっても利口で、とっても勇気ある男だと思ってるわ。それで充分でしょ」

ぼくらのテーブルはしんと静まりかえった。恋人たちはお互いの顔をにらみつけていた。ジェームズのこめかみに血管が浮きでているのが見え、ぼくはあまりのうれしさに気を失いそうになった。

「飲み物のおかわりは?」ポールがひとつ咳《せき》ばらいをして口を開いた。「なにがいい? 同じのにする? なんでもいいからとにかく持ってくるよ」

そそくさとバーへと逃げるポールの靴は、床を踏むたびにキュッキュッと鳴った。ジェ

ームズとリズはあいかわらずにらみあっていた。「ちょっとトイレ」とぼくは言って立ちあがりかけた。「やっぱやめた。あとにしよっと」ぼくはふたたび席に座り、悪魔の笑みを噛み殺した。ジェームズに膨れっ面を向けられたが、ひょいと肩をすくめて、その意味を理解できないふりをした。振りかえるとリズも同じように笑いを噛み殺していたが、口元に浮かべた微笑みはジェームズにではなく、ぼくに向けられていた。

「スイスにはどれくらいいるつもりなの、デイヴ？」とリズは言った。

「スキー・シーズンのあいださ。四か月くらいかな」

「そう。ここにいるリヴィングストン博士もどこかに旅立ってしまうことだし、あたしのソーシャルライフもすっかり退屈なものになってしまう恐れがあるのよ。スイスから戻ったら連絡くれる？」

視野が極端にせばまり、脈拍が急激に上がって、冷たい汗が出た。「えっ、ああ、でも、ぼくはきみの番号を知ら――」

「はい、あたしの電話番号」リズはバッグからペンを取りだし、コースターの裏に番号を書いた。

「サンキュ」と微笑みかけると、リズがウインクをした。ぼくはジェームズに向きなおって微笑もうとしたが、ジェームズはひどい流感にかかったような表情をして、まともに親友の顔も見られない状態だった。

友だちのことをこんなふうに思ってはいけないのはわかっている。けれどもここ数年、ぼくらふたりの関係において、ジェームズがぼくより勝っているのはどう見てもあきらかだった。とくになにがというわけではないけれど、小さなことの積みかさねによって、いつのまにかジェームズが上に立っていた。しかしズボンのうしろポケットに例のコースターが収まっているいま、ぼくは十五歳からのつきあいのなかではじめて、ジェームズよりも勝っているような気分になった。

ぼくは宙に浮かぶような足どりでパブをあとにし、ジーンズのうしろポケットからはみ出た丸い縁に数秒ごとに手を伸ばした。

完全にデートの誘いじゃない

ぼくは一年ある休みの最初の半年を、キングズ・クロスにある〈ソック・ショップ〉でアルバイトをして過ごした。衣料品店で働いても、することといえば客が広げた服をたたむだけ。そんなわけで、〈ソック・ショップ〉での仕事はとりわけ奇妙なものとなった。なにしろ扱うものが靴下だけにたたみようがない。単調な毎日をくりかえすうちに人生が意味のないものに思えてきて、自分がほんとうに生きているのかどうかもわからなくなり、しまいには靴下が実際に存在するのかどうかさえ疑問に思う始末だった。

友人のほとんどは同様のアルバイト（とはいえ、もっと現実的なもの）を終え、稼いだ金をインドや東南アジアやオーストラリアへの旅に費やしていた。みんながみんな、自分探しの旅というたいそうな夢を胸に抱き（いったいそれがどういうものなのかは見当もつかないけれど）、貧困に苦しみ、ノミやマラリアのはびこる地球の裏側を放浪している最中だった。一般的に、旅は長ければ長いほど、不快であれば不快であるほど人間としての成長にきわめて有用である、と考えられていた。

この時点になっても、スイスから戻ったあとの予定は決まっていなかった。唯一はっきりしていたのは、汚い国に行くのだけはごめんだということ。基本的にぼくは病気になるのは大嫌いだし、わざわざ下痢をするために（あるいはもっとたちの悪い病にかかりに）荷造りをする自分の姿など想像もつかない。だいたい貧しすぎて美術館も建てられない国で、一日なにをすればいいのかもわからなかった。といっても、とくに美術館が好きだというわけではない。観光スポット巡りをするにしても、二、三週間くらいは楽しくできるだろう。けれども見物するようなものがなにもなかったら？　ただぼうっと貧しい人たちを眺めて、吐き気をもよおしそうな食べ物を口にして、そのあげくに肝炎になって、一生後遺症に悩まされろとでも？　いったいバックパッカーたちは一日なにをして過ごすのだろう？

どうして旅に出るのか、その理由らしきものに関して、いちばん説得力のある弁明はポールの言葉だった。「さあね。でも、なにかしらすることはあるだろ？　なにしろハッパが安いっていうし」とポールは言った。それを聞いたジェームズは、大英帝国主義に影響を受けた文化的な偏見がどうだとか、西洋で当然と考えられていることをあらためて考えさせられるいい機会だとか、なんとも堅苦しい理論を長々と展開しはじめた。けれどもそんな偉そうなことをまくし立てても、ほんとうはなにを言わんとしているかはあきらかだった。「とにかくハッパが安いんだよ」すべてはそれに尽きた。実際、文化的な偏見に異議を唱えてタイに行く者たちだって、結局のところはゴールデントライアングル（黄金の三角地帯。ミャ

ンマー、タイ、中国にまたがる阿片やヘロインの産地）が目的だった。

なにもかも他愛のないことのように思えたが、旅に出なくてはという、ある種の重圧がかかっていることは事実だった。ヨーロッパに留まりたいという思いをどう正当化しようとしても、ぼくはそのたびに自分が臆病であることを思いしらされた。正直なところ、それ以外の理由は考えられなかった。貧しい国に旅立つ勇気がないのだとしたら、つまりはぼくはたんにビビッているということになるのだ。

頭のどこかでは、突然なにか有無を言わせぬできごとが起こり、臆病なぼくを貧困と混乱と危険に悩む国々に駆りたててくれないかという思いもあった。けれどももちろん、自分からイニシアティブを取るつもりはない。みんなが口々に語る冒険を経験したいのは山々だけれど、実行に移すとなると話はべつだった。貧困と混乱と危険ならまだ我慢できる。でも汚いのと病気だけはどうしてもいただけない。とにかくぼくは旅になど出たくなかった。

スイスから戻ったあとどうするのか、そのことについては考えるだけでも憂鬱になった。そのころには経済的にもかなり潤っているはずで、旅に出なくてはという重圧はいっそう強いものになっているにちがいない。臆病者呼ばわりされないためにも、それなりの休みの過ごし方を真剣に考える必要があった。

スイスでの仕事は〈ソック・ショップ〉に負けず劣らず単調なもので、アルプス山脈で

の退屈な生活がロンドンの多様さと唯一異なるのは、かすかに甘い風が漂っているという点だけだった。残念ながら、欲情に駆られて若い男を求めている余命数か月の億万長者との出会いはなく、ぼくは残りの休みをいかに過ごすかという明確な計画もなくイギリスに戻った。すでに三月で、ほかの友だちはみな海外に行っているか、大学に通っているかしていた。

意味もなくアドレス帳を何度かぱらぱらめくったあと、人生を満喫するためには、なにか思いきった行動を起こさなくてはならないと無理やり自分を納得させた。そしてぼくは例のコースターを引っぱりだしてきて、リズの電話番号を穴の開くほど見つめた。

数日間、電話が手に届く距離に近づくたびに心拍数が急上昇したが、どうしても受話器を手に取ることはできなかった。

途中まで番号を押して家のなかを歩きまわり、途中まで番号を押してミルクを買いに出かけ、途中まで番号を押して新聞を取りに行き、途中まで番号を押して庭に出て虫をいじめる。そんな毎日を一週間続けたあと、ようやく自分を奮い立たせて最後まで番号を押した。

「もしもし、あのう、リズさんをお願いしたいんですけど」

「あたしだけど」

「なんだ」

なんて言えばいいんだろう？　普通こういう状況ではどんな台詞《せりふ》を吐くんだっけ？

「やあ」とぼくは試しに言った。

いいぞ。悪くない。

「どうも。だれ？」

「えっと、ぼくだよ、デイヴ、デイヴィッド・グリーンフォード。ジェームズの友だち」

「デイヴ！　電話くれたのね！　元気？」

「うん、元気」

「どうしてた？」

「まあ、あれこれと。スイスから戻ったばかりで」

「そっか、そうよね。で、どうだった？」

「最悪。ろくでもないやつらばかり」

「ほんと？」

「ほんと」

「みんながみんな？」

「ぼくが会った人はみんな」

「そう、それは運が悪かったわね」

「運とかそういうんじゃない。統計上の問題さ」

「なるほど。地元の文化にどっぷり溶けこんだってわけね」

「まあね。ヨーデルととろけたチーズの日々さ。スイスの生活は充分に堪能させてもらったよ」

「じゃ、また戻るわけね?」

「機会があれば。そんなことより、きみのほうはどうなんだい?　どうしてた?」

「べつに。退屈で死にそうなのを除いてはね」

「退屈で死にそうだって?　そりゃ重傷だな」

「みんなどっかに行っちゃってるのよ。友だちという友だちが地球上から消えちゃったって感じ」

「正直なところ、きみがそう言うのを聞いてほっとしたよ。ぼくの状況もまったくおんなじでね。まさに悲劇さ。そしてだれもいなくなった状態だよ。最近はうじ虫のような生活を送ってる」

「うじ虫はもっとましな生活を送ってるんじゃない?」とリズが言った。「だって孤独なうじ虫なんて見たことある?」

なんてへんなことを言う女だ。ぼくは頬が赤くなるのを感じた。そう、ぼくはあらためてリズに恋をしようとしていた。

「そのうじ虫は言語障害のにきび面だと思ってくれ」

「小さな体をくねらせることもできないうじ虫かも」

いいぞいいぞ!　ぼくらは絆《きずな》を深めつつある。

「体をくねらせることもできないうじ虫か」とぼくは言った。「そんなやつにはだれも話しかけないだろうな。たとえ体を動かしてもぐるぐる回るだけ。だれにも相手にされない」

「ねえ、とびっきりセクシーで人気者のうじ虫なんていると思う？　曲線美を見せつけて腰をくねくねさせちゃうような？」

ぼくは抑えきれない肉欲を覚えた。

「リズ、なんか予定入ってる？」

「どういう意味？」

「つまり、時間作れないかな？　たとえば今週とか」

「デートに誘ってるの？」

「ちがう、ちがう。そんなんじゃないよ、そんなんじゃ。ただ……どこかで待ちあわせて飲みにでも行かないかと思ってさ」

「どこがちがうのよ。完全にデートの誘いじゃない」

「ちがうって。そういうことじゃなくて、ぼくはただ……」

「なにしどろもどろになってるのよ。ちょっとからかっただけよ。あなたはジェームズの親友でしょ？　まさかジェームズが外国に行ってるのをいいことに、親友の恋人に手を出すようなまねはしないでしょ？」

ぼくは弱々しい笑い声を漏らした。

「じゃあ、ふたりはまだ続いてるんだ？」

「もちろん続いてるわよ。それより、あたし今夜はなんの予定もないのよ。八時ごろカムデンで待ちあわせない？」

「いいね、オーケー」

「じゃあ、駅の出口で」

「出口はふたつあるけど」

「大きいほうで」

「どっちも同じくらいの大きさだけど」

「もう、ばか言わないでよ。とにかくきれいなほうで」

そう言ってリズは電話を切った。

くそっ、相手にデートの段取りを仕切られるなんて！　いつもならゆうに二十分はかけて、待ちあわせの場所を相談するところなのに。まったく、やってくれるじゃないか！

とにかくそれはまさに驚くべきことだった。

ふっくらして果汁たっぷりで、いまにもはち切れそうな桃

カムデン駅での待ちあわせには遅れてしまったけれど、リズのほうはもっと時間にルーズだった。ふたつある出口はかろうじて一方のほうがきれいに見えるくらいで、リズは言葉どおりそっちの出口に姿を見せた。

ぼくらはパブ〈世界の果て《ワールズエンド》〉に行き、ちょっと知的な男を印象づけようと、ぼくはギネスを頼んだ。

ふたりきりになるのははじめてだったが、いざビールを前にして席に座っても、たいして話すことはなかった。唯一の共通の話題はジェームズ。あえてリズにその話をさせたくはなかったけれど、たびたび訪れる長い沈黙には耐えきれなかったし、あらたに恐ろしい静けさに飲みこまれようとしたところで、安易な選択を甘んじて受けいれた。

「ジェームズから連絡は？」

「ええ、あったわ。すっかり旅を楽しんでるみたい。最初のうちは数日おきに手紙が来てたけど、だんだん少なくなって。最後に届いたのが二週間まえ」

「いつ行ったんだっけ？」

「一月」

「げっ、もう三か月も経つのか」

「もう？　まだ五か月もあるわよ」

「そんなに長く感じるもんだとは知らなかったな」

「それはこっちの台詞よ」

「そうだよな、八か月って言ったらかなりの期間だよな。よく飽きないもんだ」

「飽きる？　タイ、香港、バリ、オーストラリア、アメリカと回って、そこにあるすべてを八か月で見つくせると思う？」

「いや、そういう意味じゃなくて……八か月もイギリスから離れてるのかって思ったんだよ。だってかなりの期間だろ？　マーマイト（イーストエキス調味料。パンに塗ったり味つけに用いたりする）も、『イーストエンダーズ（BBCのテレビドラマ）』も、温かいビールもなしで過ごすには」

「温かいビール？」

「そうさ。まあ、オーストラリアにはあるかもしれないけど」

「あたしとしては、イギリスに置いてきた恋人のことをもっと恋しがるかと期待してたんだけど」

「まさに。それもあった。八か月か……」

「もうすでにきついっていうのに」

「きみは平気なのかい？　こんなふうにいきなり恋人に消えられて、ひとりぼっちで取り残されるなんて？」

「ジェームズはなにも消えたわけじゃないわ。一年間の休みを利用して旅に出てるだけじゃない。なに言うのよ。だいたい一年間、書類整理のアルバイトをして満足してるような男と恋人になりたいと思う？」

「まあ……でもだったらきみもいっしょに行けばよかったのに」

「行けるものならあたしだっていっしょに行きたかったわよ。ああ、ジェームズとタイのビーチで寝そべってるより、あなたといっしょにパブで飲んでたほうがずっといいわ、なぁ〜んてあたしが思ってると思うの？」

「いや、とくには」

「あたしだって自分の人生についていろいろと考えなきゃならないことがあるのよ。突然ふらっと放浪の旅になんて出られないわ。なにしろコースのまっ最中なんだし」

「そうか、忘れてた。でもそれなら、ジェームズも待っててやればよかったのにな。夏休みに入ったらきみも自由になるんだろ？」

「ジェームズはもう何年もまえから今回の旅を計画してたの。あたしと知りあうまえから」

「じゃあ、ひとりにされても気にしてないってわけか」

「気にしてないとは言いきれない。一年間、ひとりの時間を満喫できるって大喜びしてるわけじゃないしね。でも、それがジェームズのやらなきゃならないことなら仕方ないじゃ

ない」

「やらなきゃならないこと？」

「ええ、やらなきゃならないこと」

「なんで？」

「なんでもないわ、とにかくそうなのよ。彼自身がそう感じてるんだから仕方ないじゃない」

「つまりそれって……自分探しの旅に出て、ほんとうの自分を見つけること？」

「デイヴ、あなたってこのことに関しては皮肉ばっかりね。いったいなにが気に入らないの？」

「べつに気に入らないことなんか……ただ……つまりそのう……ジェームズはきみのことをちゃんと考えてないんじゃないかって」

リズは声を立てて笑いながら首を振った。

「デイヴったら、ほんとにおもしろい人」

「どうして？」ぼくは顔をほころばせながら言った。

「あなたは旅に出たジェームズをねたんでるだけじゃなく、ジェームズの恋人までねたんでるのよ。だいたいあなたは曲がりなりにもジェームズの親友でしょ？　もちろん、あなたが友情って言葉をどう理解しているのかはわからないけど……」

それはまちがってもぼくが期待していた言葉ではなかった。

「どういう意味だよ?」

「なにが?」リズはにやにや笑っていた。

「どういう意味だよ、ジェームズの恋人までねたんでるって?」

リズは椅子に座ったまま、だれかを探すようにパブのなかを見まわした。「あらやだ、ジェームズの恋人って言ったらあたしのことね」と言い、そんな顔で見られたら目をそらすほかないような顔をぼくに向けた。

「あたしとジェームズがどんな関係にあるのか理解してないようね?」とリズは言った。「あたしたちはもう子どもじゃないのよ。自転車小屋の裏でちちくりあってるティーンエイジャーとはわけがちがうの。わかる?」

「そんなこと言ったって、きみたちはまだ十代じゃないか」

「うるさいわね、でも自転車小屋の裏でちちくりあったりなんかしないわ。あたしたちの場合は愛の行為そのものなの」

リズはまさにぼくを興奮させるためにそう言ったにちがいなかった。なにもこの場でそんな言葉を使う必要なんてないのだから。

「それはそれは」

「デイヴ、あたしの言わんとしてることがわかる? ジェームズとあたしの関係はちゃんとしたものなの。あたしたちは愛しあってるのよ」

「はい、はい。言いたいことはわかったよ。もう話を変えてくれないか、頼むからさ」

長い沈黙があった。ぼくはリズの目を避けつづけていた。

「でもね」リズが口を開いた。

「でも？」

「まあ、あらためて言うのもおかしなことだけど……」

「でも？」

「このことについてはジェームズが旅に出るまえに話しあったの」

「このことって、ぼくのこと？」

「ちがうわよ。このことよ」

「どのこと？」

「浮気のこと」

「なるほど」

「でね、ふたりして決めたの……」

「決めた？」

「つまりジェームズとあたしがつきあってから、そうね、五か月が経つんだけど、こうして八か月もジェームズが旅に出ることになったからには、なにが起きてもしょうがないわけで」

「なにって、なにが？」

「だからなにが起きようとも、以前とおんなじってわけにはいかないってことよ。はい、

じゃあ、いったん離ればなれになったところからやりなおしましょうってわけにはいかないってこと」

「で？」

「でね、ふたりして決めたの、とにかく臨機応変に対応しようって。だって向こうだって、イギリスから遠く離れて――しかも八か月もよ――ずうっといい子でいられる可能性なんてきわめて低いわけでしょ？　禁欲を守りとおさなきゃならないっていう重圧が大きいほど、ものごとが複雑になっちゃうじゃない。基本的に、プレッシャーが大きいほど、不貞を働く傾向にあるのよ」

「話が見えない」

「だからつまり……お互いもっとオープンでいることにしたってこと、いろんな意味でね。たとえなにかが起きたって、世界の終わりってわけじゃない。お互い好きなことをしましょうってこと」

「で、きみはなにをしたいんだい？」

ぼくはにやけそうになる口元に必死に力を入れた。

「なにって、そんなのわからないわよ。でもね、ジェームズとは、なんていうか、ほんといい感じだったの。ふたりでいるととっても楽しくて。もちろん、最初のうちはぎくしゃくして、ジェームズも自分がなにをやってるのかわかってなかったみたいだけど、ある時点を境にしっくりしはじめたら……それはもうふたりでいる時間が楽しくて仕方なくなっ

て。ジェームズが旅に出るまえの数週間は、ほとんどいっしょにいたくらいよ。事実上、ジェームズのところに住んでるようなものだったわ。ジェームズはいつもそばにいて、正直なところ……」リズはくすくすと笑い声を漏らした。頰にほんのり赤みがさしていた。

「とにかくざっくばらんに言わせてもらうとね、そういう毎日を過ごすことに慣れちゃったのよ」

リズはその考えをテーブルの上に漂わせたまま、それが充分に熟すのを待った。

「ジェームズがいなくなって三か月……さすがのあたしも……つまりそのう……もう耐えられなくて」

はい、もう一個。ふっくらして果汁たっぷりで、いまにもはち切れそうな桃。ぼくはとても興奮していた。

「で？」とぼくは言った。

「でって？」

リズはぼくの言わんとしていることがわからないようだった。

「つまり……どうしてそんなことをぼくに？」

ぼくは熱い視線を送った。

「どうしてって、だからそのう……そうそう、思いだした。だからこれって、なんだかおもしろいなってこと」

「おもしろい？　なにが？」

「あなたよ。おもしろいったらありゃしない」

「なんで？　なにが？」

「おもしろいものはおもしろいのよ。だって、なんとも皮肉な状況じゃない」

「どうして？」

「だって笑っちゃうわよ。デイヴったら、さっきから滑稽《こっけい》なくらいぎこちない色目使っちゃって、もしあなたがあなたじゃなかったら、たぶんあたしも勢いで誘いに乗っちゃうところだけど」

「どういう意味だよ、もしぼくがぼくじゃなかったらって？」

「あなたはジェームズの親友でしょ？」

「だから？　だからなんだよ？　そりゃあ、ぼくらはジェームズを通して知りあいになった。でもそれとこれとは関係ないだろ？」

「関係ない？」

「ジェームズは旅に出ちまったんだ。あと何か月も帰ってこない」

「冗談でしょ！　あなたは良心の呵責《かしゃく》なんてものは感じないんでしょうけど、幸か不幸かあたしは感じるの。おおいに関係あるわ。だいいちそんな、いけないことだわ」

「どうして？」

「どうしてって、あたしたちは友だちでしょ？」

「まあ」

「だったらいけないことじゃない。これがもし、あなたがべつのだれかで、はじめて会った人だったら話はちがうわよ。パパッとことをすませて、はい、さようならってこともできるわ。でもあたしたちは友だちなのよ。そうはいかないわ」

「どうして？」

「どうしてもよ」

なんてことだ。ぼくは打ちひしがれた負け犬のような顔をした。リズは苦笑ともため息ともつかない声を漏らし、慰めるようにぼくのひざをそっと握った。この期に及んで慰めもなにもあったもんじゃない。

「ねえ、電話での会話を忘れちゃったの？」

「なんだっけ？」

「友だちはみんな外国に行っちゃってるか、大学に通ってるかで、あたしたちはふたりして取り残されたような状況にある。あなたがスイスから戻ってきてくれてほんとにうれしく思ってるのよ。こうして遊び相手ができたわけだし。美大に通ってる仲間たちなんて退屈でしょうがないわ。あたしたちはふたりしていろいろ楽しめそうだし、一回こっきりの快楽のためにすべてを台なしにするなんてもったいないじゃない」

「なるほど。そういうこと」

リズがぼくの太ももを叩いた。

正直なところ、ぼくとしては一回こっきりの快楽のためならすべてを台なしにしてもかまわなかった。だいたい一回こっきりだなんてだれが決めたんだよ？

「もう耐えられない」と漏らしたリズの言葉の定義は、あきらかにぼくの解釈とはちがうものだった。

インドじゃなきゃだめなの？

カムデンのパブでいっしょに飲んでからの数週間、リズとぼくはひんぱんに顔を合わせるようになり、奇妙なことにぼく自身も、セックスはなしでというリズの判断が正しかったことを認めはじめていた。

パブでの会話のおかげで、ふたりともお互いがなにを考えているのかよくわかったし、セックスがらみの面倒な駆けひきもいっさいなしですませられた。もちろん、ぼくとしてはまだリズのことが好きだったし、リズもぼくに好かれていることを知っていたけれど、なにも起きようがないことはどちらも承知のうえだった（少なくとも表面的にはそうふるまっていた）。その結果、ぼくらはごく自然に友人関係を築くことができた。

ちゃんとした女の子の友だちを持ったのはこれがはじめてだった。リズとはけっこう馬が合ったので、ぼくがいまだに彼女の体を求めていて、それにたいしてなにもできないでいる状況にもかかわらず、無理なく友人として健全な関係を続けていけそうだった。実際、リズとはほかの男友だち以上に仲よくなり、笑うツボのようなものも共通するところが多

く、その気になれば真剣な話をすることもできた。もちろん話の流れで、ときおりお互いにそのう……とてもプライベートなことを言いあうこともあり、ぼくはぼくで、いままでだれにも言ったことのないことを口にするはめにもなった。いまとなってはなにを言ったのかは思いだせないけれど、それを口にしているときはずいぶん深いことを言っているなと思っていたのは覚えている。

ぼくらはただの友だちであり、ぼくからはもうリズに色目を使ったりはしなかったが、いっしょに時間を過ごすごとにふたりの関係が親密なものになっていくのはあきらかだった。どこかの店に入って席に着くたびに、ぼくらは気づくとぴったり寄りそいながら座っていたし、街をぶらつく際にはしばしば手と手を握りあった。映画館では、お互いの脚をあちこちつかみあうのは当たり前の行為となっていた。

たしかにぼくは経験を積んでいるとは言いがたい。しかしそれが性的なものであることは疑問の余地がないように思えた。こちらから口説いたりしなくても、ぼくらの関係はほとんど自然に進展していった。隣同士に座ってお互いの体に触れあい、心の奥底に隠された秘密を相手にさらけ出すほど、どんどん絆は深まっていった。もちろん、どちらもそれを口にしようとはしなかったけれど。

なんだか新婚夫婦みたいだね。そんなことを口にしようものなら、リズはひどく動揺し、怒りさえ覚えて、すべてが一条の煙を残してかき消えてしまうのは目に見えていた――こ

ういうものは勘でわかるものなんだ。肉体的な触れあいがなくなれば、友情関係そのものが一瞬にして崩れてしまう。そしてそれがなくなったら最後、相手の体を触らずにいたころの関係に無理やり戻ろうとしても、お互い偽りの感情に気づかされるだけにちがいない。

「あなたってけっこう人の近くに寄って話すのね」とリズはたまに口にしたが、それはまさに的外れで、ばかげた指摘にほかならなかった。なにしろぼくの場合、他人と話をする際にこれ以上近づかれたら不快になるという個人空間は、チェルノブイリの立入禁止区域よりも広いときている。おまけに、人の体に触れるのはどっちかと言えば嫌いなほうである。けれどもぼくはうそをつくしかなく、ほんと、きみの言うとおりだよとリズに言った。

リズにしても、ぼくらの友情関係がまったくの茶番劇で、根底にはとてもへビーな感情が渦巻いていることには気づいていたにちがいない。しかしお互いに、その事実を認めないよう徹底して知らぬふりを通していた。

この微妙な関係が始まってからというもの、やがては汗と罪悪感にまみれた濡れ場になってしまい、その後二度とお互いに口をきかなくなるのではないかと案じていたが、ある日、リズはまったく思いがけない提案をしてぼくを驚かせた。それはまさにぼくが夢想だにしなかった提案であり、ふたりの関係がさらに肉体的なものに発展する可能性を開くものだった。

四月も終わりに近づいていて、リズは大学の授業をサボり（その週はこれで三回目）、ぼくらはハムステッドヒース公園で午後のひとときをのんびり過ごしていた。芝生の上に寝転がるぼくの腹の上にはリズの頭があった。

「で、どうするつもり？」とリズが言った。

「なにを？」

「残りの休みよ」

「ああ、五百万ドルの質問か」

「六百万ドル」

「そんなに重要なことでもないさ」

「あと四か月残ってるんでしょ？」

「そう」

「またバイトするの？」

「できればしたくない」

「バイトする必要あるの？」

「とくにない」

「そうなの？」

「ああ、ぼくはいまや大金持ちだからね」

「ほんと？」

「ほんとさ。態度に出てないかい？」

「出てないわよ。いつにも増してけちくさいじゃない」

「言ってくれるね」

「でもどうしてそんなにお金があるの？」

「スイスでやったアルバイトの最低賃金は月千ポンド以上なんだよ。向こうではたいして遊びもしなかったから、ほとんど手つかずのまま貯金してある」

「月千ポンド以上？」

「残念ながら、宿泊代や食事代と称して大部分を給料から天引きされたけどね。といっても、寝泊まりしたのは地下室で、食事だって厨房《ちゅうぼう》から出た残り物。でもまあ、千ポンド以上は稼いで帰ってきたよ」

「すごいじゃない」

「それに、〈ソック・ショップ〉で稼いだ金もある」

「なによ！　そんなにお金持ってるくせに、いままで一度だっておごってくれた試しがないじゃない。アイスキャンディすら買ってもらったことないわ」

「そんなこと言ったって、こつこつ貯めてるんだよ」

「なんのために？」

「残りの休みのために」

「残りの休みって、旅にでも出るつもり？」

「そのとおり」

「だってたったいま、なにをしたらいいのかわからないって言ってたばかりじゃない」

「わからないさ」

「でも旅には出るつもりなの？」

「そうなるんだろうね」

「どういう意味よ、そうなるんだろうねって？　まるであたしが無理やり旅に出るよう仕向けてるような言い方じゃない」

「そんなことないよ」

「じゃあ、ほんとに旅に出たいの？」

「そう思う」

「そう思う？」

「つまり、旅には出たいさ。ほんとにどこかに行きたいと思ってる。怖いなんて思っちゃいない。ただ……ひとりじゃ行きたくないし、準備だってぜんぜんしてない。ほかの仲間はすでに出発したあとだしね。だからなにをどうしたらいいのかさっぱりわからないんだよ」

「なるほど。そもそも内にないことは表に出せないってことかしら」

　長い沈黙を漂わせたまま、リズはロンドンの街を眺め、物思いにふけった。

「夏休みだったら充分に長い時間を取れるわ」とリズは言った。「六月のはじめには授業

も終わる。三か月はふたりで旅ができるわ」

「本気？」

「本気も本気。芸術の基礎コースを履修してるおかげで、ひとりで取り残されるなんてごめんだわ。だからといって、ジェームズのあとを追いかけてアメリカで落ちあうのもしゃくじゃない」リズはぼくの目を見つめ、にやりと顔をほころばせた。「あたしね、ずっとインドに行きたかったの」

「インド？」

「あたしだって貯金くらいあるわ。ねえ、この夏、あたしといっしょにインドに行かない？」

「本気？」

「あなたさえよければこっちはいつでもオーケー」

「インドじゃなきゃだめなの？　オーストラリアとかは？」

「オーストラリアなんかにお金を費やしたくないわよ。インドに行くか、どこにも行かないか、どっちか」

大急ぎで思いをめぐらせると、大理石が床に敷きつめられ、天井でファンがくるくる回るホテルの部屋が頭に浮かんだ。続いて現れたのは、巨大なダブルベッドの上で二匹のウサギのように結合するリズと自分の図。

「オッケー」とぼくは言った。

「じゃあ、約束の握手」

ぼくらは握手を交わした。

そんなふうにリズの手を握るだけで、ぼくのペニスは勃起《ぼっき》した。この夏、ぼくはリズといっしょに旅に出る。当然、旅の最中はひとつの部屋に寝泊まりすることになるだろう。そんな状況のなか、リズとセックスできない可能性は皆無に等しい。

リズは握る手に力を込め、例のまなざしでぼくの顔を見つめた。「あくまでも友だちとしてよ」とリズは言った。「その点だけははっきりさせておきましょ。じゃないとふたりで旅に出てもうまくいきっこないから」

「もちろんだよ。あくまでも友だちとして」とぼくは言い、身を乗りだしてリズの頬に軽くキスをした。

ジェームズのトランクスのなかの温かくて湿った部分

いっしょに旅行する相手の顔を見てから、という条件でリズの父親が飛行機代を出すことに同意したので、ぼくは両親ともどもリズの実家に招待され、夕食をともにした。ところがそれは、いままでで群を抜いて陰鬱な空気に包まれた夕食だった。はじめて地球を訪れた宇宙人がその部屋に着陸したとしたら、人間という生き物はナイフやフォークをカチカチいわせて意志の疎通を図ると判断したにちがいない。しかしリズの父親がどんな基準を設定していたにしろ、とにかくぼくは合格したらしく、飛行機代の件はきちんと娘に約束された。

リズとぼくは毎日ずっといっしょに過ごし、地図とにらめっこをしたり、ガイドブックに目を通したりして、徐々に旅のルートを計画していった。飛行機でデリーに降りたち、ヒマラヤを目指して北に向かい、町を転々としながらラージャスターン州へ入り、一路南に下って、ボンベイ、ゴア、そしてインドの南端に位置するケララ州まで行く。今度は反

対側の東海岸に沿ってマドラスからカルカッタへ向かい、バラナシを経て北のカトマンズに出て、デリーに戻って飛行機でイギリスに帰るというルート。内陸部はガイドブックの情報からするに退屈で、そこには猛暑のなか農業にいそしむ人々しかいないらしく、インドを余すところなく見てまわるには、国の輪郭をたどるようにぐるりと一周するのがいちばんのようだった。

旅のルート作りは往々にして夜中にまで及び、ぼくはときおりリズの部屋に泊まった。リズは狭苦しい学生寮に住んでいて、同じ授業を履修している三人の女の子と部屋を共用していた。もちろんゲスト用のベッドルームなどなく、ぼくは床の上にクッションを敷いて寝なくてはならなかった。それでもそんな状況にはどういうわけか性欲をかき立てられ、明かりを消し、ごろんと横たわったままおしゃべりをしていると、まるで睦言《むつごと》を交わしているような気分になった。セックスを終えた直後に似た怠惰な空気のなかで、唯一その気分をじゃまするのは、滑稽なくらい勃起したペニスの存在だけだった。

そんな睦言めいた会話を何夜かくりかえしたころだった。なんだか首がこっちゃったわ、とリズが言った。

「マッサージでもしてやろっか?」ぼくはすかさず言った。

「うまいの?」

「よっしゃ」とぼくはやる気になって言った。「マッサージなんてしたことないけど、いっちょやってやるよ」

リズがくるりと体の向きを変えてうつぶせになった。ぼくはベッドの上によじ登り、布団をわきに押しやって、首のうしろをもみはじめた。

最初のうちリズは、なぜきょうは首がこっているのか、その理由を延々と説明しつつ、ジェームズのマッサージのテクニックをやたらと自慢していた。いつになってもジェームズの話は終わりそうになく、いい加減うんざりしたぼくは、途中で頭のなかのスイッチを切って話を聞くのをやめた。それでも徐々にマッサージのコツをつかみはじめると、リズが話すスピードはいつのまにかゆっくりしたものになり、言葉と言葉の合間は長くなって、やがてその合間がすべてを埋めつくした。

そしてリズは声を立てはじめた。あえぎ声、と言ったら大げさかもしれない。厳密にはあえぎ声とは言いがたく、ため息ともまたちがう。それは、ううう、という間延びした音に、ちょっぴり色気の混じったような声だった。

やがてマッサージをするのは首だけではなくなった。ぼくの手はリズの肩に伸び、背中に移動した。故意に何度もTシャツの首に指を引っかけ、服がじゃまになってきちんとマッサージできないことを暗に伝えようとした。

はたから見ればなんとも奇妙な光景だったにちがいない。ぼくはトランクス一枚でリズの上にまたがり、熱心に背中をマッサージしている。リズはリズで、うううと間延びした声をあげながら、数分ごとに、あたしたちっていい友だちよねとか、あたしはジェームズのことを愛してるのとか口にしているのだから。

ぼくはリズのTシャツを少しずつ上にずらし、わきの下のあたりまでまくり上げた。そしてマッサージを続けるふりをして肩、腕、手へと移り、両腕を頭の上で伸ばさせると、一気にTシャツを脱がして床に落とした。

ヒューッ！

乱れた髪をなでつけて直し、リズの背中をじっと見つめた。

スマートで、エレガントで、ゴージャスな背中。

障害物のTシャツがなくなったいま、ぼくは滑るような動きで背中全体に手を這わせ、思う存分その肌の感触を楽しんだ。

リズはふいにしゃべるのをやめ、ううう、という間延びした声はあえぎ声に変わった。

背中の両わきには乳房の膨らみが感じられた。やわらかな肉はまちがいなくそこにあり、あらわになったまままシーツに押しつけられている。ぼくはそのたしかな存在を指先で確認することができた。

しばらくして下に移り、脚をもみはじめた。いまやリズが身につけているのは男物のトランクスだけ。

リズの声は確実にあえぎ声に変わっていた。ぼくは上へ下へと全身をマッサージし、移動の途中で何気なく両手をトランクスのなかに滑りこませた。そんなふうにリズの肌を堪能するうちに、トランクスのゴムバンドがめくれ、よりによってバンドの裏側に書かれた名前が目に飛びこんできた。カーテン越しに漏れる街灯の薄明かりに照らされ、そこに書

かれた文字は充分に読みとることができた。「ジェームズ・アーヴィング」

ぼくはピシッと音を立ててゴムバンドを元に戻した。

指先を太ももからその内側へ、内側から付け根のほうへ徐々に移動させると、リズは微妙に体勢を整えながら両脚を開き、ぼくの手を受けいれた。

マットレスからゆっくりと腰が浮いた。ぼくはその誘いに応じるようにして、ジェームズのトランクスのなかの温かくて湿った部分に指先を当てた。指先を固定したまま様子をうかがったが、自分から手を動かす必要などほとんどない。リズは前後に腰を揺らし、徐々に動きを激しくしてベッドをきしませ、ぶるっと小さく体を震わせると、おもむろにぼくの手を押しやって仰向けになった。あっという間に眠りに落ちたらしく、まもなく静かな寝息が聞こえてきた。

ぼくは自分の寝床に戻るかわりに、リズの背後から抱きつくように体を丸め、興奮冷めやらぬまま眠りについた。勃起したペニスをぴったりと、彼女の尻に押しつけながら。

翌朝、ぼくはリズより先に目を覚まし、ふたりのあいだになにもなかったようにふるまおうと、そそくさと自分の寝床に戻ってそこでふたたび目を覚ました。いったん象徴的な行為をすませると、階下に降りてふたり分の朝食を用意し、部屋に持っていってタイマー付きラジオの上にトレイを置いた。ベッドにいるリズの隣に寝そべると、リズはいまだに半分眠っていた。都合のいいことに、いつのまにかTシャツを着て。

ぼくらはマットレスの上で体を起こし、仲良く朝食をともにする親友同士よろしく、む

しゃむしゃ音を立てながらシリアルやトーストを食べた。きのうの夜なにが起きたのかは、どちらも口にしようとしなかった。トーストやスプーンを口に運ぶたびに、ドキッとするようなしょっぱいにおいが指先についているのに気づかされたが、においのもとに関してはあえて考えないことにした。

その週の終わり、リズとぼくは飛行機のチケットを買った。リズのコースが終わりしだい出発する予定で、帰国は約三か月後、ぼくの大学の登校日の直前ということになった。

セックスなんかしてない

しばらくすると、リズの部屋に泊まってマッサージをするのはお決まりの流れとなった。マッサージのテクニックも徐々に上達し、ぼくらはパンツだけを残して裸になって、お互いの体のあちこちをもみあった。

リズはふたりの関係が性的なものに発展しつつあることをいっさい話題にしようとしなかったので、ぼくもそれに従い、自分たちは仲のいい友だち同士で、たまたまふたりとも半裸状態の健康マッサージを愛好しているという幻想を抱きつづけることにした。言うまでもなく、マッサージの治療箇所はおのずと性器に集中しはじめた。そうなると、下着をつけたままではなにかと不便になり、ぼくらはふたりして突然素っ裸になっていた。

男と女が素っ裸でベッドに横たわり、お互いの性器をもみあっていれば、遅かれ早かれ一方の性器がもう一方の性器のなかにうまいことはまってしまうのは周知の事実である。

もちろん、ぼくらの場合もご多分に漏れなかった。健康マッサージとしてはきわめて進んだ形態を実践しはじめたというわけ。

避妊のことを話しあうことにしたのはこの時点だった。

「飲んでるんだろ、ピル？」

「ううん、もうやめたの」

「コンドームある？」

「ない。買い置きは全部処分しちゃったから」

「なんでまた？」

「意思表示よ」

「なんだって？　意思表示って、なんの？」

「貞節よ、もちろん」

「よく言うよ」

「抜いたほうがいいみたい」

「オーケー」

「**まだよ**、ばかね」

「なるほど」

小刻みに腰をくねらせていると、やがて性器の周辺がうずうずしてきたので、ぼくはおとなしくペニスを引っこぬいた。

「手でやってくれよ」

「いやよ！」

「いいだろ。頼む」
「なんであたしがそんなこと？」
「ぼくはいっつもきみにサービスしてるじゃないか。きみのほうからは一度だって——」
リズはしかめっ面をして布団の下に手を伸ばし、ごそごそやりながら末梢神経も走っていない性器の一部分を発見すると、思いっきりそれを引っぱった。ぼくはリズの手に自分の手を添えてやり方を教え、数秒後に彼女のおなかの上に精液を噴出した。

もちろん、その精液が「友情の証」以外のなにものでもないことをぼくはここで強調しておく必要があるだろう。いわば自然派、無添加のマッサージオイル。なにしろぼくとリズの関係には性的な要素などまったくないのだから。そう、まったく。ほかにも証が必要だというのなら、リズがいまだにぼくとのキスを拒んでいるという事実を挙げてもいい。

すっきりことをすませたあと、ぼくらはそのまま眠りについた。お互いまさに如才ない対応。きっとリズは、なんと言うべきか考える時間を必要としているにちがいない。この期に及んで、なにも起こらなかったと白を切りとおすには無理がある。あるいは幸運の女神が微笑めば、翌朝目を覚ましたぼくらは、息の臭いキスを交わし、自分たちが恋人同士であることを正式に認めることになるかもしれない、とぼくは思った。

目を覚ましたとたん、リズはベッドから飛びおりた。ぼくは彼女のあとを追って階段を降り、沈黙に包まれた朝食の席で唐突に重要な質問をした。

「リズ？　どうしてきみはぼくにキスしようとしないんだい？」

リズはシリアルの入った深皿をじっと見つめ、口のなかの食べ物をゆっくり噛みくだきながら、どう答えたものかと思いをめぐらせていた。

「そんなのわかりきってるじゃない」と口をもぐもぐさせながら言った。

「ぼくらがいま置かれている状況からするに、わかりきってることなんかなにもないように思えるけど」

「あなたのことを愛してないからよ」とリズは言った。

「愛してないからなに？」

「なにってなによ？」

「きみがぼくのことを愛していないことくらい知ってるさ。ぼくらがどんな関係にあるかも承知してるつもりでいる。けど、ぼくらがそのう……きのうの夜のように……これからもセックスすることになるなら、お互い楽しんだほうがいいんじゃないかって」

「あたしはジェームズを愛してるの。あなたはそういうことがぜんぜん気にならないの？」

「とくには。だいたいばかげてるよ。ジェームズが好きだ好きだって言ってるわりには、ぼくといろんなことしてるじゃないか。いい加減、現実に起きていることを認めたらどうだい？　そのうえで、ジェームズが旅から帰ってきたら、なにもなかったかのようにみんなして元通りの関係に戻ればいい」

「それがあなたの望んでることなの?」

「もちろん」

「そんなことがほんとにうまくいくと思ってるの?」

「思ってるよ。やってやれないことはない」

「なんてうぶな人なの。信じられない。男と女のことなんてこれっぽっちもわかっちゃいないのね。ものごとはそう単純にはいかないのよ」

「どうして? なにが障害になるっていうんだよ? ぼくがきみにしつこくつきまとうとでも?」

「ええ」

「ぼくならだいじょうぶだって。事前に合意したうえなら、あとで文句をつけたりしない」

「ジェームズのことだってあるわ。やきもちって呼ばれる感情があることはあなたも知ってるでしょ? ジェームズにしてみたら、飛びあがって喜ぶようなニュースじゃないじゃない」

「だってお互いオープンでいることに決めたんだろ? ジェームズはジェームズでアジアの国々でやりまくってるさ。もちろん、なんのうしろめたさも感じずにね。あいつにとっちゃ、当然の報いだよ」

「なんてこと言うの? だいたいなんでこんなことをあなたと話しあわなきゃならないの

よ。あまりにもうぶすぎて言葉を失うわ。ほんと、なんにもわかっちゃいないんだから。言っとくけどあたしはね、あなたたちふたりのあいだで交換しあえるような肉のかたまりじゃないのよ」

「交換されてるのはぼくらのほうだと思うけど。現にいまきみは、ジェームズのかわりにぼくを選んでるじゃないか」

「そんなことないわよ」

「そんなことあるよ」

「いい加減にして。あたしがジェームズを恋しがってるのにつけこんで襲っておいて、あたかも自分の力でものにしたように大喜びしちゃって。哀れとしか言いようがないわ。もしジェームズのかわりにあたしの恋人になったとでも思ってるなら、あなたもだいぶ学ばなきゃならないことがあるわね」

「学ぶって、なにを？」

「なにをって……すべてをよ。あなたは男と女の関係なんてなにひとつわかっちゃいない。人間にはね、感情ってものがあるの。なにもものごとの表面で起きてることがすべてじゃない。重要な事実が根底に秘められてる場合もあるのよ。そんなこともわからないの？」

「なるほど、ぼくはものごとのうわべだけしか見ていない表面的な人間だってわけか。なるほど、そうだよね。なにしろぼくは、セックスをするからにはなんらかの感情があると思ってる人間だから。ようやくわかったよ。たんにぼくがうぶだったってことか。てっき

りきみはぼくのことを想っていてくれてるんだとばかり……だってジェームズのかわりにぼくとセックスするからには——」

「あたしはジェームズのかわりにあなたとセックスなんかしてないわ。いい？　あなたはあたしの体を充分に堪能したはずよ。お望みどおり最後まですませてさぞすっきりしたでしょうよ。だったらもうなにもかもおしまい」

「最高だよ、それでぼくが表面的な人間だってわけだからね」

「現にそうじゃない」

「いいか？　たとえこれでなにもかもおしまいにしたとしても、きみがそれを求めたってことに変わりはない。それはきみだってわかってるはずだよ。そしてすでに肉体関係を持ったという事実もね」

「あたしは求めてなんかいないわ」

「そいつはいい、じゃあぼくが無理やり押し倒したってわけか」

「現にそうじゃない」

「**なに言ってるんだよ？**」

「そうでしょ？　あなたが無理やり押し倒したんじゃない。ここ数週間のうちに、少しずつあたしに迫ってきたのよ」

「ばかげてる」

「だってほんとのことだもの。否定したって無駄よ」

「ぼくは無理やりセックスを強要したわけじゃない。自然な成りゆきじゃないか。だいいち、きみは拒みもしなかっただろ？」

「あら、もしあたしが拒んでいなかったんだとしたら、どうしてすぐにセックスまでたどり着かなかったのかしら？」

「あるいはぼくのほうがそれを望んでいなかったのかもしれない」

「ええ、ええ、もっともらしいお話だこと。頭のなかはやることでいっぱいなくせして」

「ずいぶんなこと言ってくれるじゃないか」

「とにかく、あたしたちはセックスなんかしてない。だれかのおなかの上でマスターベーションをするのと、愛情を交わす行為としてのセックスとはまったくちがうのよ」

「マスターベーションって言っても、きみが手でしてくれたんじゃないか」

「あたしは自分の手にぜんぜん力を入れてなかったわ。あなたがあたしのかわりに動かしてたんじゃない。忘れたの？」

「そう言うきみはそのまえに起きたことを忘れたのかい？」

「あらやだ、もう少しで忘れるところだった。そうそう、あなたはご自慢のウインナーで十秒ほどあたしをつついてたのよね。あれこそ情熱ってもんだわ。あんな快楽味わったこともない」

「きみがコンドームさえ捨ててなかったら……」

「でも捨てたの。まさにこんなことにならないためにね」

「いずれぼくらがセックスすることにたいして、きみがそんなに怖がっていなかったら、なにも捨てなくてもすんだのに」

「あたしたちはセックスをしたんじゃない。これからだってするつもりもないわ。もしあなたがあんなものをセックスと考えてるなら、なんとも哀れな人生を送ってるもんね」

「黙れよ！」

「これで質問の答えになったでしょ？　あたしがあなたとキスしようとしなかったのは、まさにこうなることが目に見えてたからよ。だれがこんなろくでもない男とキスなんか！」

べつに

勇気を奮いおこしてリズに電話するには一週間を要した。

「もしもし」とぼくは言った。「ぼくだよ」

「どうも」

「なにしてるんだい？」

「べつに」

「そっち行こうか？」

「いま忙しいの」

「べつになにもしてないって言ったじゃないか」

「なにもしてないわ。でもこれからするつもりなの」

「なにを？」

「あなたには関係ないでしょ？」

「なるほど」

気まずい沈黙があった。

「じゃあ、あとでそっちに行こうか？」

「言ったでしょ、忙しいって」

「ぼくはきみになにをしてるのかとも訊けないのかい？」

「いい？　授業に追いつくためにやらなきゃならないことがたくさんあるのよ。せっかく取ったコースを落としたくないの」

「だったらそのあとは？　もうちょっと計画を練ったほうがいいと思わないかい？」

「冗談言わないで。どこを回るのかはもう充分にわかってる。決められることはすべて決めたわ。だいたいきっちり予定を立てたってそのとおりにいくはずないじゃない。これ以上計画を練ったら、なにもかも台なしにするだけよ」

「計画」という言葉を使ったものの、遠回しにセックスのことを言っていただけに、リズの答えはぼくにとってかなり期待はずれなものだった。

「計画なんてもううんざり」とリズが言い、自分の意志を強調した。「どこに行くのかはもう決めたんだし、あとは向こうに着いてから考えるべきよ。まったくあなたも細かい人ね。人生だってまえもってなにもかも決められるわけじゃないでしょ？」

ぼくは言うべき言葉を失った。なんてことだ、ぼくはせっかくのチャンスをふいにしてしまったんだろうか。まだインドにたどり着いてもいないっていうのに。

「ねえ、もう行かないと」とリズが言った。

「オーケー」

「じゃあ」

プツッ。

「じゃあ」

リズはぼくが「じゃあ」と言うのも待たずに電話を切った。

出発まであと三日あったけれど、ぼくらはそのあいだ話もしなかった。

Part Two

バックパッカーたちは一日なにをするのか？

聖なる本

デリーで朝を迎えた第一日目、ぼくらはラール・キラー、通称赤い城《レッド・フォート》に行った。巨大で荘厳な建物ではあったけれど、正直なところ少々退屈だった。城門を出たところで男がひらひらしたつば付きの帽子を売っていて、客寄せのテクニックか、帽子を積み重ねた大きな山を頭の上に載せていた。そんな姿を見ていると、ここ数週間、まるで頭にれんがでも落ちてきたかのように、ガツンとやられた気分でいることをあらためて意識させられた。

ぼくはその帽子を欲しいと思った。

「ハロー、マイ・フレンド。どうだい、帽子でも?」

「いくら?」

「とっておきの値で」

「いくら?」

「いくらがいい?」

「い、い、いくらがいい?」

「あんたが値を決めな」

「普通はいくら？」

「あんたが値を決めなって、マイ・フレンド。いくらでもいい、手ごろな値を」

「だったら……五十ルピー」

二ポンドにも満たない言い値はまさに妥当だと思った。しかしその値段を口にした瞬間、男はすばやく帽子をぼくの頭に載せ、現金が支払われるのを待った。あきらかに高すぎる値を申し出てしまったらしいが、いまさら気が変わったとも言えない。ぼくは五十ルピーを差しだした。

はじめから終わりまで見ていたくせに見ていなかったふりをして、リズがいくら払ったの？ と訊き、面と向かってせせら笑った。べつにかまわないさ、とぼくは言った。実際、妥当な額だと判断して買ったことだし、非常にクールな帽子だと気に入ってもいた。

「だいたい気づいてなかったの？ デリーにいる西洋人全員がそれと同じ帽子をかぶってるじゃない。いっそのこと、〝観光客〟ってプラカード掲げて街を歩いたら？」

ぼくは周囲を見まわして、リズが言ったことがほんとうかどうか確かめた。三十人くらいだろうか、中年のヨーロッパ人のグループが、ツアーガイドに導かれてぞろぞろ城から出てきた。なんと半分以上がぼくと同じ帽子をかぶっている。

「あなたのガイドさんはどこにいるの、デイヴ？ お友だちのグループに加わらなくてもいいの？」

「いいかい、リズ、なにもファッションショーをやるためにインドに来たわけじゃないんだ。かぶり心地もいいし、ぼくはこの帽子で満足してる。観光客に見えるくらいなら日射病にかかったほうがましだっていうなら、それはそれできみの自由さ」

「あたしだって帽子は買うつもりよ。でも、デリーはインドの首都で、しかもここは観光スポットの代表格でしょ？　そんな建物の前で、最初に目に入った男から買おうとは思わないわ。個人的に言って、観光客ですって露骨に触れまわるのは好きじゃないし、なるたけその土地に溶けこんで旅をしたいものだと思ってるから」

「そいつはいい。だったら帽子は厳選しないとね。ほかにはなにをするつもりだい？　靴みがきのクリームでも顔に塗りたくるのかい？」

「人種差別主義者」

いまとなってはこんな帽子買わなきゃよかったと思っていたけれど、こうして言いあいをしたからには、なにがなんでもかぶりつづけざるをえなくなった。リズに言われて気が変わったなんてことだけは避けたい。

とはいえ、気になることは気になった。いったいほかの人はいくら払ったのだろう？

ジェレミーが言うには、オートリクシャーでゲストハウスからラール・キラーまで、あるいはラール・キラーからゲストハウスまで行く場合、片道十ルピー（約三十ペンス）もかからないということだった。この値段で行ってもらおうというぼくらの試みは、リクシ

ャーの運転手たちの大きな嘲笑を買った。リズは程度こそかなわないまでも、運転手たちの言い値に同様の対応をし、ぼくは二十分にも及ぶ限りなく口論に近い交渉を目の前で見物するはめになった。運転手とリズがかわりばんこに憤慨してその場を歩きさりかけたが、それがリズの番となると、同行者としてぼくもあとを追わなければならなかった。

結局、リズは行きを十五ルピー、帰りを二十ルピーまで引きさげることに成功し、それらを意義ある事実上の勝利と考えていた。ぼくらはやかましくてにおいもきついリクシャーの後部座席に体を丸めて座った。あきらかにリズは、健闘の成果を称える労《ねぎら》いの言葉を期待しているようだった。

「よくやったよ、リズ」

「ありがと」

「これで少なくとも十五ペンスは節約できたな。ひとりにしたら八ペンスの得だよ」

「いい加減、スポイルされた西洋人みたいな態度はもうやめてよ。あたしたちはいまインドにいるのよ」

「だから?」

「だからなんでも値切る交渉をするの。ここではそれが人生の一部となってるんだから」

「べつにぼくらがそんなことをしなくたって……けちらないで数ペンスよけいに払いさえすれば、かんかん照りの太陽の下で狂人みたいにわめきちらさずにすむのに」

「問題はそういうことじゃないでしょ?　あなただってわかってるくせに」

「じゃあどういうこと？」

「いい？　向こうの言い値をすんなり受けいれたら、こっちがばかに見えるじゃない。陰でこそこそ笑われるだけだわ」

「だから？　そんなのかまわないじゃないか」

「だいたい西洋人がなんでもかんでも二倍の値段で払ってまわったら、評判が落ちるってもんよ。それこそ悪い手本になっちゃうわ。西洋人はぜいたくに甘んじていて、みんながみんな裕福だと思われかねない」

「でも実際、ぼくらは裕福じゃないか。十ルピーなんてただ同然だよ。二倍払おうがどうってことない」

「そういう問題じゃないでしょ？　そんなことをしたら、この国の経済を混乱させるだけよ」

「なるほどね、そんなことをしたら町中物乞いだらけになっちゃうってわけか。ぼくはてっきり、きみがたんに財布のひもを固くしてるだけだとばかり思ってたよ。まさかこの国の経済のために、無私無欲の闘いをくりひろげてたなんて」

「賢人ぶったあなたの皮肉はもううんざり。あたしの財布のひもが固かろうがゆるかろうが、そんなことは問題じゃない。とにかく、地元の人たちの目にばかな西洋人って映るようなまねだけはしたくないの」

「たかが二十ペンスをめぐって必死の形相をするのが分別のある西洋人の姿だと？」

「黙りなさいよ」

交通巡査のいる交差点でリクシャーが停まると、物乞いの子どもがふたり、リクシャーの側面をこつこつと叩き、懇願するように頭をなかに突っこんできた。リズは腰に巻いたポケット付きのベルトに手を伸ばしてごそごそやった。おそらくけちでないことを証明するためだろう。そう思ったぼくは、物乞いの子どもたちといっしょにリズがポケットをまさぐるのを見つめた。札束の詰めこまれたポケットは半インチくらいの厚さがあり、物乞いの子どもたちは恐れいって目を見開いた。

「小銭なんかないわ」とリズは言った。

リクシャーの運転手がふたたびエンジンを吹かすと、リズは札束をぱらぱらやりながら、額面の低い紙幣をあわてて探した。

「デイヴ、なにかやるものないの?」

「ぼくはてっきりきみが――」

「**あたしを怒らせないで!**」リズは毒気を含んだ声で叫んだ。リクシャーの運転手たちとの交渉で、癇癪《かんしゃく》玉《だま》につながる導火線はかなり短くなっていたらしい。言うまでもなく、炎天下で帽子をかぶっていないことにもいらいらの原因はある。

運転手がくるりと振りかえり、ヒンディー語で子どもたちを怒鳴りつけた。もう少しねばれば金をもらえると直感している子どもたちは、その声を完璧に無視した。

運転手が子どもたちを怒鳴りつけるあいだ、ぼくはポケットに手を突っこんで小銭を探した。停まっていた車が流れだしたところで一枚見つかり、ひとりの子どものてのひらの上に載せた。すでに走りだしたリクシャーの車体が子どもの手にぶつかり、せっかくあげた硬貨がひらりと宙に舞った。

急いでうしろを振りかえると、物乞いの子どもは道路のまんなかにひざまずいていた。鳴り響くクラクションや、すぐそばをかすめて通る車のことなどまったく忘れているようだった。遠のくリクシャーから、仲間の物乞いが現れて、アスファルトの上で小銭を探しはじめるのが見えた。ひとりが硬貨を拾いあげると、その場で取っ組みあいのけんかが始まった。

ゲストハウスに戻ると、ジェレミーがベランダに座って本を読んでいた。

「無事にご帰還ってわけか」とジェレミーは言った。

「なんとかね」とぼくは言った。

「リクシャーにはいくら払った？」

ぼくが答えようとしたところでリズが割って入った。「十五」

「帰りは二十」とぼくは言った。

「悪くない。ちょっと経験を積めばりっぱな旅人だな」

「なに読んでるの？」とリズが言った。

「『ギーター』さ」ジェレミーが手にした『バガヴァッド・ギーター』を上に掲げた。

「うわっ、すごい」とリズが言った。

「笑える?」とぼくは訊いた。

ジェレミーは人を見下したようなまなざしをぼくに向けた。「笑えるかって? 『ギーター』だぜ? 聖書を読んでる人にそんなこと訊くかよ? 〝笑える?〟なんて」ジェレミーは両手の指でカッコを作ってみせた。

「そんなこと言ったって読んだことないから。まあ、ためになるようなことでも書いてあるんだろうけど」

ジェレミーはリズのほうに向きなおり、話しかける相手を露骨に変えた。

「これは聖なる本なんだぜ。インドについて知っておく必要のあることは、すべてここに書かれてる。この本を読まずしてインドに来るなってくらいだよ」

「あれ、インドについてすべて書かれてるのは『ロンリー・プラネット』じゃなかったっけ? だったら『ギーター』は『ロンリー・プラネット』よりもいい本だってことか。値段とかは最新のものに訂正されてるのかい?」

ふたりはそろってぼくを無視した。

「読みおわったら貸してもらえる?」とリズが言った。

ジェレミーが含み笑いをした。

「『ギーター』の場合は、読みおえることなんてないのさ。おれ自身、いったい何度読み

かえしたことか。ほら」ジェレミーは本を閉じ、リズに向かって投げた。コントロールがいいとは言えなかったが、リズはなんとかキャッチして、かすかに驚いたまなざしでジェレミーを見た。ジェレミーがにこりと微笑みかえした。「プレゼントだよ。インドへの手引きってところさ」そして頭のうしろで腕を組み、椅子にもたれかかって天井を見つめた。「まあ、それと交換にって言ったらなんだけど、そっちの気が向いたら、イギリスから持ってきた本を一冊くれよ」

六百ページもある読み古した『バガヴァッド・ギーター』のかわりにジェレミーが得たのは、一ページも読んでいない『オスカーとルシンダ』だった。

「決めたの、これからどうするか」とリズが言った。

「ほう？」とジェレミーが答えた。

「当初の計画どおり行くことにしたわ。ここはとにかく暑すぎるし、モンスーンもやってくるみたいだから、北部の高地に向かうことにする。最初にシムラに寄ってみようと思ってるんだけど」

「シムラ？」

「どう、いい考えだと思う？」

「リズ、心のおもむくままに行かなきゃ。ぼくがどうこう言ってもはじまらない」

「どういうこと、シムラは気に入らない？」

「心のおもむくままに行けばいいって、リズ。きみはそのためにここにいるんだから。いいとか悪いとかじゃない」

「ううん、そういうことじゃなく、あたしはただ……」

「まあまあ、とにかく足を運んでみたらいい」

「いっしょにどうかなと思って……あなたも」

なんだって！　なんてこと訊くんだよ。ジェレミーだけはかんべんしてくれ。ぼくは耐えられない。

「喜んで」とジェレミーは言った。

うっそ～ん。

「と言いたいところだけど、無理だな」

「どうしてよ」とリズが言った。「心のおもむくままにどこにでも行くっていうのがあなたの信条でしょ？」

「うまい切りかえし。けど、行けないものは行けないんだ。しばらくこの町にいなきゃならない。待ってるんだよ、金が届くのを」

「待ってる？　金が届くのを？」とぼくはくりかえした。

「ああ、旅費が底を突いてね」

「届くのを待ってるって、どこから？」とぼくは言った。

「イギリス」

「イギリスのだれから？」

「両親」

笑わずにはいられないとはこのことだった。たいした人生じゃないか。財布の中身がなくなるたびに、親切にもパパとママが送金してくれるなんて。

「なんだよ」ジェレミーが言った。「なにがそんなにおかしいんだよ」

「べつに」

「なに笑ってるんだよ」

「べつに。これが笑ってるように見えるかい？　なにかおかしがってるように見えるかな？」

「どう見ても笑ってるって顔じゃないか。理由を聞かせろよ」

「だって……わかるだろ？」

「いいや、わからない」

「これが笑わずにいられるかよ、両親からの送金を待ってるだなんて」

「どうして？」

「とにかくおかしいものはおかしいのさ」ぼくはにやにや顔をほころばせた。どうやらジェレミーの痛いところに触れたらしい。「ぼくはてっきり……てっきりきみのほうがちょっと年上なんだとばかり」

ジェレミーはいきなり立ちあがって『オスカーとルシンダ』を床に投げ捨てた。

「どういう意味だよ？」

「どういう意味もなにもないさ」

　重苦しい空気のなかでぼくらはにらみあった。どちらもなにも言わなかった。

「悪かった」ぼくは自分から口を開いた。「笑うべきじゃなかった。自分で稼いだ金でここに来たからって、なにもぼくがきみより偉いってことにはならない。だいいちそんなの当たり前のことだし。とにかく笑うべきじゃなかった。きみが上流階級のおぼっちゃまだってことは、口を開いた瞬間からあきらかだったんだから。ごめん、ほんとに笑うべきじゃなかったよ」

　いまやジェレミーは本気で機嫌を害していた。

「おれはおぼっちゃまなんかじゃない」

「悪い。言葉の選択をまちがえた」

「おれだって自分で稼いだ金でここに来たんだ。両親は足りなくなった分を援助してくれてるにすぎない」

「それはそれは、結論を急ぎすぎたかな」

「おれはおぼっちゃまなんかじゃない」

「だから悪かったって。だれだって触れられたくないところはあるよな」

　ジェレミーは怒りに顔をゆがめた。

「おまえみたいに……おまえみたいに階級意識に取り憑かれた人間がいるから……子どもじみてるにもほどがある……イギリス人の典型だな。吐き気がするよ。まったく心の狭い

やつだな。哀れだよ。おれのことなんかなんにも知らないくせに。とっととどっかに行っちまえ」

「ごもっともな指摘で。オーケー、だったらお互いをもっと知ろうじゃないか。たとえば学校は?」

「どうせおまえだってパブリックスクールに行ってたんだろ?」

「たとえそうだとしても、ぼくがおぼっちゃまってことにはならない」

「だからおれはおぼっちゃまなんかじゃ……ちくしょう……」ジェレミーにもう少し意気地があったら、確実にガツンと殴られていたところだろう。実際、その考えが頭に浮かんだのが彼の顔からも読みとれた。しかしジェレミーは何度か深呼吸をし、床から本を拾いあげると、どたどたとゲストハウスのなかに入っていった。そして戸口のところで振りかえり、ぼくに向かって声を張りあげた。「おまえなんか……おまえなんか……マラリアにでもかかっちまえ」

サディストの無重力室

シムラ行きのバスのチケットをリズが見せると、ジェレミーは親切にも、52番と53番の座席はバスの後部にあって、でこぼこ道に背骨を砕かれたくなければできるだけ前の席を取る、というのがインドを旅するうえでの基礎知識であることを指摘してくれた。さらにチケットに書かれた「デラックス」という意味は、ぼくらが乗ることになるバスがビデオ付きで、目的地に着くまでずっと、耳をつんざくようなヒンディー語のミュージカルに悩まされることらしく、シムラまでは少なくとも十四時間はかかるぜと、ジェレミーはなんともうれしそうに告げた。

「いったいどれくらい並んでたんだよ？」とジェレミーが訊いた。

ぼくらは顔をしかめてジェレミーを見た。

「二時間」とリズが言った。

「ゲストハウスのボーイに頼めばよかったものを」とジェレミーは言った。

「そんなことしてくれるの？」

「もちろん。多少のチップは必要になるけど、一日無駄にすることを思えばね。まあ、なにごとも経験だから」

足の指の爪でも引っぱがしてやろうか。ぼくはいつもに増してそんな思いが込みあげるのを感じた。

実際に経験してみると、背骨を砕かれたくなければ——というのもあながち大げさな表現ではないことがわかった。バスの後輪が車台のほぼ中間まで寄っているおかげで、後部座席の十五列はまるで旋回軸のようになり、普通に歩くだけでもよろけそうなでこぼこ道の上で、ほんの小さな盛りあがりがばかでかい山のように感じられた。そんなわけで、サディストの無重力室のような箱に詰めこまれたぼくらは、バスが走行している時間の約半分を宙に浮かんで過ごし、残りの半分を座席に尻をびしばしぶたれることになった。

地元の人々とこんなふうに長い時間をともにするのははじめてだったが、インド人が自分の運命を甘んじて受けいれているという話はどうやらほんとうらしかった。隣にいる男などは、車内がどんなに居心地の悪い状態にあるのか気づいてもいないようで、ときおり天井に頭がつくほど飛びあがり、通常の三倍の激しさで座席に尻を打ちつけられ、五人ほど乗客が床に転げおちても苦笑いをするばかり。それ以外は窓の外を見つめたまま、尻の筋肉が完全に麻痺《まひ》して、おまけにこのままでは大事なところが使い物にならなくなってしまうという事実にも、なんの不満もないようだった。

後部座席にいる唯一の利点は、バスのいちばん前で流されているヒンディー語のミュージカルから遠く離れていることだった。結局、シムラに着くまでに同じ映画が四回流されたが、画面が見えるのは宙に浮いているときだけで、切れ切れのシーンをつなぎあわせた結果、最後にようやくおおまかなストーリーが把握できた。

ぼくの理解が正しければ、その映画はこんな内容だった。設定としては、主人公の男がセクシーな女と結婚したがっている一方、両親のほうは息子を醜い女と結婚させたがっているというもの。主人公の男が醜い女と結婚の契りを交わそうとした瞬間、セクシーな女が、黒い革の服を着てカメラに向かって顔をしかめる醜い男に誘拐されたことが判明し、主人公の男は急いで馬に乗り、誘拐されたセクシーな女を探しに出る。舞台はいきなり砂漠に移り、主人公の男は醜い男と殴りあうが、セクシーな女をかっこよく救いだそうとしたところで、醜い女が醜い男とぐるになっていたことが判明し、醜い女はどういうわけか砂漠のまんなかで主人公の男の父親を椅子に縛りつけ、その上からガソリンをかけはじめる。そして醜い女がおもむろにマッチ箱を取りだすと、全員がいったん物語を放棄して歌を歌いだし、黒服を身にまとう男たちが五十人ほど、いままではそこになかった茂みの裏から突然飛びだしてきて、主人公の男に向かって銃を撃ちはじめる。主人公の男はとても小さな木の箱のうしろに隠れて銃弾をかわすが、やがて白いハンカチを振りながら姿を見せ、黒い革の服を着た醜い男が（なぜか歌いながら）近づいたところを隙を見て転ばせ、銃を奪い、突然出現する魔法の茂みから飛びだしてきた黒服の男たち全員を撃ち殺す。

父親のほうは体にかけられたガソリンもいつのまにか乾いていて、椅子から自由になると、なんの役どころもない太った男とコメディのようなけんかをくりひろげ、醜い女が砂漠を逃げていくことをセクシーな女が主人公の男に教えると同時に、太った男を打ち負かし、頭にバケツをかぶせる。主人公の男、父親、そしてセクシーな女はみんなで歌を歌い、父親はそのなかでふたりの結婚を祝福する。その一方で、地平線の上に立った醜い女はこぶしを振りまわし、復讐《ふくしゅう》の誓いとしか思えない台詞を吐いて、数秒後、脱水症状を起こして死にそうになったところで、砂丘のてっぺんにぽつんと建つ小屋にたどり着く。小屋の扉をノックすると、なかから怪しい男が出てきて、醜い女に言いよって体を奪おうとする(なぜか歌いながら)。醜い女は怪しい男の誘惑にこそ乗らないものの、口説かれている最中に部屋の隅が小規模の研究室となっていることに気づき、なかば完成した核爆弾があるのを発見する。そしてふたりはある陰謀を企てる。

その後、筋が少々複雑になって話が見えなくなったが、ぼくの理解が正しければ、最終的にはセクシーな人たち同士が結婚し、醜い人たちはみんなこっぱみじんになって、太った人たちは頭にバケツをかぶせられるはめになる。

これぞ最高級のエンターテイメント。

シムラにたどり着くまで、バスは途中で何度も停車し、乗客たちはそのつど外に出て、コーラよりも甘くてかすかに水っぽいミルクティを飲んだ。最初口にしたときは吐き気を

もよおしたが、バスの旅が進むにつれて味にも慣れ、やがて飲み物として受けいれられるようになった。秘訣は紅茶と思わないこと。これは温かいソフトドリンクなのだと自分に言いきかせれば、味だってそんなに悪くはなかったし、砂糖のたっぷり入った温かい飲み物は、数時間も尻を叩かれているおかげですっかり萎《な》えた心を癒《いや》し、生きる意志を取りもどす元気の素となってくれた。

バスのなかにはぼくらのほかにもうひとり西洋人がいた。いちばん前の特等席に座っているにもかかわらず、その男はあきらかにつらそうな顔をしていて、バスが停まるたびにまっ先に外に飛びだし、トイレットペーパーを握りしめながら全速力でどこかに消えていった。

途中、ふたたびバスが停まったときにリズが話しかけたが、シャツにゲロが飛びちっているのに気づいたぼくは会話に参加するのを遠慮した。ベルギーから来たというその男の話では、とうとう血便が出たらしかった。ぼくらはその後二度と彼に近づこうとはしなかった。

チケット代には昼食が含まれていたらしく、座席に座っていると、厚紙のトレイがひざの上にぽんと載せられた。トレイのなかには、正体不明のカレーのかたまりが何種類か入っていた。ぼくはリズがそれぞれのかたまりを試すまで、自分の口に持っていくのをためらった。これなら食べてもだいじょうぶだと確信を持って言えるのは、レンズ豆からできている黄色いかたまりだけだった。トレイの片隅にはやはり正体不明の白い食べ物があっ

て、ぷるぷるした滑らかな表面をきらめかせている。左側に座っている男がそれをつついているぼくを見ながら言った。「ダヒー」

「え？」

「ダヒー」

「え？」

「ダヒー」男はスプーンでひとくちすくって口に入れた。「ベリー・グッドね」

「リズ、ダヒーってなんだよ？」

「その白いやつよ」

「それはわかってる。なんなんだよ、これ？」

「知らない」

「食べるつもり？」

「食べない手はないでしょ」

リズはぷるぷるしたその食べ物をたんまりすくって口に入れた。

「けっこういける。ヨーグルトみたいな感じ」

「なんだって？　そんなの口にするのはごめんだね」

「お好きにどうぞ」

リズはいけるいけると連呼しつつその白い食べ物をぺろりと平らげた。ぼくにはリズのそんな行為が常軌を逸しているとしか思えなかった。だいたいヨーグルトは牛乳を腐らせ

て作ったもんじゃないか？　リズのやつ、気が狂ってるとしか言いようがない。菌に冒された食べ物はあれだけ口にしまいと神経質になっておきながら、つんと鼻を突く乳製品をみずから口に放りこむなんて。かんべんしてくれよ。

昼食後、バスがシムラにたどり着くまでには予想の二倍の時間がかかった。地元の人々がどこからともなく姿を見せ、窓越しにバナナやナッツなどを売りにこなかったら、おそらくぼくは飢え死にしていたにちがいない。

戦略的な謝罪

シムラに着くころには数えきれないほどのバナナを食べていて、インドに来てまだ二種類しかカレーを口にしていないというのに、ぼくはすでに下痢の症状に見舞われていた。リズにしてみれば、神経質に危なそうなカレーを避けているにもかかわらず、ぼくが腹を下したことがひどく滑稽に思えてならないらしかった。これもふたりの波長が合わなくなりつつある前兆にちがいない。そう思ったぼくは、早い段階で関係を改善しようと、どうしてジェレミーを誘ったりしたのかと、バスのなかで正直な気持ちをぶちまけてみた。しかし、そんな試みも見事に失敗に終わった。リズはすっかり冠を曲げて、これはあたしたちのバスじゃないのよとか、シムラはあたしたちの町じゃないのよとか言って、旅には連れがいたほうがいいことをしきりに強調した。その言い方からするに、どうやらぼくのことはもう旅の連れだと思っていないらしく、それもまた悪い兆しのように感じられた。

シムラはまずまずの町で、ぼくらは数日かけて町中を散策し、『ロンリー・プラネット』

に載っている名所を見てまわった。デリーに比べて物乞いの数ははるかに少なく、なにかとわずらわされることも少なかったが、ぼくは見る人、見る物、すべてが怖くて仕方がなかった。なにかを買ってくれ、あるいは売ってくれと大きな声で呼びとめられたわけでもないのに、インド人と目が合うたびにどきりとさせられ、あんたは金持ちでいいねぇ、こっちはこんなに貧しいのにという例の目つきで見つめられるだけで、憂鬱な気分と罪悪感がいっしょくたになって襲ってきた。

最悪なのは子どもたちだった。外国人を見るたびにそばに群がってきて、口々に名前を尋ねたり、ペンや小銭をねだったりした。子どもたちはなんの前触れもなく、まるで待ちぶせでもしていたかのように現れ、ぴょんぴょん跳ねながら、握手を求めて薄汚い手を差しだした。どの子もたいてい汚れていたので、ぼくとしてはその体に触れるのもいやだったが、子どもたちは少なくとも頭を軽く叩かれるまでは絶対にそばを離れようとしなかった。

一方のリズは、シラミの巣と化している浮浪児たちに囲まれ、逆にその状況を楽しんでいるようだった。しばしばその場にしゃがみこみ、子どもたちと話をしたり遊んだりした。もちろんぼくはそのあいだ、安全な距離を保ちつつあたりをうろついていた。注意深く観察するかぎり、リズは病気がいかに伝染するのかまったく理解していないか、あるいは自分のことをマザー・テレサだとでも思っているかのどちらかだった。

群がる子どもたち、物売りの男たち、町中の雑踏と、周囲の空間は絶え間なく侵略され

つづけていて、ぼくは個人の空間を有しているという概念じたいを放棄するか、それでなければノイローゼにおちいるしかない状態にまで追いつめられていた。とりあえずはノイローゼになったほうが手っ取り早いにちがいない。ぼくは毎朝目を覚ますたびに、自分のベッドと外の世界とのあいだに朝食しかない事実を思ってかすかに吐き気を覚えた。

気づくとほかのバックパッカーたちを目で追い、ほんとうに旅を楽しんでいるのか、たんに楽しいふりをしているだけなのか見きわめようとしていた。いかにもさんざんな時間を過ごしていそうな人たちに関してはひと安心だったが、幸せそうなグループを見つけたときはもうたいへんで、じっと目を凝らしたり耳をそばだてたりしながら、どうして楽しい時なんか過ごせるのか、その理由を突きとめようとした。

なぜここインドで楽しい時が過ごせるのか、ぼくにはそんな人たちの気持ちがどうしてもわからなかった。だいたいどうやったらそんなことができるんだろう？　みんなちょっとおかしいんじゃないだろうか？　それともたんにぼくが意志薄弱で、神経質すぎるだけなのか？　実際のところ、貧しい国を訪れたくないのは臆病なだけ、という指摘もあながちまちがってはいなかったのかもしれない。あるいはもっと自分に正直になって、ベニドームあたりのリゾート地でのんびりバカンスを楽しんでいたほうがよっぽどよかったのかもしれない。

ぼくはなんとか自分を元気づけるためにも、イギリスに何枚かポストカードを送ることにした。

母さん&父さんへ

ぼくらは数日まえに無事インドに着いて、すでに北部の山地に来ています。表紙の写真にあるとおり、シムラはまさに山の上にあるユニークな町で、イギリス風の奇妙な家が建ちならんで、なんと教会まであります！　どこに目をやっても信じがたい貧しさだけれど、あるいはぼくもそんな貧しさに慣れつつあるのかもしれません。ぼくがいま泊まっているYMCAにはフルサイズのビリヤード台があって、側面にはめこまれた象牙《ぞうげ》の小さな飾り板には、一九〇二年にここで百九点を打ちだしたトンプソン少佐の名が刻まれています。元気ですか？

愛をこめて、デイヴ

おじいちゃんへ

インドからこんにちは！　いやぁ、この国は暑い。でも毎日が驚きの連続で、とても貴重な時間を過ごしてます。インドに着いてまだ間もないけれど、驚くべき国であることはたしかなようです。まあ、道路がでこぼこなのには辟易《へきえき》してるけど。元気で。

愛をこめて、デイヴ

ぼくと同じように、リズにしてもみじめな思いに耐えているのはあきらかだったが、ど

ちらもそれについてはいっさい話そうとせず、がんばってシムラの街を楽しもうとしていた。けれども数日経って見るべきところをほとんど見つくし、デリーからのバスの旅で失った体力も回復すると、ふたたびバスに乗りこんでどこかに行こうという気分になっていた。つぎに目指すのはさらに山奥に入ったマナーリーという小さな町。知りあいになった人たちはだれもがマナーリーにはぜひ行くべきだと勧めていた。どうやらそこは「山間のゴア」と呼ばれているらしく、リラックスして息をつくには完璧な場所のようだった。実際、いままではなにかと慌ただしすぎたので、このへんでくつろぎの時間が必要だった。

マナーリーへ向かう途中にある山々は壮観だったが、実際に町にたどり着いたときの印象はさほどいいものではなかった。それでもジェレミーからは町はずれに静かな宿があると聞いていて、ぼくらは頼りになるとは言いがたい『ロンリー・プラネット』の地図を頼りに、てくてくと歩いてその宿に向かった。

道すがら、いろいろな宿の客引きがそばに寄ってきて、ありとあらゆる方向に体を引っぱっていこうとした。ぼくらが向かおうとしている宿にはけっして案内しようとせず、〈レインボー・ロッジ〉なんて高くて汚いからと言いはり、ほんのちょっとでいいから自分たちの宿を見てくれないかとしきりに強要した。客引きたちのしつこさには憎しみを覚えるほどだったが、同時にそこにはある種の罪悪感もあった。だれもがひどく貧しそうで、彼らが勧める宿も、おそらく〈レインボー・ロッジ〉とさほど変わりはないのだろう。実

際、五分ほど時間を割いて彼らの言う宿をひと目見るのもそんなに難しいことではなかった。とはいえ、周囲の重圧にことごとく屈していたら、そのうち気が狂うことにもなりかねない。揺るぎない心でやりたいことをやる。たとえわずかでも、弱さや同情を示そうものなら、一瞬にしてつけこまれて食い物にされるだろう。

〈レインボー・ロッジ〉に着くころには心身ともに疲れきっていた。それでも少なくともひととおり町は見てしまったので、到着早々すでに観光を終えたぼくらは、じっくりと腰を据えてお楽しみの時間を満喫することができた。だれに話を聞いても、マリファナにありつくにはこの宿がいちばん。部屋を取ったあと、共有のベランダでくつろいでいると、数秒も経たないうちにジョイントが手のなかに収まっていた。

ぼくは肺の奥深くまで煙を吸いこみ、しばらく息を止めてから、すべてをしぼりだすようにゆっくりと鼻から吐きだした。何度かそれをくりかえすと、不安な思いが徐々に薄れていくのが感じられた。

これこれ、こうこなくちゃ。野原に囲まれた静かな宿。視線の先には眺めのいい山々がそびえ、手を伸ばせばそこにマリファナがある。これこそぼくが求めていたもの。ようやく落ちついてふたりの時間を楽しむ場所を見つけたぼくらは、一本のジョイントを交互に吸いながら、インドに到着して以来はじめて、お互いに微笑みあった。

ただでもらっているばかりでは気が引けたので、ぼくは隣にいる男にどこでハッパを手に入れられるのかと尋ねた。

「そうさ」と男はにんまりと微笑んだ。「そのとおりさ」そして偉そうにゆっくりとうなずいた。しかし数秒後、ぼくの質問に答えていないことに気づくと、ゲストハウスのフロントのほうを向いてふたたびうなずいた。「ロニーに頼みな」男はそう言ってぽんとぼくの肩を叩き、椅子から転げ落ちた。

フロントに行き、ロニーはいますかと尋ねると、受付の男が机の下から大きなランチボックスを引っぱりだした。蓋の上にはロニーという名前とニコちゃんマークがひとつ、たれて跡をひいた黄色いペンキで書かれていた。

受付の男は箱を開け、マリファナの詰まったラップの包みを差しだした。

「百五十ルピー」と言われ、ぼくはそのとおりに金を払った。

こいつはすごい！　イギリスなら五十ポンドはするハッパの袋が、たったの五ポンドで手に入るなんて。ぼくのなかでインドは突然、地球上で最も文化的に洗練された国になりかわった。

いったん部屋に戻り、バックパックからタバコの巻紙を取りだして（『ロンリー・プラネット』にはインドで薄い巻紙は手に入らないとあったので、徳用サイズのメガパックを持参していた）、ベランダにいるリズの隣に座り、早速せっせとハッパを巻きはじめた。

ぼくらはいまや満面の笑みを浮かべてお互いを見つめていた。イギリスを出発して以来、自分の股間にペニスがぶら下がっている事実を認識するのはこれがはじめてだった。性欲にふたたび火がつきはじめるのを感じ、ぼくはいくつかの戦略的な謝罪に出ることにした。

「リズ、いろいろとすまなかった。謝るよ」

「いろいろって？」

「いろいろは……いろいろさ」

リズがぼくに向かってにこりと笑った。

「ここのところ大人げないふるまいばかりして。なんか、慣れないものばかりでビビッたっていうか」

「いいのよ」

「でもこうして落ちつけるところを見つけたことだし、なにもかも少しはいい方向に向かっていくと思う」

「あたしもそう願うわ」

「じゃあ、これからも仲よくやっていける？」

「ええ」

「ふたりして」とぼくはあえて強調した。こうしてぼくから謝ったのも、そもそもリズに謝罪させるのが目的だった。結局、大人げないふるまいをしているのはリズのほうなのだから。

「オーケー。じゃあ、ふたりしてもっとお互いにやさしくすることにしましょ」

ぼくの辞書ではそれは謝罪のうちに入らなかったが、その笑顔に偽りはないようだった。いつになく膨れあがったペニスと相談した結果、ぼくはその言葉を正当な和解と見なすこ

とにした。

　ぼくは手を伸ばして笑みを返した。

「過去のことは洗いざらい水に流すということで」とぼくは言った。

「そういうことで」

　リズがぼくの手を取った。

「どうあがいたってぼくらはふたりきりなんだし、だったらいっしょの時間をもっと楽しもうよ」ぼくはそう言ってリズの手をぎゅっと握った。

「きっと仲よくやっていけるわよ、あたしたち」とリズが言い、手を握りかえした。

　マリファナが何度かお互いのあいだを行ったり来たりするあいだも、ぼくらの手は重なりあったままだった。ここしばらく活用していない性器が、血液の流入を歓迎する喜びに満ちた賛歌を歌いはじめた。

　リズが最後の煙を吸いこんでいるあいだ、ぼくは彼女の手の甲をさすりつづけた。心地よい沈黙に包まれ、ぼくらはその体勢のまま、途方もなく美しいヒマラヤの景色に見とれていた。樹木の生い茂った山麓、曲線を描いて広がる水田、その向こうにそびえる雪景色の山脈。こんな圧倒的な光景を、かつて目にしたことがあるだろうか?

　そう、ぼくはようやく、インドにいることをうれしく思った。緊張の糸も、胃のあたりでしだいにほぐれていくのが感じられた。旅に関してジェームズとポールが言っていたこともでたらめではなかったらしい。まさにこれはなかなか得難い経験だった。おまけにハ

ッパもめちゃくちゃ安いときている。

「もう一本巻こうか?」ぼくは思いだしたように口を開いた。

「いいわね」

リズがぼくに向かってゆっくりとまばたきをした。

「部屋のなかで吸わないか?」

「オーケー」

ぼくらは手をつないだまま、ふらふらした足どりでなかに入った。

リズがベッドの上に座ると、ぼくはドアに鍵をかけてカーテンを閉め、彼女の隣に行った。そしてぼくらはお互いの目を見つめあい、口元に含み笑いを浮かべた。

「一日中ここにこうして座ってるわけにもいかない」とぼくは言った。「ちゃんと仕事をしなきゃ」

リズが軽く眉を吊りあげた。ぼくはそれに答えるように巻紙を取りだし、くるくる丸めて舌で舐《な》めた。リズはそのあいだベッドのヘッドボードにもたれかかっていた。マリファナを巻きおえたぼくは彼女に寄りそい、ジョイントを手渡して、ライターを差しだした。

「最初の一服はマダムがどうぞ」

リズは顔をにやつかせ、口の端から垂れるようにジョイントをくわえた。ぼくはライターの火をかざし、煙を吸いつつ目を細めるリズの顔をほれぼれと眺めた。部屋のなかは静まりかえり、マリファナがパチパチ燃える音だけが響いていた。ぼくらは無言のまま交互

にジョイントを吸った。外の世界が徐々に遠くに後退し、やがてその存在さえなくなったような気がした。ぼくはリズの顔を、指を、口から渦を巻いて立ちのぼる煙をじっと見つめた。

短くなった吸いさしが指を熱しはじめたところでジョイントを床に投げすて、リズの首に腕を回し、その唇を激しく求めた。ぼくは彼女の唇に刻まれたしわの一本一本を味わうことができた。その舌の震えを、ひとつ残らず味わうことができた。硬い歯とやわらかな唇のギャップは、まさに進化の奇跡のように感じられた。しばらくのあいだ、ぼくらのキスは宇宙そのものと化していた。

そしてリズがぼくのシャツを脱がせ、ぼくも彼女のシャツを脱がせた。こんなふうにお互いがお互いを求めあうのははじめてだった。ぼくらはベッドから飛びおりて裸になり、ふたたび飛びのって激しく抱きあった。

肉欲に支配され、朦朧《もうろう》とした思考を通して、ぼくはリズが下着をつけたままであることに気がついた。

熱い口づけが続くなか、ぼくは気づかれないようにパンティを脱がそうとした。しかしはじめのうちは「ンンン」だったリズの応答も、いつのまにか「ダアア」に変わりつつあった。つぎに「メ」が来て言葉が完結されるまえに、早いところ脱がしてしまわなくては。尻のあたりに引っかかったパンティをしきりに引っぱっていると、やがてなにかがやぶけるような不吉な音がした。魔法は一瞬にして解けた。

「ダメ」とリズは言った。「セックスはなし」

「なんで？」

リズはさらに激しくぼくにキスをしはじめた。いったん口を離してあごについたよだれを拭いた。

「セックスはなし」とくりかえし、ぼくはつぎの息つぎの際に訊いた。

「どうして？」ぼくの体を押しかえしてごろんと仰向けにさせ、ひとりでシーツの下に潜りこんだ。それが答えだった。

リズはぼくの体を押しかえしてごろんと仰向けにさせ、ひとりでシーツの下に潜りこんだ。それが答えだった。

「愛してるの、ジェームズを」とリズは言い、ペニスの先を口に含んでぼくを黙らせた。


その週の残りは〈レインボー・ロッジ〉からほとんど出ることもなく、ハッパを吸ったり、腹ごしらえをしたり、とりとめのない話をしたりして時を過ごした。ときおりあてもなく外を歩いたり、セックスとも言えないセックスをしたりした。

ぼくははじめて心からインドのことを好きと言えるようになっていた。平穏に日々を過ごせる小さな隠れ家を見つけたいま、リズとの関係は快方に向かいつつあり、慌ただしかった旅もだいぶ落ちつきを取りもどしていた。

インド製のヨーグルトにたいする嫌悪感も、ヨーグルトとマリファナを混ぜあわせたバング・ラッスィの存在を知ってからはきれいさっぱりなくなっていた。なんとも最高なのは、ゲストハウスのスタッフに頼めばすぐに持ってきてもらえること。ハイになりすぎて

ハッパが巻けなくなったときなどは重宝この上なく、味はさほど好みではないものの、ぼくはいつのまにかバング・ラッスィの大ファンになっていた。なんといっても、喫むのに飽きたら飲む、という手っ取り早さがよかった。

　ゲストハウスにはほかにもたくさんの宿泊客がいて、みんながみんな自分の吸っているマリファナを勧めあっていた。そんなわけで宿の雰囲気はきわめて社交的なもので、ぼくらは毎晩いろいろな人と話をし、意識が半分どこかをさまよっている状態ながらもトランプ遊びに興じて、ジョイントを回しながら旅についての考えを分かちあった。ぼくはおもにトランプとハッパに夢中になっていたが、リズのほうは横で聞いていて気がめいるほど熱くなって、ほかのバックパッカーたちと哲学的な思索にふけっていた。

　ことインドに関しては、だれもがいくら話しても飽きたりないくらいの思いを抱いていた。ぼくにしてみれば、理論づけなどそれこそ意味のない行為で、ひとつの国を言葉で説明しつくそうとするなんて無謀だとしか思えなかったが、ほかのみんなはそれぞれ独自の理論を持っているようだった。リズは例によってすべてを真に受けていて、ぼくの皮肉癖に再度いらいらしはじめていた。

　ジョナという名前の男は、十七年もノンストップで旅を続けていた。最後に靴をはいてからもう十年になるらしく、大地との接触を失うなんて本来の人間の姿とは言えない、と豪語していた。物乞いに出くわしたときには、金を与えるかわりにその体を抱いてやる、

というのが彼のやり方らしかった。

ジョナは崇拝者と化した旅人たちに囲まれながら、自分が経験した病気、強盗事件、麻薬中毒、ひどい水虫などについて、数時間にわたって演説をぶった。ところが、それは聴衆を呼びよせるための序曲にすぎなかった。満足のいく人数が集まったところで、ようやくジョナはお気に入りのトピックを取りあげた。「インドの統一論」というものだ。

「インドは」とジョナは言った。「最も美しい国であると同時に、最も恐ろしい国でもある。そしてインド人は地球上で最も温かい心を持つ人種であると同時に、最も残酷な人種でもある」

ジョナが持論を展開させる猶予も与えずに、野戦服を着たアメリカ人のヒッピー、ベルが割って入った。「インドは」とベルは言った。「たしかに美しい国よ。でもはっきり言って、そこに住む人たちのおかげで堕《お》ちるところまで堕ちてるわ。みんなそう思わない？インド人はお金に取り憑かれてるのよ。ひと目外国人を見ればなにかをくすねようって魂胆で。頭のなかじゃ、売ったり買ったりすることしか考えてない」

「それはものごとの上っ面しかなでてない意見だな」とインが言った。スカンジナヴィア人のインは飢えに苦しんでいるかのような細い体つきをしていたが、そのわりにはつねになにかを食べていた。リズの情報によれば、腸に虫が寄生しているらしい。「現代のインドにおいて、商業というのはいうなればそのう、インドの歴史という重厚な絨《じゅう》毯《たん》の上に

かぶせられた、薄っぺらいビニールのカバーにすぎないのさ。この国はかつて何度も侵略されたけれど、独自の文化だけは廃れることなく生き残ってきた。資本主義は今日の侵略者にすぎない。過去の事実がことごとく物語っているように、侵略者が倒れたあとには、つねにこの地で生きてきた気高い精神を持つ人々が残されるのさ」

「とにかくべらぼうに安いよ」ノッティンガムから来たブライアンが言った。「この国じゃなんだって安く手に入る」

「でも……えっと、なんて名前だっけ？」とベルがどもりつつ言った。

「イン」

「イン？」

「イン」

「でもイン、資本主義の場合は、ほかの侵略者のようにこの国から去ったりしないわ。今回ばかりは、インドは闘いに負けたのよ。独自の風土も確実に失われつつある。この期に及んでインドはスピリチュアルな国だなんて言うのはばかげてるわ」

「イギリスじゃ」とブライアンが言った。「バナナ一本で二十ペンスするけど、この国じゃ、たった三十ペンスでひと房買える。十本から十五本ついててその値段だぜ」

「ひとつ忘れちゃならないことがある」とバール（ベルの恋人）が言った。「インドはかつてイギリスの植民地だったという事実から完全に立ちなおっちゃいないってこと。インド人が真の意味で自尊心を取りもどすには、もう二世代、あるいは三世代、世代の交代が

行われなきゃならないだろうな。もちろん、そのころにはなにもかも手遅れになってるだろうけどね」

「おれはこの国を愛していると同時に」とジョナが言った。「憎んでもいる」そしていかにも賢人ぶった態度でうなずいた。

「ぼくはこの国を憎んでいると同時に」とインが言った。「愛してもいる」そしてジョナよりもさらに賢人ぶった態度でうなずいた。いくぶんむっとしたジョナは、賢人度を上げようと取りすましてうなずいたものの、機嫌を害しているのが露骨に顔に表れているため効果はなく、おとなしく闘いから退き、せっせと新しいマリファナを巻きはじめた。

するとザビエルが持論を展開した。「インドはビッグなカントリー。なのにノー・マネー。自分で自分のヘビーなウエイトに押しつぶされて。だいいちろくなビーチもなけりゃ、とんでもない人の多さは自分で自分を自殺に追いやってる」

だれもがぽかんとした顔でザビエルを見た。

「ぼくはインドを愛している、と同時に憎んでもいる《ジェイム・ランド・メ・ジュ・ラ・デテスト》」と力強い口調でザビエルが言った。

だれもが取りすました顔でうなずき、そのフランス語を完璧に理解したふりを装った。

「刺激的な議論だと思わない？」興奮に顔を輝かせ、リズがぼくの耳元でささやいた。

「ぼくに言わせりゃみんなたわごとにすぎないよ」

「よくそんなことが言えるわね」

「言えるさ。なにもかもたわごとにすぎない」

「でも……みんなそれぞれの考えを持ってて、世界中を旅してきた人たちが貴重な体験を共有しようとしてくれてるのよ。あたしたちがどんなに運がいいかわかってるの？」

「ぼくらは自分たちがここにいるようなやつらとはちがうことを幸運に思うべきだよ」

リズはぼくの頰に触れ、懇願するような表情でじっと目をのぞきこんだ。

「お願い、デイヴ。あたしの顔に免じて、どうかこのあたしの顔に免じて、今後西洋的な皮肉はいっさい慎んでくれない？　後生だから。今回の旅はあたしたちの精神をより高い次元に持っていくチャンスなのよ。これを逃す手はないわ」

ぼくはリズを見つめかえした。リズの目の表情からは、鎮静剤でも必要としているかのようなせっぱ詰まった切実さが感じられた。この状態をうまく回避する方法などとっさには思いつかない。唯一考えられる思いやりのある行為として、ぼくはまっ赤なうそをつくことにした。

「オーケー。ごめんよ。今度から気をつけるよ」

「約束してくれる？」

「今度から気をつけて、もっと東洋的になるようにするから」

幸い、リズは気づかなかった。もちろんそれも皮肉であることに。

インドの真の姿

マナーリーに着いて一週間後、ぼくは思いがけない災難に見舞われた。ジェレミーが現れたのだ。

「案の定ここに泊まってたか」とジェレミーは言い、通りの端に姿を見せた。

「J！」リズが黄色い声で叫び、椅子から飛びあがるようにしてジェレミーのもとに駆けよった。そして歓迎のキス。

「やあ、デイヴ」ジェレミーがぼくに向かって言った。どうやらお互い憎みあっていることは忘れてしまっているらしい。

「ああ」

「なるほど、土地の悪しき恵みにあずかってるってわけか」

「いいや、ハッパを吸ってるだけだよ」

「J！　あなたの言ったとおり、このゲストハウスは最高だわ」リズが喜びもあらわに言った。

「このゲストハウスはマナーリーそのもの、つまりはそういうことさ」とジェレミーが答えた。「で、ハッパはどこだい？」

リズはなんの断りもなくぼくの手からジョイントを奪いとり、ジェレミーに渡した。ジェレミーは二本の指の付け根にそれをはさみ、手を丸めてこぶしを作ると、親指と人差し指のあいだにできた穴に口をつけて煙を吸いこんだ。

そして早速、リズにその吸い方の手ほどきをした。

「たいていのインド人はこうやって吸うんだ」とジェレミーは言った。

二日後、ジェレミーは日帰りのツアーを計画し、ゲストハウスの宿泊客全員に声をかけた。近くにある山の中腹にサードゥー（ヒンドゥーの修行者）たちの住む聖なる洞窟《どうくつ》があるらしく、参加希望者は翌日の朝一にゲストハウスのベランダに集合ということだった。

ぼくはそれがジェレミーの発案であるという理由だけで、当初その計画に乗り気でなかったが、ここしばらく活動的なことはなにもしておらず、ちょっとしたハイキングに出かけるのも考えてみれば楽しそうだった。それに、リズといい関係のままでいたければ、少しは東洋的なことに興味を示すのも必要であるように思えた。ぼくに言わせれば洞窟はあくまでも洞窟だったけれど、それが聖なるものだと信じられているからには、精神をより高い次元に持っていきたいというリズも満足して、ぼくの評価も何点か上がるはずだった。

結局、ぼくはツアーに参加することにした。

翌朝十時までには、それなりの人数が集まっていた。バール、ベル、イン、そしてジョナはそろって姿を見せ、加えてランジという、こともあろうにインド人の男も行くことになった。

ゲストハウスを出発してまもなく、ぼくはリズが物乞いの男の体を抱きしめているのを目にした。ちなみにリズはグループの先頭を歩いていた。ジェレミーといっしょに。物乞いの男は当然のごとく、その態度をうとましがっている様子だったので、ぼくは通りすがりに数ルピーを渡してそのつぐないをした。リズの顔に浮かぶ表情は見てとれなかったが、抱擁後の足どりにはあきらかにちがう印象があった。「みんな見てちょうだい。いまやあたしの心はこんなにも穏やかなの。穏やかすぎて胸がキュンとしちゃう」とその体の動きは語っていた。

一マイルほど歩いたところで、あのう、おれ、近道を知ってるんだけど、とジョナが言い、ジェレミーの面目は一瞬にして丸つぶれになった。当然のごとく、ぼくはすっかりご機嫌な気分。リズはグループの最後尾に回ってジェレミーの慰め役に徹したので、ぼくは歩きながらほとんどランジを相手に会話をすることになった。

ランジはイギリスのパトニーの出身だった。バックパッカー特有の服装で身を包むかわりに（いまではこのぼくでさえその格好をしていたのだけれど）、リーバイスのジーンズに洗濯したてのTシャツというでたちで、ぴったりフィットしたシャツがたくましい筋

肉を引き立たせていた。これ見よがしにセットされた髪型を見るのはマナーリーに来て以来はじめてだった。

ざっと話を聞くところによると、両親にイギリスから連れもどされたランジは、つぎつぎと親戚に引きあわされ、やがて耐えられなくなって逃げだしてきたらしい。ランジの家はかなりの金持ちで、いまもあらゆるコネを使って息子を捜しているらしく、自分に会ったことは絶対にだれにも言わないでくれと念を押された。

「言わないさ」とぼくは言った。

「うちの親は必ずおれを見つけだす。どこに隠れていようと、居場所を突きとめて家に連れもどすつもりでいるのさ」

「ちょっと心配しすぎじゃないのか？　だってこの国の広さを考えてみろよ」

「この国のことがわかってないからそんなことが言えるんだよ。おれの家族はあらゆるところに影響力を持ってる。このおれが自分の名前を口にしようものなら、まったくの赤の他人だって、どこの家の出なのかぴんとくるだろう。そんなことになったら最後、おれの居場所は一発で両親に知れることになる。ほんとだって、誓ってもいい。それにもし見つかったら、きっとただじゃすまされないだろう」

「どうして？」

「どうしてって、こんなふうに黙って逃げてきたからさ！」

「ちょっと旅をしてきたとでも言えばいいのに」

「旅だって！　うちの親がそんなことを許すと思うか？　バックパックに薄汚い服を詰めこんで、何日も体を洗ってないヒッピーたちとシラミのうようよいるホテルで寝泊まりして。百万年経ったってうちの親は子どもにそんなことはさせないさ。しかもたったひとりでだなんて！　気でも狂ったんだって思うにちがいない」

「でもだれだってしてるじゃないか、ひとり旅くらい？」

「そりゃそうさ、イギリスの仲間だってみんなやってる。けど、おれの場合は状況がちがう。それは許されるべきことじゃないんだよ」

「どうして？」

「おれはインド人なんだぞ。こんなふうに旅をするなんて、尊敬に値するインド人の行為とは言えない」

「世界を旅することは、尊敬に値する立派な行為だよ」

「けっ！　バックパッカーなんて地球のくずさ」

「でも、ぼくらは旅をするだけの金を持ってる。ぼくらは西洋人なんだ」

「だから？」

「だから高いものだって買える」

「だから？」

「だからみんなぼくらを尊敬しているようにふるまってるじゃないか」

「そのとおり。みんなおまえらを尊敬しているようにふるまってる。けど、やつらがおま

えらにへいこらするのは、おまえらの金が欲しいからにすぎない。これだけは覚えとけよ。この国にいるインド人は絶対におまえらの友だちにはならない。どんなに気持ちのいいことを言われようと、そんなのはうそに決まってる。やつらのねらいはただひとつ、おまえらが持ってる金なんだよ」

「よくそんなことが言えるな。人種差別主義者」

「人種差別主義者でけっこう。おれはインド人なんて大っ嫌いだからな。やつらは野蛮人そのものさ。なにかにつけて金、金、金。ここ一か月、来る日も来る日も親戚と顔合わせをさせられたけど、話題と言えばステレオや車やウイスキーや財産のことだけ。おれはもう居たたまれなかった。だから逃げてきたんだよ。そんなことにはいっさい興味ないからな。おやじの汚いビジネスだってそうさ。おやじが扱ってる服が倉庫から搬送されてものの十秒後に一枚残らずぼろぼろにほつれちまったとしても、おれはなんとも思わないだろうね。なにもかもくだらないことさ。くだらない物質主義者のたわごとなんだよ」

「でもぼくはてっきり、インドはそのう、なんていうか、スピリチュアルな国だと思ってたけど」

「もちろんさ。だからおれも旅に出ることにした。インドの真の姿を見きわめるために。自分にとっての心のふるさとを見つけるために」

「それがマナーリー」

「そのとおり」

「それが〈レインボー・ロッジ〉」

「そのとおり。だってそうだろ？　なんてったって聖なる洞窟だぜ？　まさにこの地がそうだよ」

「ほんとそうだよな」とぼくは言った。「まさに驚きだよ」

心地いい静寂のなか、ぼくらはしばらく黙ったまま、周囲の景色を堪能していた。

「それにしてもおかしなもんだな」とぼくは口を開いた。

「なにが？」

「マナーリーにいるとさ、なんかこう、しっくりくるだろ？」

「ああ」

「この世は金、金、金っていうなかを旅しながらさ、いろんなストレスにさいなまれてこの地にたどり着くと、一瞬にしてほんとのインドを見つけだしたような気分になる」

「ああ」

「まったく妙なもんだよ。インドに到着して以来、ちゃんとした会話をしたインド人はランジが最初なんだぜ」

「だから？」

「うまく言えないけど、最高だって思える場所——つまりまさにインドだって実感できる場所っていうのは、インド人とひとこともしゃべらなくてもすむ場所らしいってことだよ」

「おまえの言うとおりだよ、デイヴ。まさにおまえの言うとおり」

その晩、ぼくはなんとかリズにこの考えを説明しようとしたけれど、リズはいきなりぼくを異端者呼ばわりして、火あぶりの刑にでも処しかねない勢いだった。こんなに腹を立てるリズは見たことがない。どうやら少なくともしばらくのあいだ、リズにとって頼れる寵臣はジェレミー、ぼくは小便をちびりそうなウエルシュコーギーというところらしかった。

我慢しなくてはならないのは目的の地そのもの

インドに来て知りあった人たちのなかで、ランジははじめてぼくが気に入った男だった。最初から馬が合ったこともあり、リズがジェレミーの導きでばかげた世界にはまりこんでいるあいだ、ぼくはほとんどの時間をランジと過ごすようになった。サウスロンドンの人間と仲良くなるのはこれがはじめてとはいえ、それはとても興味深い経験だった。サウスロンドンの人間というのは、やはり独特の人生観を持っているらしい。

二週間も滞在するとさすがにマナーリーにも飽きはじめ、リズ、ジェレミー、ランジ、そしてぼくの四人は、どういうわけかいっしょにダルムシャーラーに行くことになった。ダライ・ラマやチベットの僧侶たちが出入りしているというからにはクールな町にちがいなく、運が良ければリチャード・ギアにも会えるかもしれないとぼくは思った。

すでに心のよりどころとなっていたマナーリー。慣れ親しんだ地をあとにするかと思うと、インドへの恐れがふたたび湧きおこった。しかし団体で移動するとなれば、外界から

の刺激とは比較的無縁でいられるはずで、いずれはつぎの町に移らなくてはならないことを考えると、四人でいっしょにマナーリーを発つというのもまんざら悪いことではないように思えた。それに、ダルムシャーラーはマナーリーと同じような町らしく、どうせ旅の厳しさを再認識させられるなら、変化がゆるやかであることに越したことはなかった。

ところが蓋を開けてみると、ひとりとしてダルムシャーラーを気に入る者はいなかった。到着してすぐの夜、みんなで口にした食べ物がおもな原因で、ぼくはトイレを行ったり来たりしながらその夜を過ごし、ジェレミーはジェレミーで、部屋の窓からゲロを吐くような始末。インドでパエリアなんかを頼んだのがそもそもの過ちだったが、〈ウッドストック・レストラン〉はまずまず衛生的に見えたし、気分転換に、たまにはこういう料理もいいんじゃないかという軽い気持ちもあった。

以前にダルムシャーラーを訪れたことのあるジェレミーは、気高い瞑想の場所であったこの町をチベット人が売り物にしていると言って、通俗化した町の様子を嘆きつづけていた。かつてはだれも持っていなかった刺繡《ししゅう》飾りのナップサックも、いまでは大通りの店先にところせましと売りに出されていた。

ジェレミーの機嫌を損ねたい、ただそれだけのために、ぼくは自分用にまったく同じものをひとつ買った。

二、三日休養して体力が回復したら、そそくさと山から降り、ラージャスターンに向か

おうとぼくらは決めた。

ラージャスターン州に行くには、いったんバスでデリーに戻って、列車に乗りかえて西に向かい、ジャイプルという町まで出なくてはならなかった。その行程はまさに永遠に続くように感じられ、おうおうにして暑く、臭く、汚く、不快な旅でしかなかった。しかもダルムシャーラーを出てまもなく、ランジがジェレミーと仲よくなりはじめ、ぼくの機嫌は悪くなる一方だった。

ぼくは列車やバスが停まるごとに、今度はいつ走りだすのかといらいらしたが、ランジとジェレミーはそのつどふらふら外に出て、近くにいる人たちに気さくに話しかけ、食べ物でもチャイでもそこにあるものを買って、列車(あるいはバス)が再度走りだすまでの時間を最大限に楽しんでいた。なんともしゃくだったけれど、ふたりのまねをしはじめたとたん、ぼくもいつのまにか旅を楽しむようになっていた。

秘訣は、旅というものをまったく新たな視点から捉《とら》えること。自分の旅を、ただたんにA地点からB地点への移動と考えるならそれでおしまい。いらいらがつのるばかりで、楽しむどころではなくなってしまうだろう。けれども視点を変え、ある場所にいる状態そのものが旅であると考え、列車(あるいはバス)の一時的な停車も、食物と会話つきの社交的な儀式として捉えれば、すべてはちがったふうに見えるはずだった。基本的に、場所を変えたちょっとしたパーティの連続が旅というものなのだ。

ぼくはそんなふうにして、はじめて自分からインド人と話すようになった。ちゃんとした英語をしゃべれる者がほとんどいなくて、知的な会話こそできなかったが、だれもが驚くほどフレンドリーで、たいてい最後にはチャイをおごってくれた。もちろん、そんなことをしてもらいたいとは思ってもいなかったけれど、インド人たちはおごると言ったらがんとしてゆずらなかった。正直に言って、ぼくはこの経験に少々戸惑っていた。なにしろそれまでぼくは、**インド人なんて絶対に信用するな、やつらは大英帝国の血を引く裕福なイギリス人から金をぼったくるのを道義的な権利だと考えている悪党集団なんだし、たとえ愛想よくしていても腹の底ではなにを考えているかわからない**、という理論を実践しつづけてきたのだから。チャイ一杯といっても二ペンス程度の値段ではあるが、それを払うことで彼らがなにを得ているのかはわからなかった。どう見ても、ビザを申請するために保証人を必要としている感じではない。もちろん、なにがあるかわからない将来に備えて、とりあえずこの場で外国人の知りあいを作っておくというのなら話はべつだけれど。とにかく理由がなんであれ、そんなふうに温かくもてなされて悪い気はしなかった。

ホテル、レストラン、店と、町中で話しかけてくる者はひとり残らずぼくの財布の中身が目当てだったが（当然のごとくリクシャーの運転手も）列車のなかはまったくべつだった。そこは金銭をめぐるいざこざなどいっさい無縁の区域で、ほかの乗客たちはみんなぼくを放っておいてくれたし、たとえしゃべりかけてきても、たんに話し相手が欲しいからにすぎなかった。一方的にチャイをおごられたまま、住所も訊かれずにさよならをしたと

いう経験を何度かしたあと、ひょっとしたらこれは純粋な好意なのかもしれないとぼくは思いはじめていた。それにしてもまったく妙なものだった。

旅をする上では、目的の地にたどり着くために我慢するのは当たり前だと思っていたが、ひょっとしたらそうではなく、我慢しなくてはならないのは目的の地そのものなのかもしれない。

なんだかおもしろくなってきたぞ、とぼくは思った。インドに到着して以来口癖になっていた「ウ〜ン」も、いまでは「フ〜ン」に変わりつつあった。


ジェレミーはジャイプルに「すばらし〜い」ホテルを知っていて、町に着くやいなや、ひと目でいいから見てくれよと言いはった。実際、とても感じのいいホテルで、ぼくらはどさりと荷物を下ろし、シャワーを浴びて、その日の残りをのんびり過ごすことにした。

リズとぼくは自分たちの部屋にいて、ふたりきりでだらだらくつろいでいた。ジェレミーのことを気に入っているのかとリズに尋ねたのはそのときだった。

「ばかなこと訊かないで」

「ばかなことじゃないよ」

「気に入ってるわけないでしょ！　ひげが生えてるじゃない」

「誓う？」

「だったらどうだっていうのよ」

「だったらって？」

「だからもし気に入ってたらってことよ」

「さあ……」

「あたしがだれを気に入ろうが、あなたがとやかく言うことじゃないでしょ？」

「ぼくはただ、つまりきみとぼくは……」

「あなたとあたしがなによ？」

「だからいまじゃぼくらは……」

「いまじゃなんだっていうのよ？」

「つまりぼくらはそのう、肉体関係にあるわけだし」

「あたしたちは肉体関係になんかないわ」

「ないの？」

「当たり前じゃない。いい加減、もうそういうことするのやめましょ。どうやったってあなたにはあたしの言いたいことなんて通じないみたいだし」

「でも……ぼくらはいままで……」

「あたしはジェームズを愛してるの。それはもうくりかえし言ってることでしょ？　いったいあと何回言ったら、あなたの鈍い頭にわからせることができるの？　あなたとあたしのあいだにはなんにも起こりっこないのよ」

「そんなこと言ったって、すでに起こってるじゃないか」

「あたしたちがいままでしてきたことなんてなんの意味もないわ。そんなのわかりきってることだと思ってたけど。だいたいあなたが自分で言ったのよ。あたしたちはただの友だち同士で、これはただのお遊びにすぎないんだって。なのにまるであたしたちがさも愛しあってるかのような、ばかげた妄想に浸っちゃって。とにかく、こんなことといますぐやめないと。あなたに大人の対処ができないのは目に見えてあきらかだわ」

「ぼくらが愛しあってるなんてぼくはひとことも言ってないよ。少なくともぼくはきみを愛してない。ぼくはただ……」

「いい？　そもそも言いだしっぺはあなたなのよ。ジェームズがいないあいだにふたりの時間を楽しもうだなんて。おめでたいあなたはうまくいくと思ってたようだけど、そんなの無理に決まってるってあたしは言ったはずよ。実際、いまだってうまくいってないじゃない」

「いってるよ。ぼくはただ、ジェレミーのことを気に入ってるのかいって訊いただけじゃないか。いいよ、もう忘れてくれ。ぼくが言ったことはみんな忘れて、もとの関係に戻ろう」

「それが問題だって言ってるのよ。些細なことのようだけど、これは重要なことよ。おまえの体はおれのもんだなんて、絶対に言わせないから」

「そんなことひとことも言ってないじゃないか！　きみの体がぼくのものだなんて！」

「言葉の節々にそういうあざとい考えがにじみ出てるって言ってるのよ。あたかもあたし

を所有してるかのような感情をいだいてるのは見え見えだわ」

「なに言ってるのかさっぱりわからない」

「いい？　あたしはだれにも束縛されたりしない。これからはお互いあくまでも友だち、いいわね？」

「黙れ！」

「なによ、その口のきき方！」

「ぼくらは友だちなんかじゃない」

「友だちよ」

「そんなのありえない」ぼくは叫んだ。「だってぼくはきみのことなんか好きじゃないんだから。冗談だろ？　まったくぼくもとんだかんちがいを……きみって女はまるで……まるで……くそっ、形容する言葉も見つからない。きみの言うことなんて……きみはいつだって……とにかくなにもかも……**なにもかもくそくらえ！**」

突然、ぼくは部屋のなかにひとり取り残されていた。ベッドの上で、ほとんど泣きだしそうになって。


一時間後、ぼくはホテルのレストランにいて、ジェレミーがリズや四人のイギリス人の若者を相手に、威張りくさった態度で話をするのを聞いていた。ジェレミーは以前に彼らと同じ寄宿制の学校に通っていて、三年まえには寮長をしていたらしく、みんなでその思

い出話に盛りあがっていた。ジェレミーを除けば、ひとりとしてひげを生やしている者はおらず、四人ともまるでルパート・エヴェレットのクローンのように見えた。そこまでいけば完全な妄想狂だな、そう言われてもかまいはしない。ぽっと赤らんだリズの顔を見れば、彼女が発情しているのは疑いようがなかった。

当然のごとく、その晩、夕食の席は同窓会へと一変した。ホストはジェレミー、ホステスはリズ、ぼくはつねに水を差す役に徹した。賢明なことに、ランジは単独で行動していた。

ほんとにすごい偶然だよな、こんなところでばったり会うなんて、とジェレミーたちが大騒ぎしはじめてからすでに十五分が経過。ぼくはさすがにうんざりして、おもむろに口を開いた。

「べつにそんなに騒ぎたてるようなことじゃないと思うけど。きみらにとってこの国は、パブリックスクールにある談話室の延長線上にあるようなもんだろ？　だいたいどこに行ったってみんな同じホテルに泊まるんじゃないか。偶然だのなんだのと大喜びするのはもうそれくらいにして、とっととインドに関するうんちくを分かちあったらどうだい？」

「そんなにかりかりするなよ」とルパート1が言った。「なにも嫌味を言う必要ないだろ？」

「なんて言われようがかまわないさ」とルパート2が言った。「どう考えたってものすごい偶然なんだから。だってそうだろ？　いまこの国に何人の人間がいると思う？　何百万

人だぜ？　そのなかでおれたち四人がばったり出会った。これがものすごい偶然じゃなくてなんだっていうんだよ」

「そんなこと言ったたって、きみらはみんな同じところに行って、同じことをするわけじゃないか、そうだろ？　四十年後にきみらが英国議会の上院でばったり顔を合わせたって、そんなのたいした偶然じゃないのとおんなじことさ」

「おれたちがここで落ちあうことを示しあわせたとでも？」とルパート3が言った。

「あえて下位の階層に降りて満足してるやつの言葉なんて無視していいさ」とジェレミーが言った。「ここにいるデイヴはパブリックスクール出であるにもかかわらず、どうやら自分は労働者階級に属してると思っているらしい。社会的地位において懸垂下降をやってのけたってわけさ」

「パブリックスクールになんて通ってない。産業奨励地域にあるインディペンデント・スクールさ」

「産業奨励地域？　さしずめ炭鉱夫の息子ってところか？」

議論する気にはとてもなれなかった。ぼくは下を向いて食事に専念し、皿の上に載った食べ物をフォークでつつきまわした。食欲などなかったが、機嫌を害したところなどリズに見られたくなかったので、ほんのひとくちだけ口に放りこんだ。

「的を射てるよ、デイヴの言ってることは」とルパート4が言った。「たいした偶然じゃない」

テーブルが一瞬しんと静まりかえり、ジェレミー、リズ、そしてルパート1〜3がそろって鋭いまなざしを向けた。

ルパート4は顔をまっ赤にして「ごめん」と言うと、ふたたび自分の皿に視線を落とした。

「おれたち四人、どこからこの町に入ってきたと思う?」ルパート1がジェレミーに尋ねた。

「プシュカル」

「大当たり」ルパート2が言った。「なんでわかったの?」

「経験に基づいた推測さ」

「ほらね」とぼくは言った。

「プシュカルではどの宿に?」ジェレミーが言った。

「じゃあ、〈クリシュナ・レスト・ハウス〉、だっけ?」ルパート1が言った。

「へピーコック・ホリディ・リゾート〉は見つけられなかったのか?」

「あいにくね」いまだに少し顔に赤みを残しながらルパート4が言った。「そんなにいい宿なの?」

「いいなんてもんじゃない。あんなチャーミングな庭は見たことないよ。唯一の難点は、朝早くからクジャクの鳴き声で目を覚まさせられることだけど」

ぱっとその光景が頭に浮かんだらしく、リズが息をのんだ。「それほんと? 最高じゃ

ない、クジャクの鳴き声で目が覚めるなんて。あたしたちも行ける？」と言ったものの、尋ねる人を誤ったことに気づいたようで、急いでぼくに向きなおって作り笑いをし、偽りの愛想を振りまいた。「行くべきかしら、あたしたちも？」

ぼくは肩をすくめてうんと答えた。

「そこは安いの？」リズはジェレミーに向きなおって訊いた。

「安いかって？　ぼくがきみらを高いところに連れていったことがあるかい？」

「一度もない」リズは言った。

「あの雰囲気を味わえるなら宿泊代なんてただ同然だよ。といっても、あんまり噂《うわさ》を広めないでくれよ。そんなことをしたら一気に値段がつりあがってしまう」

「クジャクの声で目が覚めるなんて！　もーう、待ちきれない！」

「待ちきれないって、まだジャイプルを見てないじゃないか」とぼくは言った。

「この町に長居する必要はないわ」とリズが言った。「観光客向けの町じゃない」

「なに言ってるんだよ？　まだ一歩もホテルを出てないくせに」

「そうよ。でも、ここは観光バスのツアーが必ず寄るところでしょ？　デリー、ジャイプル、アグラって言ったら、でっぷり太った金持ちの中年たちが、エアコンの効いたバスに乗って回るコースよ。そんなのだれだって知ってるわ」

「シルバートライアングル」とルパート4が言った。

「それを言うならゴールデントライアングルだろ？」ルパート3が言った。

「そうだった」ルパート4が言った。

「リズの言うとおりさ」とジェレミーが言った。「もちろん、ジャイプルにはそれなりの魅力がある。でも、観光客のおかげで台なしになってるのはまぎれもない事実さ。たかが二週間の観光でここを訪れるやつらには、インドにたいする興味なんてこれっぽっちもないんだよ。やつらはただ宮殿を見学して、安値の絨毯を買って、それでアジアのことをほんの少し学んだつもりで満足して帰っていくのさ。おれにしてみれば、そんなの見るに耐えないね。やつらのおかげで観光地が台なしになって、真の旅人たちがどれだけ迷惑してるか」

「どういうことだい、め、迷惑してるって？」ルパート4が精一杯の闘志を見せた。

「金持ち風をびゅうびゅう吹かせてるからさ」ジェレミーが言った。「やつらはいわばハイテクに守られた繭《まゆ》のようなバスで観光地に乗りつけて、現地の相場なんておかまいなしに、通常の二倍の値段を払ってそれで喜んでるんだよ。おかげで西洋人の評判は地に堕ちて、地元の値段で買い物をしようとする真の旅人たちが苦労することになる」

「なにしろ」とぼくは口をはさんだ。「そんなにひんぱんに頼めることじゃないしね、パパにお金を送ってなんて」

ジェレミーがぼくをにらみつけた。

「まったくそのとおりだよ」ルパート1が言った。「おれだって父さんに小遣いをせがむのはいやなもんさ。すっごく屈辱的だし。とっとと大人になりたいもんだって思うよ……

そしたら父さんをディナーにでも誘って、全部おれのおごりだって言うんだ。スカッとすると思わないか？」

「右に同じ」とルパート2が言った。


翌日、ぼくはランジといっしょに風の宮殿に行った。認めるのは悔しいけれど、観光客たちについてジェレミーが言っていたことはたしかに正しかった。風の宮殿そのものはとても気に入ったが、『ロンリー・プラネット』に載っている写真よりは少々見劣りがした。

宮殿の外で、ぼくはランジが物乞いに小銭を与えているのを見て驚いた。

「どれがほんものの物乞いか、どうやったら見分けられるんだよ？」とぼくは訊いた。

「なんだって？」

「だからどうやったら見分けられるのかって訊いてるんだ、ほんものの物乞いと、組織的な物乞いとを」

「組織的な物乞い？　いったいなんのことだよ？」

「だから観光客を餌食《えじき》にする物乞いのことさ」

「おまえみたいな妄想狂見たこともないよ。物乞いは物乞いだろ？　貧しくて金なんか持ってなくて、路上に住んでる人たちのことを物乞いって言うのさ」

「そうだけど」

「おまえは一ルピーたりともやらないのか？」

「ジェレミーがそんなのやるべきじゃないって。インド人たちはいつも無視してるって」

「なんてけちくさい男だ。そんなのでたらめに決まってる」

「じゃあ、ランジはいつも金を？」

「いつもじゃない。イギリスにいるときとおんなじさ。小銭があって、そういう気分だったらいくらかやる」

「そうやってんの、みんな？」

「さあな、テレパシーがあるわけじゃないし、そんなのわからないよ。物乞いにはこう対処すべきですなんて、決まったルールがあるわけじゃない。だろ？」

「たしかに」

ぼくはなんだかとてもいやな気分になった。なにもかもジェレミーのせいだった。


ぼくらが泊まっているホテルでは、ジャイプルの動物園から若いトラが逃げだし（しかもたんに檻《おり》を囲む鉄のバーのあいだを潜《くぐ》りぬけて）近くの村に住む人たちを噛み殺したという噂が流れていた。いかにもインドらしい話だとだれもがひどくおもしろがっていたが、フランス人の男が話に割って入り、その話の新たな結末を告げると、いままでの盛りあがりがうそみたいにぼくらはいっせいに口をつぐんだ。フランス人の男によると、逃げたトラは西洋人の旅行者もひとり噛み殺したらしく、数人ほど話を信じない者がいたものの、ぼくらを含む残りの宿泊客は真剣に恐れをいだいた。

ジャイプルはどう考えても安全ではなかった。もちろん、逃げたトラのこともあるけれど、ぼくにとってなによりも心配だったのは、リズが四人のルパートたちに夢中になっているという事実。そこでぼくはジャイプルに関するジェレミーの持論を大げさに誇張して、一日も早くプシュカルに向かうべきだとみんなの説得にかかった。ところが、ランジは急いでジャイプルをあとにすることに乗り気でなかった。ジェレミーとリズと三人だけで旅をする自分の姿を想像して、ぼくは一瞬身震いをした。

「なんだって？　もう出発するのか？」とランジは言った。

「ああ、いかにも観光客向けの町って感じでうんざりだよ」

「うんざりって、まだなんにも見てないじゃないか」

「見たよ。風の宮殿を」

「それだけじゃないだろ、見るべきものは？　ひとくちにジャイプルって言ったって広いんだから」

「もちろんそうだけど、ぼくらは大きな町にはとくに興味ないし。なにしろ慌ただしすぎるよ。物質主義が蔓延《まんえん》してるし」

「で、つぎの目的地は？」

「プシュカル」

「プシュカル？」

「聞いたことあるだろ？」

「いいや。なにがあるんだよ、そのプシュカルってとこに？」

「なにって、すごく静かでのんびりしたところらしいよ。湖があって、それから……」

「それから？」

「詳しくは知らないけど、とにかく静かでのんびりしてるって。マナーリーみたいな感じかな。山のかわりに湖がある」

「それはそれは。興味津々だよ」

「それに、ランジだってこんな大きな町に長居してたら、そのうちだれかに見つかりかねないだろ？　プシュカルだったらだいじょうぶ。小さな村だから見つかりっこない」

「たしかにデイヴの言うとおり、この町はちょっと慌ただしすぎるな」

「おまけにプシュカルのホテルにはクジャクがいるって」

「だから？」

「さあ。とにかくよさそうなとこじゃないか。いっしょに来てくれよ。絶対楽しいって」

「考えとく」


その晩、ぼくはホテルの受付係にランジに向かって尋ねさせた。ひょっとしてランジというのはあのランジ・ピンダーですか、と。

そしてランジはぼくらといっしょに来ることになった。

すばらしかった?

リズとの関係がひどく悪化したのはプシュカルでのこと。ある朝、ふたりしてホテルの中庭に座って読書をしていると(ぼくはウィルバー・スミス、リズは『バガヴァッド・ギーター』を放りだして『禅とオートバイ修理技術』を読んでいた)、突然リズが椅子から跳びあがり、金切り声をあげた。

「うそでしょ〰〰〰っ!」

「なになに?」とぼくは訊いたが、リズは完全に無視して中庭の入り口へと走っていき、バックパックを背負った女の体をつかんだ。

「フィー!」とリズは叫んだ。

中庭に現れた女は周囲を見まわし、きょとんとした顔でリズに目をやった。

「フィー、あなたなの?」

「ええ、たしかにあたしはフィオナだけど」

「あたしよ、リズよ」

長い沈黙があった。女はリズの顔をじっと見つめ、ようやく気づいて、リズよりもさらに大きな声で叫んだ。「う〜〜そ〜〜で〜〜しょ〜〜〜〜〜〜〜〜っ！　リジィ！」

「フィー！」

「リズリズ！」

「フィーフィー！」

「うっそ〜？　ほんと〜？　信じらんない！　元気？　だってあたしたち……最後に会ったのって……キャ〜〜〜〜〜〜〜ッ、もうっ、なにから訊いたらいいのよ！」

「ほんとに……ほんとよね……あたしたち……積もる話がた〜〜〜〜〜〜くさん」

ふたりはゆうに十分間、金切り声の出しあいをし、相手の名前を奇妙なニックネームで呼びあって、お互いが身につけているアクセサリーをほめちぎった。そしてリズはようやく振りかえってぼくを紹介した。

「フィー、デイヴィッドよ、あたしの旅仲間」とリズは言った。

フィーは片手を差しだし、じっとりとして力のない指先をぼくに握らせた。

「はじめまして」とフィーは言った。「こっちはあたしの友だち、キャロライン」

どうやらリズとフィオナは子どものころにイーリング児童弦楽合奏団に入っていて、お互い親友同士だったものの、十一歳のときにリズが引っ越して以来、一度しか再会を果たしていないようだった。

「とにかくちょっとさっぱりしてくるわ」とフィオナは言い、「積もりに積もった話はあるけれど、それはあとのお・た・の・し・み」と約束して、キャロラインといっしょに部屋に上がっていった。しばらくして優雅に階段を降りてきた彼女は、顔の泥も落ち、脂ぎった髪もきちんとうしろに束ねていたが、どういうわけかシャワーを浴びるまえよりも印象が悪くなっていた。

「こ〜んなところで会えるなんて！」フィオナは身を乗りだしてリズの手を握った。

「すっごい偶然」

「驚くべきことよ」

「いまでも信じられない」

「きっとこれはクリシュナの導きなのよ、あたしたちはもう一度会うべきだって」フィオナが言った。「じゃなかったら、こんなふうにして会えるはずないわ」

「で？　で？　ここに来るまえはどこに？　インドにはもうどれくらい？」

「キャズとあたしはウダイプルにあるハンセン病患者収容施設で三か月過ごしてきたばかりなの」

「**なんだって！**」ぼくは思わず読んでいた本を床に落とした。

「ほんと、すばらしかったわ」

ぼくは数インチほど椅子をうしろにずらした。万が一ってこともある。

「ハンセン病患者収容施設で三か月過ごしてきたばかり!?」

「ええ。でもいまはそんなふうに呼ばれてないの。ウダイプルハンセン病療養園っていう名称だけど、どっちにしてもおんなじことね」

「冗談だろ、なんだってまたそんなこと！」

「そんなことって、とてもすばらしい体験よ」

「わかる〜、あたしもずっとやってみたかったの」とリズが言った。

「なんだって！」

リズがきっとぼくをにらんだ。「わざわざ言う必要もないと思っただけよ。説明したって理解してもらえるわけないし。でも、それはつねにあたしの夢だったの」リズはフィオナに向きなおって、ふたたび顔をほころばせた。「フィー、どんなだった？　すばらしかった？」

「すばらしいなんてもんじゃないわ。あたしは生まれ変わったの」

「でしょうね」

「どうやって？」とぼくは言った。

「あたしのカルマはいまや完全に浄化されたってこと」

それがどういう意味なのかは理解したくもなかった。

「ほんと？　すごいじゃない」とリズが言った。

「ほんとよ、おかげでいろんなことを学べたわ……自分自身について……癒しについて……とにかくいろんなこと」

「でもどうやってそこに行けたの？　だってあたしが聞いたかぎりじゃ、志願者がいっぱいいて行きたくても行けないって」

「あたしの場合は幸運だったのよ。母親の友人がね、ロンドンでハンセン病の慈善団体を運営してるの。頼んでウエイティングリストのトップに入れてもらったのよ。そんなに行きたいならあなたの名前を推薦しておこうか？」

「ほんと？　そうしてくれるとありがたいわ。あたし絶対インドに戻ってくる。だって恩返しをしたいもの、こうしていろいろ経験させてくれてるインドに」

「でしょ？　あたしもおんなじことを考えたわ。といっても、この国に来るのは今回がはじめてなんだけどね。でも、インドに行ったらそんなふうに思うにちがいないって、イギリスにいるときからわかってたの。ちょうどハンセン病の慈善団体に知りあいもいたし、これを逃す手はないって」

「逃す手もなにも……危なくないのかい？」とぼくは訊いた。

「ばかなこと言わないで。ハンセン病は完全に治療可能な病気なの。それに、みんなが思うほど移りはしないのよ」

「でも……けっして気持ちのいいもんじゃないだろ？」

「もちろん、その種の感情は克服しなきゃならないわ。あたしだって最初の何日かは最悪の気分だった。でもいまは、ハンセン病にかかった人たちに囲まれているほうが、健康な人たちといるよりよっぽど心がやすらぐの」

「やすらぐって……じゃあきみも治療の手助けをしたわけ？」

「いいえ。あたしたちが行ったところは、重度の患者たちのための施設なのよ。ウダイプルがものすごく人気があるのはそのためなの」

「どうして？」

「どうしてって、それが魅力だからよ。ウダイプルにはほかのどの施設にもいない重病の患者たちがたくさんいるの。あたしたちはその人たちの体を洗ったり、歩くのに手を貸したりするんだけど、要するに、病とともに生きる彼らの手となり足となるってこと」

「体を洗う？」

「ええ、これがけっこうやみつきになるのよ」

「なんだって？」

「もちろん最初は不快で仕方なかったわ。でも一度慣れちゃったらとってもいい気分で」

「どうして？」

「一度やってしまえば、なんていうか……ものすごく気持ちよく感じるの」

「どうやって？」

「自分がとってもいい人間に思えるのよ。ポジティブなカルマを稼いだような感じね。死に瀕したハンセン病患者の背中を洗っていると、自分がこの世に持って生まれてきた恐ろしい重荷がひとつ残らずこそぎ落とされて、ただの無垢《むく》な女になったような気分になるの。それはもうすばらしいフィーリングよ」

「あたしもやらなくちゃ」リズが言った。「絶対やらなくちゃ」

「でもなんていうか、そんなことしてて気がめいらないのか？」

「とんでもない！　まったく逆よ。ウダイプルのホスピスはオプティミズムにあふれてるわ」

「でもきみはさっき、そこにいる患者はみんな重度の人たちだって」

「そうよ、でもみんなとってもチャーミングなの。失うものはなにもない人たちでしょ。それでも声を立てて笑うことはまだできるし、だれもが人生にたいしてとっても前向きなの」

「どうだか」

「ほんとよ」

「そんなのありえない」

「だってほんとだもの。そのホスピスはね、患者を面接で選ぶっていう方針を採ってるの。とにかく申しこみが殺到してて、ベッドを確保するには面接に合格して、ホスピスに入るにふさわしい心構えでいることを証明しなければならないの」

「ふさわしい心構え？」

「つまりポジティブな考えを持っていること。とにかく前向きであるってことよ。だってそうでしょ？　患者たちが年がら年中ふさぎこんですねた態度でいたら、ボランティアの女の子たちがみじめになるばかりじゃない。なにかを学ぶにも学べないわ」

「つまり患者は看護婦の都合に合わせて選ばれるってこと？」

「病院はどこだってそうよ。ちゃんとした病気にかかってなきゃ入院はできない。充分に重い症状でないとね。ウダイプルの場合は、もう一歩その先を行ってるだけのこと。それに、そこにいる患者たちは半径数十マイル内にあるどんな施設よりもいい待遇を受けてるわ。だからホスピスのなかの雰囲気もすごくいいの。ほんと、奇跡のような場所だわ」

「そんなのへどが出るね」

「どういうこと？　じゃあなに、ハンセン病を患ってる人たちは治療なんて受けないほうがいいっていうの？」

「そんなことは言ってない。ただ、そんなふうに患者を選ぶなんて……」

「選びたくても選ばなきゃならないのよ」

「でもだからって……」

「実際ね、これはここだけの話だけど、政府のハンセン病患者への取組みが効果を現しはじめてね、最近じゃ患者の数だって減ってきてるのよ」

その時点でキャロラインがぼくらに加わった。

「どうも～」とキャロラインは力のない声で歌うように言った。

「どうも～」フィオナが同じような調子で返事をした。「少しはよくなった？」

「少しはね」

「また一回行ったの？」

「また三回行ったわよ」

「やだ。どんどん悪くなってくじゃない」

「んんん」

「こうなったら医者を試してみる？」

「医者なんて信じないってことであたしたちの意見は一致したはずよ」

「探してみれば同種療法の医者がいるかもしれない」

「そう言うなら……」

「どこか悪いの？」リズがいかにも心配そうな顔で訊いた。

「ええ、ひっきりなしにトイレに駆けこまなきゃならないのよ。十キロくらいやせちゃって」

「十キロやせた？」リズが言った。

「ええ」

「なんてラッキーなの」

「そうなんだけど、でもちょっと不安になりはじめてもいるのよ。最近ぱたぱた気絶しつづけてて」

「いままで病院で働いてたっていうのに、なんで医者のことが信じられないんだよ？」

「病院じゃないわ。ホスピスよ」とフィオナが言った。「そこにいるのは医者《ドクター》じゃなくて、治療者《ヒーラー》なの」

「どうちがうっていうんだよ？」

「ドクターは病を治す。ヒーラーは人を癒す」

「じゃあ、ひっきりなしにトイレに駆けこんでるときはだれのもとに？」

リズの絶望的なまなざしがぼくに向けられた。

高みから

フィーとキャズの出現はまさに終末の前触れだった。リズは毎朝、朝食のまえに彼女たちと湖畔に行き、そこで瞑想をした。フィーとキャズに多大な影響を及ぼされたリズは、アン王女とマザー・テレサとガンジーとラッセル・グラントをかけあわせたような感じになりはじめていた。

一方、ランジはこの町に来て水ギセルを手に入れてからというもの、すっかり道を外してしまったようだった。基本的に水ギセルというのは、喫煙用のパイプと道路の工事現場などに置かれる円錐形《えんすいけい》の標識をかけあわせたようなもので、ハシシを大量に吸いこめるような仕組みになっている。おそらくそれ一本あれば、バーネットの住人全員を一週間ハイにさせることも可能だろう。にもかかわらずランジは、その水ギセルをひとり占めにして吸うという悪習を身につけていた。朝食がわりにぷかぷか、昼食がわりにぷかぷかという具合に。

普通、マリファナを巻きたばこにして吸っていれば、火をつけて煙を漂わせたとたん、

見ず知らずの人がやってきて、一服あやかれないものかと意味のない会話を始めるものだけれど、ランジの水ギセルの場合は人が寄りつくどころか、恐れをなしてそそくさと逃げてしまうほどだった。出入りの激しいホテルの中庭とはいえ、妙に目の座ったインド人が工場の冷却塔のごとき装置をごぼごぼいわせて煙を吸いこんでいると、一瞬にしてひとけがなくなった。その装置が作りだす煙はしばしば空気よりも重かった。ランジは煙霧のたまった床の上に満足そうに座りこみ、目玉をぎょろつかせながら、そこにいもしない家族のメンバーに向かって悪態をついたり、ときおり意識を失ったりした。

麻薬の常用に関しては反対こそしなかったが、ここまでくるとランジといっしょにいても楽しくない。なにしろランジはいっしょにいるようでいない状態なのだから。そんなわけで、ぼくはプシュカルでのほとんどの時間をウィルバー・スミスを片手にひとりで過ごした。

ジェレミーはフィーとキャズに女王の側近の地位を剝奪《はくだつ》されていた。ところが本人はというと、そんなに気にしてもいないようで、リズに解放されてある種ほっとしているような感もあった。ぼくが目にするかぎり、ジェレミーはいつもホテルの中庭にひとりで座っていて、カルロス・カスタネダの『呪術師と私』を読みふけっていた。

見捨てられた者のひとりとして、一瞬同情的な気分になったぼくは、ジェレミーのそばに行き、それはどんな本なのかと尋ねた。

「必読の名著」とジェレミーは例の威張りくさった口調で答えた。目の前の男がどんなに

いやなやつなのか、うっかり忘れていたぼくがばかだった。

さようなら、同情。

「ほら、裏表紙を読んでみろよ」とジェレミーは言った。

「『本書は経験の本質を提示している。そこにあっては、科学的緻密《ちみつ》さは無意味へとおちいる危険がある――セオドア・ロザック』とそこには書かれていた。

「なるほど。興味津々」

「そっちが読みおわったらウィルバー・スミスと交換してやってもいいぜ」とジェレミーは言った。

「それはなんともありがたい」とぼくは答えた。

ある朝、バナナ・パンケーキを食べていると、夜明けの瞑想（だかなんだか知らないけれど）から戻ったリズ、フィー、キャズの三人が、朝食をとるためにぼくのテーブルに加わった（ちなみに彼女たちの朝食はそれぞれゆで卵一個）。

ウィルバーといっしょに放っておいてほしいというぼくのささやかな願いにもかかわらず、彼女たちは親切にもぼくのテーブルに座り、のんびりした静けさをやぶって、ぼくにはひとことも声をかけることなく滑稽きわまりない会話に熱中した。

ぼくは彼女たちがあくまでもそこにいないものと思い、パンケーキに入っているバナナの味に集中しようとした。しかし無情にも、敵側の侵攻は徹底していた。

「どう、きょうは到達した？」とフィーが言った。

「どこ、〈解脱《ニルヴァーナ》〉のこと？　まさか」とリズ。

「ちがうちがう、〈解脱〉じゃなくて、べつのところよ。〈解脱〉の下にあって〈平穏《トランキリティ》〉の上にある、ほら、説明したじゃない、なんていう名前だったっけ？」

「なんとかなんとか」キャズが言った。

「そう、そのなんとかなんとか」

「〈平穏〉に到達したのは自分でもわかったわ」とリズが言った。

「上出来じゃない」とフィーが言った。「とにかくそれが基本だから。どんどん進歩してるわね、リズ」

「でも、ちゃんとそこに到達したのは今朝がはじめてだったと思う」

「すばらしいわ。で、どんなふうに感じた？」

「そうね……なんていうか……そのう……」

「きわめて平穏？」ぼくはリズの言葉探しの手助けをした。

応答はなし。

「……まるで……まるで自分の肉体がだれかほかの人のものみたいで、あたしはたまたま自分の頭のなかに訪れたひとりの客のようなの。そしてとても高いところから、世界と自分を観察している」

「すごい」とキャズが言った。「その状態は〈平穏〉以上よ。そのつぎにあるステージだ

と思う。世界を高みから見る段階には、このあたしだってまだたどり着けないわ」

「ほんと?」

「ほんとよ。ものすごい進歩」

リズはため息をついた。

「あなたたちに会えてほ〜んとによかった」とリズは言い、ふたりのひざに手を置いた。

「おかげで目覚めたわ……そう……新しい世界に!」

かんべんしてくれよ。完全にいっちゃってる。

「あたしのカルマはこれですっかり変わったわ」とリズは続けた。「まったく新たなステージに突入したのよ」

これ以上黙って聞いていられない。

「カルマ?」とぼくは言った。「カルマだって? ばかばかしい。三人とも顔洗って出直してこい!」

テーブルは一瞬にして静寂に包まれた。フィーとキャズはまったく同じ表情でぼくのことを見つめていた。憤慨した様子はかけらもなく、かといって機嫌を損ねた気配もない。ふたりがぼくのことを哀れんでいるのはあきらかだった。彼女たちの目には、いまのぼくはハンセン病患者と同じように映っていた。

ところが当のリズは、ぼくを哀れんでなどいなかった。どう見ても哀れんでいる顔ではない。ぼくはリズの例の刺すようなまなざしに完全に射抜かれていた。いや、刺すような

まなざしどころの話ではない。それはきわめて深刻なまなざしだった。「もう我慢できない」言葉に置きかえるなら、要するにそういうことになるだろう。ぼくは彼女の逆鱗《げきりん》に触れたのであり、リズはとうとうぼくに愛想を尽かした。

「行きましょ、フィー。行きましょ、キャズ」とリズは言った。

そして三人はゆで卵を手にべつのテーブルに移っていった。

その午後、複雑な作戦からなるこれ見よがしの密《ひそ》やかさで、リズは白分のマットレスと荷物をフィーとキャズの部屋に移動した。

なるほど、そういうことね

母さん&父さんへ

しばらく手紙も書かないでいてごめん。ここのところなんやかんやと慌ただしくて。ぼくはヒマラヤをあとにして、いまプシュカルというところにいます。ラージャスターン州の砂漠に埋もれた静かで美しい湖畔の村です。ラージャスターンはインドでいちばんカラフルな州なんじゃないかな。女の人はみんな鮮やかな色のサリーを着て、人でごった返した市場では、毒々しい色のスパイスが山積みになって売られています。すごくのんびりした時を過ごしてはいるけれど、じつのところ最近リズとはあまりうまくいってません。ふたりとも腹の底からお互いを憎みあってるみたいで。でもまあ、そのうちきっといい方向に向かいはじめるでしょう。

たくさんの愛をこめて、デイヴ

リズの背信行為から数日経ったある日、ホテルの中庭で午後の紅茶をすすっていると

（何杯もの午後の紅茶のうちの一杯）、中庭の外からタイヤのきしむ音が聞こえてきた。どうやらインドでは車が一般的ではないらしく、プシュカルにおいてはほとんど見たことがなかったので（とくにタイヤをきしませて停まるほどスピードの出る車は）、ぼくはいったいなにごとかと本から顔を上げた。

背広にネクタイという格好で中庭に駆けこんできたのは、でっぷり太ったインド人の男だった。口ひげをはやしたその男はそうとういらだっているらしく、ぼくら宿泊客をひとりひとりにらみつけ、かつてランジという名前の人間だった魂の抜け殻を庭の隅に見つけると、獣の遠ぼえのような叫び声をあげた。

その叫び声に導かれるようにして、さらに三人のインド人が中庭に入ってきた。ひとりはサリーを着た女の人で、ランジをひと目見るなり悲鳴をあげ、その場で気絶した。残りのふたりはジーンズにデザイナーブランドのTシャツを着た若い青年だった。

「なんてこった」と青年のひとりが言った。「見ろよ、このざま」いかにもパトニーらしき言葉づかい。どうやらランジの兄らしい。青年は弟の腕をつかんだものの、ランジはいっこうに自分の力で立とうとしなかったので、もうひとりの青年が近よってべつの腕を取った。そしてふたりは弟の体を抱えながら中庭をあとにした。

この騒ぎにあってさえ、ランジはとくに目を覚ました様子もなかったが、やがて外から彼の声が聞こえてきた。「待った……待った……待った！　**ちょっと待ってくれ！**」

するとランジがふたたび庭に姿を見せ、ぼくのほうに向かってよろよろ歩いてきた。

「おまえにやるよ」とランジは言い、愛用の水ギセルをぼくの手に渡して、ぎゅっと指を握らせた。

「サンキュ」とぼくは言った。

ランジは最後にもう一度ぼくを見ると——「心配するなって、ちょっくら死刑台に行ってくるだけだから」とその表情は物語っていた——ふたたびよろよろ歩きさり、庭の入り口で待つ兄たちの腕のなかへ倒れこんだ。

ランジとその家族がいなくなると、やがて車のエンジン音が聞こえてきた。ところが音はすぐに止まり、ドアがばたんと閉められて、続いて激しく言いあう声がした。唯一聞きとれたのはだれかのこの台詞だった。「そんな価値ないって。あいつにはそんなことする価値なんてないって」

一瞬あたりが静まりかえったかと思うと、図体の大きいほうの青年がふたたび中庭に姿を見せ、ぼくに向かってずんずん歩いてきた。ぼくはいきなりシャツをつかまれ、椅子から引っぱりあげられると、そのまま勢いよく壁に叩きつけられた。

「おまえがヤクの売人か、ええ？」とランジの兄は叫んだ。「**おまえが弟をあんなふうにしやがったのか？**」

「ち、ちがうって。誤解だよ。売人なんてしたこともない」どもりながら答えつつも、ぼくはこのまま殴り殺されるにちがいないと確信した。

「**おまえが弟にヤクを売ったのか？　そうなのか？**」

「ち、ち、ちがうって。誓ってもいい」

「この場でぶっ殺してやる」

「ほんとに誤解なんだって。おれは売人なんかじゃない。この命をかけたって、いや、母さんの命をかけたっていい」

ランジの兄は突然ぼくの体を離し、吐きすてるように言った。

「くずが、この人間のくずが」

そしてランジの兄はぼくの靴につばを吐き、ぼくのもとをあとにした。

ホテルの受付係がヒンディー語でなにやらわめいていた。ランジの兄は返事がわりに紙幣を数枚床に投げ、角を曲がってそのまま姿を消した。

ぼくはシャツの乱れを直し、荒い息を整えようとした。中庭はしんと静まりかえり、全員がぼくに視線を注いでいる。意味深に笑顔を見せて、あの男は頭がいかれてるんだよとでも言おうと思ったけれど、ぼくの口からはどんな音も出なかった。

ふと上に目を向けると、バルコニーからリズ、フィー、キャズの三人がぼくを見おろしていた。リズは歓喜のあまり目に涙さえ浮かべていた。顔全体の筋肉を引きしめ、取りすました表情の裏に喜びを隠している。石膏《せっこう》で塗り固められたようなその仮面には、ぼくにたいする捨て台詞がはっきりと刻みこまれていた。「だから言ったでしょ」

一方のフィーとキャズは、その表情から判断するに、ぼくにたいしてはただ哀れみしかいだいていないようだった。

危うく殴り殺されそうになったできごとからようやく立ち直りかけたときだった。リズが寺院（といってもフィーとキャズの部屋だけれど）から降りてきて、「話があるの」と言った。

「話？　話って？」ぼくはまだ動揺を隠せなかった。

「決めたの。ちょっとどうしてもやらなきゃならないことができて」

「やらなきゃならないこと？」

「フィーとキャズからいろいろ話を聞いたのよ。この町からそう遠くないところに、訪ねてみたいところがあるの」

「で？」

「そこはね、観光気分で行くようなところじゃないの。ほんとに訪れてみたいなら、少なくとも二週間は滞在するつもりで行かないと」

「なんだって！　どうして？」

「アシュラムなの」

「アシュラム？　アシュラムってなんだよ？」

「ヒンドゥー教でいう、瞑想と、内省と、精神の鍛錬の場所」

「精神の鍛錬？　いったいなに言ってるんだよ？」

「デイヴ、あなたとこの話をするのはもううんざりなのよ。あなたは断固として、この国

が教えようとしていることを受けいれようとしない。それならそれでいいわ。お互い現実に起こってることに向きあいましょ。あたしはフィーとキャズといっしょにアシュラムに行く」

「二週間も？」

「少なくとも二週間」

「なるほど、そういうことね」

「どういうことよ？」

「きみはこのぼくを捨てるわけか。そういうことだろ？　あとはひとりで適当にやってくれってことだろ？」

「そんなんじゃないわよ。だってあなたはあたしたちといっしょにアシュラムに行きたくないんでしょ？　だったらあとでどこかで落ちあって――」

「もちろんアシュラムになんて行きたくないさ。頭のいかれたクリシュナ教団の変人どもに洗脳されちゃたまらない。そんなのまっぴらごめんだよ。まちがってもぼくは――」

「やめて、**やめてったら！**　もうなんにも聞きたくない。あなたの偏見にはほとほと――」

「**偏見？**　偏見なんてあるもんか！　ぼくはただ、つるつるに剃った頭でレスタースクエアを走りまわって、通る人通る人に愛してますなんて言うようにはなりたくないだけだよ」

「まさにそれを偏見っていうのよ。言葉の意味もわかってないようだから教えておくけど。デイヴ、いい？　これは宗教の問題なの。それこそ大勢の人たちが信仰してるわ。なのにあなたが言うことときたら……東洋哲学を歪曲《わいきょく》して解釈したたわごとばかり。まったく西洋人の典型ね。あなたみたいな頑固な人間、見たこともないわ。あなたみたいな人がどうしてわざわざこの国を訪れる気になったのか、あたしにはとうていわからない」

「きみが行こう行こうって誘ったからじゃないか」

「ばか言わないで。あなただって来たがってたじゃないの」

「それはきみといっしょにいられると思ったからさ。なのにきみはこうしてぼくを捨てようとしてる」

「あたしは運命の導きにしたがってるだけ。いっしょに来たいなら来てもいいのよ。あとで落ちあったってかまわない。でもあなたの心の狭い考え方のために、せっかくのチャンスを犠牲にするつもりは毛頭ないわ」

「ぼくだってぼうっときみの戻りを待ってるつもりはない。旅程だってちゃんと立てたんだ。この国には見るべきものがたくさんある。せっかくの時間を無駄になんてできないね。そんなことをしたら気が狂っちゃうよ。はるばるインドまで来て、なんにも見ないで帰るなんて。ぼくは先を急ぐ。ひとりでゴアに行くよ」

「せっかちね、我慢が足りないのよ、西洋的な精神状態の典型。自分ではわかってないでしょうけど、いまのあなたは滑稽そのものよ」

「滑稽だって？　ぼくが？　そいつはニュースだ！」

「どういう意味よ？」

「そういうきみは……きみは……ああ、やな女さ。そうとしか言いようがない。きみには滑稽になりうる個性もないじゃないか。自分ってものを持ってない証拠だね。だからほかの人間のまねをすることでさらに滑稽になってる。フィオナがとんでもなく愚かな女だという事実にもかかわらず、きみはわざわざ彼女みたいになろうとしてるんだからね！　情けないったりゃありゃしない」

「一週間まえにそんなことを言われていたら、あたしはまちがいなく腹を立ててたわ。でも幸いと思いなさい。あたしはここ数日のあいだに重大な進歩を遂げて、自分という存在を深く理解するようになったの。あなたのような哀れな男に心は乱されないわ。あたしは自分の真の姿に気づいたの。あなたのような男なんか屁でもないのよ。あなたがなにを言おうと、このあたしを怒らせることはできない。あんたなんか……あんたなんか、**くそ同然よ！　このひねくれ者！　皮肉ばっかりたらたら垂れて、なんていんちきな男なの！　あんたなんて大っ嫌い！　二度と会いたくない！　くそったれ！　そのまぬけな顔を見てるだけでへどが出るんだよ！」**

異文化間の交流

そしてぼくはひとりぼっちになった。ランジは家族に拉致《らち》され、リズはハレクリシュナになり、ジェレミーは人間としてどうしようもない。このだだっ広い国に、ぼくの知っている人はもういない。

すでにプシュカルには飽きていたし、あんなふうにリズと言いあったあとでは、とっとと先を急ぐべきなのもわかっていた。そう、ひとりになってもへっちゃらだと見せつけるためにも。けれども正直なところ、これからたったひとりで旅をするのかと考えただけで、それでなくてもゆるい腹が空気の抜けた風船のような状態になった。

ひとりになんてなりたくない。なりたくないものはなりたくない。この世でひとりになることよりいやなことは、ジェレミーといっしょにいることだけだった。

プシュカルは小さな村で、そこには鉄道の駅すらなく、いちばん近くにある駅は、バスで数時間の距離にあるアジメールにあった。アジメール行きのチケットを買うため、バス

スタンドに向かって歩いていると、ふいに自分が公園をうろうろ歩きまわる老人のように思えた。アヒルに餌をやり、紙袋からサンドイッチを出して食べ、しきりに見知らぬ人に話しかける寂しい老人。なんてことだ。十九歳にして、すでに年金生活者の孤独を味わうなんて。

こんなにまで孤独を感じたことがかつてあっただろうか？　それはとても奇妙な感覚で、いくぶん刺激的でもあったが、そんなものに慣れたら最後、とんでもないことになるのは目に見えていた。

リズと作った旅のルートでは、ウダイプル、アーマダーバード、ボンベイと立ちよって、ゴアに入る予定だったが、当初の計画を無視してまっすぐゴアへと向かうことにした。インドという国を縦に半分、一気に南下することになるものの、あちこち立ちよって、ひとりきりでホテルに泊まるよりはましだった。もちろんほかの町にも旅をしている人はいるだろうが、大きな町ではみんなそれほどフレンドリーではなかったし、ウダイプル、アーマダーバード、ボンベイという町をとくに見たいわけでもなかった。しょせん都会は都会なのだ。

がんばって長旅に耐え、ゴアまでたどり着けば、のんびりした時間のなかで新しい出会いもあるかもしれない。運良く旅の連れも見つかって、しかもそれが女の人だってこともありうる。聞くところによれば、ゴアではそういうことがしょっちゅう起こっているらしい。

『ロンリー・プラネット』の巻頭にあるインドの地図を開き、縮尺を確認すると、小指の横幅がほぼ二百マイルに相当していた。プシュカルからゴアまではと……小指六つ分。まさか、そんなはずない。千二百マイル？　それがインドの端から端までの長さだって言われてもわからないのに。

ぼくは本を閉じた。とにかくかなり長い旅になることはまちがいないらしい。それでも最後にはきっと、長旅の甲斐があったと思うことがあるはずだった。なにしろコンドームはきっかり二百個も未使用で残っているのだから（幸い、それらはすべてぼくの荷物のなかに入っていて、リズと別れるときになにが起ころうとも、一個たりとも渡すつもりはなかった）。

アジメール行きのチケットを腰巻き型の貴重品入れに入れたまま、ぼくはその日の残りをリズへの別れのあいさつを考えることに費やした。ちなみにできあがりはこんな感じになった。

「いろいろ問題の絶えなかったぼくらのことだから、この先なにが起きようと、ふたりはきわめて友好的な形で別れたと言えるようになる日は絶対に来ないだろう。しかしこれだけは知っておいてほしい。きみがぼくにたいしてどんなひどいことをしたにせよ、ぼくはきみを許す。ぼくを捨てたことを根に持ったりはしない。きみの心の旅がうまくいくよう、心から祈ってるよ。ありがとう。アジアをたったひとりで旅する機会を与えてくれて」

残念なことに、翌朝目を覚ますとリズはすでに出発したあとで、部屋の床には一枚のメモが残されていた。そこにはこう書いてあった。

D、

バーイ。

ピース、

L。

怒りにまかせて紙をくしゃくしゃにしたものの、やっぱりとっておこうと思いなおした。床の上でしわを伸ばし、きちんとたたんで、『ロンリー・プラネット』のあいだにはさんだ。

完全に寝坊したことにはっと気づいたのはそのときだった。しまった、バスに乗り遅れてしまう。いつもなにかと仕切って起きる時間を確認していたのはリズのほうだった。考えてみれば、ぼくはつねにリズに仕切られていたのだ。

大急ぎで着替え、そこらじゅうに散らばっている服をかき集め、靴をはき、ベッドの下をチェックしてふと手を止めた。バックパックの中身をベッドの上にあけ、コンドームの箱を念入りに数えた。やっぱり。思ったとおり。ふた箱足りない。

まったくどんなアシュラムに行こうとしてるのやら。いかにもリズらしい。精神の鍛錬なんて大口を叩いても、結局はこういうことなんじゃないか。あきれてものも言えない。

ぼくはベッドの上に山積みになったコンドームの箱をじっと見つめた。どの箱もまだ封は開けられていない。急にむなしくなって力が抜けた。なにやってるんだよ、男として失格じゃないか、人生だってもうめちゃくちゃ、おまえなんか修道院がお似合いさ。そんな声が頭のなかで聞こえた。

しかしどんなに自分をみじめに思おうと、バスを乗りすごして状況が改善されるわけでもない。自分に鞭を打つようにして荷物を詰めなおし、部屋を飛びだした。出発の時刻を十五分ほど過ぎてバススタンドに到着したが、ぼくの乗るバスはまだそこに停まっていた。ところが恐ろしいことに、いちばん前の座席はすでにリズ、フィー、キャズの三人組に占領されていた。

ぼくの座席は三人のまうしろで、バスに乗りこむなり、フィーとキャズが手に負えないハンセン病患者に向かって作るような笑みをぼくに向けた。リズはそっぽを向いた。

アジメールの駅までそんなに長い距離ではないのに、キャズは目的地に着くまでに二回、窓からゲロを吐いた。バスがスピードを出しているおかげで、ゲロの大部分はキャズの窓から飛びだし、ぼくの窓へと飛びこんできて、びしゃびしゃと顔面に飛びちった。やってくれるじゃないか。消化の途中にあるレンズ豆のかけらを顔面から拭《ぬぐ》いながらぼくは思った。ぼくからまんまと旅のパートナーを奪い、今度は顔にゲロを吐きかけるなんて。ほかになにをしたいんだ、ええ？　よろしければぼくのベッドの上にうんこでもしますか？

アジメールは滞在したいと思うような場所ではなかったし、リズ、フィー、キャズの三人がぼくと同じバスに乗っていることからして、彼女たちも列車でどこかに向かおうとしていると考えるのが妥当な線だった。ゲロ爆弾に関して謝罪の言葉があるわけでもなく、ぼくらはバスのなかでひとことも口をきかなかったので、彼女たちがそれからどこに向かったのかは謎のままとなった。

アジメールのバススタンドはこぢんまりしていて、バスなどほとんど停まっていなかった。三人が列車で旅を続けるのはほぼまちがいない。鉄道の駅は町の反対側にあって、三人が荷物を抱えてリクシャーに乗るのを確認したぼくは、ひとりでべつのリクシャーに乗りこみ、彼女たちのあとに続いて町を横切った。

途中で見失ったものの、駅にたどり着くと、案の定三人もそこにいた。ウダイプル行きの切符売り場、その前にできた列のなか、そろってぼくの目の前に立っている。だれも振りかえろうとしなかったが、体をこわばらせてひそひそやっている様子からして、ぼくの存在には確実に気づいているようだった。

ほぼ十分経ったあと、リズが振りかえった。かんかんに怒った顔がまっ赤に染まっていた。

「つけてるの、あたしたちのこと？」

「べつに」

「どうしてこんなことするわけ？　こんなことしてなんになるっていうの？」

「そんなこと言ったって、ぼくはただ南に向かおうとしてるだけだよ。この列車がぼくを南へと連れてってくれる」

「復讐のつもり？　ずいぶんひねくれたやり方ね」

「なんのことだよ？　じゃあ、どこに行けっていうんだ？　デリーに戻れとでも？」

「冗談で言いのがれるつもり？」

「冗談なんかじゃない」

「こんなふうにしてあたしたちを脅そうったって無駄なんだから」

「脅すなんて、そんなことするわけないじゃないか！　ぼくはただ……ただ……ウダイプルとアーマダーバードに行こうとしてるだけだよ」

うたぐるような目でリズがにらんだ。

「ゴアに行くって、そう言ってたじゃない」

「ゴアには行くさ。途中で寄り道するんだよ、悪いか？　なにも観光スポットだけに興味があるわけじゃない。ぼくはインドの真の姿が見たいんだ」

リズのうたぐるような目にさらに力がこもった。

「あたしたちはウダイプルに着くまえに降りるわ。どこの駅かは口が裂けても教えるもんですか。でももし、もしあなたが同じ駅で降りたら、その場で警察を呼ぶから」

「はいはい」

「冗談で言ってるんじゃないわよ」

「で、警察がぼくをどうすると？」

「それはあたしたちが話すことによるわ。あなたがあたしたちにどんなひどいことをしたのか、そんなことは自由に脚色できる」

「脅してるのはきみのほうじゃないか。冗談じゃない」

「冗談じゃないのはこっちのほうよ」

「いいか？　いったいなにを言いあってるのか、ぼくにはぜんぜんわからないよ。列車を降りてきみらを尾行しようなんて、これっぽっちも思っちゃいない。きみらが行くうさん臭い洗脳センターになんてなんの興味もないんだから。いまも言ったとおり、ぼくはウダイプルに行くんだからね」

「デイヴ、あなたのうそにはもううんざりなの。いいからこれだけは覚えといて。今後この状態が少しでも続くようなら、あたしは絶対に警察を呼ぶからね」

列のいちばん前に来たぼくは、いまのイギリス人の三人組とは絶対にべつの車両にしてくれと窓口の男に説明した。ぼくがなにを必死にまくしたてているのか、窓口の男はなかなかわかってくれなかったが、ため息とともにようやくオーケーとうなずいた。

代金を払うと、窓口の男はガラスの下から切符を差しだし、できるだけ近くの席にしてやったから、と大きくウインクをした。

列車に乗りこんだぼくを出迎えたのは、凍るような冷たい目つきと、断固とした意志を持って向けられた背中だった。ぼくは孤独な年金生活者の段階を通りこして、薄汚れてくたびれはてた老人になったような気分だった。

しばらくすると、隣にいる男がにやにやしながら言った。「あの娘たち、友だち、イエス?」

男は緑色のポリエステルのシャツを着ていたが、生地の表面は汗でまだら模様になっていた。髪の毛はといえば、つい最近ラードかなにかで洗ったように見える。同じ座席にぎゅうぎゅうになって座っているので、あいだに少しでもスペースを作ろうとわきに詰めるたびに、隣の男の脂肪が徐々に外に膨らんできて隙間を埋めた。

「ノー、友だち、ちがう」とぼくは答えた。

「あなた、あの娘たち、話、行く、イエス?」

「ノー、あの娘たち、話、行かない」

「なぜ?」

「あの娘たち、友だち、ちがう」

気の狂った男でも見るような目で、隣の男がぼくを見た。外国人であるぼくが、自分よりひどい英語を使っているのはもちろん、女性と話すことに興味を示さないのが不思議でならないらしい。

「あの娘たち、いい人間、ちがう」なんとか状況を説明しようと、ぼくは言った。

「あの娘たち、ビューティフル」隣の男はこれ見よがしに目玉をぎょろつかせて言った。

「美しいだって？　あいつらはとんでもないあばずれなんだから」

「ハロー、意味、わかりません」

「悪い女、悪い女」

「悪い女、おもしろい」

「ノー、あいつらはちがう。おもしろくもなんともない」

男は同情するように頭を振った。どうやらまだぼくのことを気の狂った男だと思っているらしい。

「あなたの名前はなんですか？」と男は言った。

「デイヴ」

「あなたはどこから来ましたか？」

「イギリス」

「あぁ、イギリス、すばらしい。あなたは結婚していますか？」

「してません」

「あなたの仕事はなんですか？」

「学生です」

「あぁ、すばらしい」

会話の流れはこの時点でぷつりと途絶え、そのあとに長い沈黙が続いた。同じ質問を返

すべきなのはわかっていたけれど、そんなエネルギーはなかった。沈黙に包まれた空気のなか、口を開いたのは向かいに座っているべつの男だった。なんだかひどく具合が悪そうで、体に触れたくもなかったけれど、男は握手をしようと身を乗りだした。

「どうも」とぼくは言い、軽く手を振った。

「こんにちは」と男は言い、ぼくの脚を揺すった。「あなたの名前はなんですか?」

「デイヴ」

「あなたはどこから来ましたか?」

「イギリス」

「ああ、イギリス、すばらしい。あなたの仕事はなんですか?」

「学生」

「あなたは結婚してますか?」

「してません」

「ああぁ、すばらしい」

地元の人間との生のふれあい。これぞ異文化間の交流。まったくついてるよ。


数時間後、リズ、フィー、キャズの三人が列車から降りたとき、ぼくはまったく気づかないふりを装っていた。三人は忍び足でゆっくり歩いていたが、プラットフォームに降りたとたん、一目散に駆けだし、視界の外に消えていった。

そしてぼくはひとりになった。

ラード頭の男がチッと舌を鳴らしてあごを突きだし、右手の指先をひらりと列車の外に向けて言った。「ビュ～ティフル」

どういうわけか、ぼくは隣の男が言わんとしていることが理解できた。世界中どこの国でも、セックスに飢えて脂ぎった男たちのあいだでは、その種のジェスチャーは同じ意味を持っている。「おあいにくさまだったな。まあ、最初から高嶺の花だったってことさ」

ぼくは舌を鳴らし、あごを突きだして、ひょいと肩をすくめた。

ラード頭の男は声を立てて笑い、ぼくのひざを叩いた。

ぼくは少々憂鬱な気分になった。セックスに飢えて脂ぎった男たちのジェスチャーを、このぼくがこんなにも慣れた感じで使ってみせるなんて。

だいたいぼくはサリーの出身じゃないんだ

列車は終点のウダイプルに到着し、ぼくはほかの乗客が出るのを待ってからゆっくり客室をあとにした。暗いプラットフォームに降りたつと、構内はがらんとしていた。といっても、それはインドにしてはという意味で、べつの言い方をすれば、渦巻く人の群れの足元に何か所か床の存在を確認できるくらいがらんとしていた、ということだった。

とりあえず駅の外に出て、タクシーやリクシャーの流れに目をやった。夜の遅い時間にもかかわらず、ウダイプルの街はにぎやかそうだった。リズとの最後の会話が妙に頭に引っかかっていたぼくは、せっかく新しい町に来たからには駅だけでなく、ほかのところも少し見るべきではないかとプレッシャーを感じた。

運転手らしき男が近づいてきて、強引にリクシャーのほうに引っぱっていかれそうになったが、大声で怒鳴るとすぐにその場から立ちさった。ジェレミーが言っていたこともあながちうそではなかったらしい。二週間もこの国にいれば、容赦のない冷淡な態度が身についていて、インド人たちにわずらわされるようなこともなくなる、とジェレミーは言った。

そして自分のなかで起きている意識の変化を自覚することなく、ある日突然、そういえば最近ぜんぜんわずらわされなくなったなと思いあたるのだと。

しかしそんな考えからは一秒の十分の一ほどの幸せを感じられただけで、気分はすぐにめいりはじめた。とはいえ、このまま憂鬱《ゆううつ》の渦に沈んでいくわけにもいかない。ぼくはあえて自分を甘やかすことにした。無理してウダイプルを見る必要はない。構内のリタイアリングルーム（インドでは大きな駅のほとんどに、ホテルタイプの宿泊所が乗客専用に設けられていた）に泊まって、翌朝列車を乗りつぎ、さらに南へと向かってアーマダーバードを目指せばいい。

ぼくは踵《きびす》を返して構内に戻り、切符売り場の列に加わった。

アーマダーバード行きの二等席は満席だった。しかしなにより心の健康が第一。憂鬱撲滅運動のまっ最中であるぼくは、思いきって一等席を確保することにした。旅の予算を考えればまるまる四日分の出費だが、それで気分が晴れるならなにも文句はない。

今回、ふたたび気分がめいりはじめるまで、幸せな気持ちはゆうに数秒ほど続いた。

ぼくが泊まったリタイアリングルームは清潔で、きちんと整理も行き届いていたものの、まるで薄汚い部屋を割りあてられたかのような憂鬱な気分になった。整然とした部屋の様子、ぼくのベッドの隣にあるからっぽのベッド、床の模様、網戸に開いた穴、バックパックの形。目に入るものすべてが、ぼくの気分を悪化させる手助けをしていた。

なんとか自分を元気づけるために、ぼくは両親に手紙を書くことにした。荷物の底にマ

ナーリーの絵はがきがしわくちゃになっているのを見つけ、部屋の隅にあるいまにも壊れそうな書き物用のテーブルの前に座った。

母さん&父さんへ

ラージャスターン州の南にあるウダイプルはカラフルで魅力的な町です。たったいま着いたばかりで、明日は〈レイク・パレス・ホテル〉を訪ねてみようかと思ってます。かつてジェームズ・ボンドの映画も、そこを舞台にして撮影されたらしいので。リズはぼくを捨ててイギリス人のお嬢さまたちと逃げてしまい、ぼくはいま、インドにたったひとり、ひどく憂鬱な気分にさいなまれてます。なんだか胃の調子もおかしくて、そのうち病気になりそうな予感。タイミング的には最悪です。だって病気になっても、いまじゃ面倒を見てくれる人なんてそばにいないんだから。でも心配しないで。こんな状況もきっとすぐに好転するだろうから。

愛をこめて、デイヴ

追伸、そっちはどう?

バックパックの上に絵はがきを置き、明かりを消してベッドに横になった。シーツは割合きれいだったが、つぎつぎと頭に浮かびはじめた思いを振りはらうことはできなかった。いままで何人の人がこのベッドの上で寝たのだろう? そしてこの吸湿材のマットレスの

上で、いったいどんな行為が楽しまれてきたのだろう？　やがて体がむずがゆくなり、気をまぎらすものはないかと体を起こした。

明かりをつけ、読みかけの本を開いて、主人公が自分より踏んだり蹴ったりな目に遭っている事実になんとか慰めを見いだそうとした（主人公の男はどういうわけか、メキシコの砂漠でゲロを吐き、自分を犬だと思いこんで素っ裸で走りまわっていた）。ところが文章をひとつ読むたびに注意がそれ、結局、窓の外から聞こえる列車の音に耳を傾ける始末だった。

明かりを消して強引に眠ろうとしたが、リズの顔がしきりにまぶたの裏に浮かび、寝つきをじゃました。リズはフィーとキャズといっしょに輪になって座り、大声で笑ったり、瞑想をしたり、ぼくの悪口を言ったりして旅を満喫していた。ぼくが駅の宿泊所で孤独へと埋没していくなか、三人の楽しそうな笑い声は永遠に続くようだった。こんな夢だけは見たくない。ほかのことを考えようとしたが、空虚を埋めようとする思考はいっそう哀れを誘うもので、インドに着いて何日が過ぎたのか、あと何日インドにいることになるのか、ぼくの脳はそんな計算に没頭することになった。だいたいこの旅はすでに半分終わったのか？　重要なのはその問題だったけれど、それに関してはあまり考えたくなかった。どう計算しても残りの時間は長そうだったし、その時間を一秒たりとも楽しめないでいる自分の姿は容易に想像がついた。

そんな恐ろしい考えを打ち消す唯一の方法は心を無にすること。しかしいくら試しても、

それは不可能に近かった。想像の世界には、リズ、フィー、キャズ、ジェレミー、しまいには母親まで登場してきた。ウダイプル駅のリタイアリングルームで行われるアジアの国の奇抜な性行為に関しても、つぎからつぎへととっぴな空想が芽生えて、頭をいっぱいにした。記憶をほんの少しさかのぼり、あの三人が話していた瞑想の秘訣を思いだそうとしたが、役に立つような話はひとつとして浮かんでこなかった。

結局、ぼくは頭のなかで「無、無、無」とくりかえし（ほかに言葉があることを忘れてしまうくらい執拗《しつよう》に）、なけなしの集中力を振りしぼってからっぽの箱を心に描こうとした。いい感じ、いい感じ、なにも考えなくなってきたぞ、と考えてしまうことによって、たびたび無の境地から逸脱したが、やがて眠りに落ちたらしく、ふと目を覚ますと外は明るくなっていた。

新たな朝を迎えるとかすかに心も晴れやかになり、ぼくは構内のレストランで朝食をとった。実際、ひとりというのも悪いものではなく、どこかクールで、勇ましい感じさえした。少なくとも、それは前向きな思考の第一歩にほかならない。グループになって食べている人たちの目には、きっと自分は謎めいて映っているにちがいない。そう考えると、いっそう心は晴れやかになった。そもそもぼくは、いままで一度だって謎めいた男だなんて思われたことはない。なによりうれしいのは、注文したオムレツが最高においしいことだった。いいぞ、出だしは好調。きのうはさんざんな日だったが、きっときょうはいい日になるにちがいない。

ところがそうは問屋が卸さなかった。ウダイプルからアーマダーバードに向かう列車のなか、ぼくの客室では、インド人の男の子がひっきりなしにわめき、女の子はひっきりなしにものを食べ、ひっきりなしにわめく男の子をべつの男の子が叩き、お兄ちゃんに叩かれたぁ～と訴える男の子を今度は母親が叩いて、それを父親がいまにも自殺しそうな表情で見つめていた。騒々しさのなか、完全にスペースを占領されたぼくは、十一時間に及ぶ旅をまるまる、精神病を患った家庭の居間に座るソーシャルワーカーのような気分で過ごした。

アーマダーバード駅は大便のにおいがして（冗談ではなく）ぼくは脅しと偽りのテクニックを最大限に行使し、なんとかボンベイ行きの切符を購入することに成功した。ボンベイの病院で妻が赤ん坊を産もうとしてるんだよ、というのがぼくの口実だった。

列車は日も暮れてだいぶ経ってからようやく出発した。精神的には壊れ物のようにもろい状態だったので、列車が動きだすやいなや、指定されたいちばん上の寝台によじ登り、自分がいまどこにいるのかを忘れさろうとした。普通なら荷物はいちばん下の座席に置いたままにしておくところだが、信頼できる旅の連れがいなくなったいま、盗難を防止するためには頭の下に置き、枕として使うほかなかった。ところがそうなると、寝台の端から両足が突きだし、通路を乗客が行きかうたびに頭を蹴ることになる。何人かはとても腹を立てた様子で、荷物をべつの場所に移させようとしたが、ぼくは自分がばかであるか、爆

睡しているか、あるいはその両方のふりをして文句を無視した。

ほんとうにうとうとしはじめたかたわらでだれかが、ヒンドゥー教徒に向かって足の裏を見せるなんてなんという侮辱、ちゃんとあぐらをかいて座るべきだ、と言うのがかすかに聞こえた。なるほど、ぼくの汗臭い靴下でひたいを拭われることに腹を立てていたのはこのせいか、とぼくは思い、侮辱する気などさらさらない象徴として体を丸めた。荷物を盗まれるのがいやでリンチを加えられたのではたまったものではない。

夜明けに目を覚まし、ほかに旅人はいないかと車両を見まわした。ぼく以外にバックパッカーの姿はない。ここはひとつインド人たちと話してみようか、そんな勇敢な気分でもなかったので、午前中のほとんどを寝台に引きこもり、孤独と憂鬱にさいなまれながらやりすごした。

昼時になって列車はどことも知れない場所に停まり、しばらくすると乗客たちはぞろぞろ外に降りていった。ぼくは寝台から飛びおり、人の流れに乗って外に出た。沼地のまっただなかにある鉄道用の盛り土の上で、わきにはもう一本線路が走っている。乗客たちはなにが起こったのか確かめようと外に出たと思っていたが、だれもが一様に満足した様子で、体を伸ばしたり、タバコを吸ったり、世間話をしたり、用を足したりしていた。あたりをうろうろしていると、何人かが笑顔で手を振ってきた。とりあえず手は振りかえしたものの、会話を始めるのは避けた。そんなことをしたら最後、「ハロー、あなたの名前はなんですか？　あなたはどこから来ましたか？　あなたは結婚していますか？」というい

つもの攻撃に遭うだけ。英会話のテキストのようなお決まりの質問攻めはもうごめんだった。

数分後、ぼくのほかにも白人の男がいることに気がついた。長々とした列車の前方、一等車両の近くで、線路に腰を下ろし、こちらに顔を向けている。ありがたい！ ようやく話のできる人が現れた！

あまりのうれしさにその場で跳びあがりそうになりながら、大きく手を振った。しかしぼくが大げさにあいさつをするのを目にしたにもかかわらず、男はなんの反応も見せずにそのまま沼地のほうに顔を背けた。ほとんど走るようにして近づいても、線路の石を踏む足音を耳にしながらいっこうに振りむく様子はなかった。

ぼくは線路の上、男の隣に腰を下ろした。見知らぬ男とはいえ、わきにいる白人の存在を感じるだけで穏やかな気分になった。

「どうも」とぼくは言った。

男はなにも言わなかった。とっととうせろ。あたかもそう言うかのように男は長いこと黙っていたが、ようやく振りかえって「どうも」と口を開き、ぼくのことをじっと見つめた。見つめるとはこういうことだというような見つめ方で、ぼくの顔からなにかを読みとろうとするかのように。

どうすべきかほかに思いつかなかったので、ぼくもその顔からなにかを読みとろうと男をじっと見つめかえした。三十代なかばくらいだろうか、けっこう歳をとっていて、針金

のような髪の毛を無理やり横わけにし、短いながらも濃い口ひげをはやしている。その目つきにはどこか心をかき乱すものがあり（どんよりとしているものの、相手の心を見透かすような鋭さがある）、旅人のような格好ではなく、こざっぱりしたズボンとシャツといういでたちだった。

「どこから来たんですか？」とぼくは訊いた。

「バンガロール」と男は言い、ぼくの反応に注目した。いかなる反応も見せてなるものかとがんばったが、それも無駄だった。そもそもぼくが知りたかったのは、いままでいた町ではなく、どこの国から来たのかということだった。人種差別主義者のように思われない質問の仕方を考えていると、男がふたたび口を開いた。「マンチェスター」そしてしばらく間を置いて、途切れた時間を埋めるように、「ロイター」と続けた。ぼくがゆっくりうなずくと、仕上げに穴をセメントでふさぐようにこう言った。「ジャーナリスト」

「なるほど」

とんだ話好きの男に出くわしてしまったらしい。電報を書くことに人生を費やしすぎたんじゃないの？　社交術でも勉強しなおしたほうがいいよ、とでも言いたいところだったが、そんな冗談が通じるタイプには見えなかった。実際、どんな冗談も通じないタイプに見える。

それでもちゃんとした……つまりそのう……大人と話すのはずいぶん久しぶりだった。普通に仕事を持っていて、インド人ではなくて（もちろんインド人だって仕事を持ってい

るけれど、ぼくが言いたいのは同じヨーロッパ人でということ)、なにか現実的なことをしている大人。

　ところがその事実はなぜかぼくの頭のなかをまっ白にさせた。隣にいる男に向かってなにを言えばいいのか、いくら考えても思いつかなかった。

　ようやく口を開いたときにはこう訊いていた。「どこに向かってるんですか?」

「ストライキを取材しに」と男は言った。

　ぼくは力強くうなずいてみせた。あたかもその返答ひとつですべてを理解したとでもいうように。

　男がまだ見つめつづけているので、ぼくもそのままうなずきつづけた。

「わかってるのか、なんのストライキのことを言ってるのか?」男は言った。

「ストライキ?」

「そうさ、ストライキさ」

「ほんと言うと……じつはここ数日、新聞というものを読んでなくて」

　男はふんと鼻を鳴らした。「国民会議派は高等教育を受けさせるべきハリジャンの割合をめぐってインド人民党と対立していて、マハーラーシュトラ州の議会はゼネストを恐れて最終的な得票数を集計できずにいるんだ。おそらく近日中にはゼネストに突入するだろうがね」

「なるほど」ぼくはあごに力を入れてうなずいた。

「なんのこと言ってるのかわかってるのか？」

「あんまり、というか、ぜんぜん」

「しょうがない、もう一回説明してやるよ。国民会議派は……」

「ああ、あの国民会議派ね」というような顔を作ったつもりだったが、どういうわけか表情は「なんだそりゃ？」のまま凍りついていたようだった。

「国民会議派？」と男は言った。

「んんん……」

「国民会議派がなんなのかもわからないのか？」

「わかる」

「なんだよ？」

「国民会議派といえば……そのう……会議、そう、議会。インド議会」

「議会じゃない。議会は上院と下院。国民会議派っていうのは与党のことだよ」

「そうそう、与党。もちろんそんなこと知ってましたよ」

「だったら当然、ハリジャンの割合をめぐる争いに関しても知ってるんだな？」

「とくに詳しくは」

「ハリジャンという言葉がどんな人たちのことを指すのかは知ってるんだろう？」

「もちろん」

「だれだよ？」

「ハリジャンというのは……つまり……野党」

「冗談だろ。冗談だと言ってくれ。『不可触賤民《ハリジャン》』っていうのはな、カーストに属さない最下層の人たちの名称なんだよ。つまりはアンタッチャブル。おそらく彼らは、おまえがこの国に来て立った床という床を拭き、おまえがこの国に来て使ったトイレというトイレを掃除している人々さ。マハトマ・ガンジーによって新しくそう呼ばれるようになった。いくらなんでも、マハトマ・ガンジーのことは聞いたことがあるだろ？」

「おかげさまで」ぼくは精一杯の皮肉をこめていった。

「どうせ映画を観たくらいだろう」男はひとりごとのようにつぶやいた。「もういい。忘れてくれ」

そしてゆっくり頭を振ると、ぼくの存在をその場で消しさるような態度で顔を背けた。口元に冷笑を浮かべ、ひたいにしわを寄せながら、沼地の向こうに目をやった。

なんて無礼な――こんな屈辱を受けて黙ってるわけにはいかない。

「ちょっと待った」とぼくは言った。「あんたはプロのジャーナリストなんだろ？　仕事柄、そういうことを知ってるのは当たり前じゃないか。ぼくはこの国を旅してるだけなんだ。これは夏休みを利用した息抜きの旅なんだよ。せっかくの休みだっていうのに、授業の復習なんてごめんだね。そんなの大学に戻ればいやというほどさせられる」

男はゆっくりぼくのほうに向きなおって、あいかわらずひとりごとのようにつぶやいた。

「せっかくの休みだっていうのに、授業の復習なんてごめんだね、か」

こいつはこれで会話をしてるつもりなんだろうか？　こんな失礼なやつ、見たこともない。

しばらくして男はふたたびぼくの言葉をくりかえした。今度はさっきよりも大きな声で、妙なイントネーションをつけて。

「せっかくの休みだっていうのに、授業の復習なんてごめんだね、か」

「そうさ。せっかくの休みにだれが勉強したがるよ？　文句あるか？」

「いいや」と男は言って含み笑いをした。「的確な意見だと思うよ」

「的確な意見？　どういう意味だよ？」

「人生という名の大学。第一学年――上級冒険コース。一次試験――第三世界に行って生き残ること。授業の復習、好奇心、知性、あるいは感性はいっさい不要」

こいつは頭がいかれてる。

「いいか？　あんたはぼくのことなんてなんにも知らないんだ。ぼくがなんでここにいるのか、この頭のなかでなにを考えているのかもわからない。ぼくがどんな理由でインドに来て、それにどんな意味があるかなんて、あんたにはまったく興味ないんだろ？　だったら……だったらそんなふうにわかったような口をきくなよ。あんたにぼくの旅のことを……ましてやぼくの性格のことをとやかく言う権利はないんだ。そうだろ？」

男はあいかわらず冷笑を浮かべながらうなずいた。「きみの言うとおり、ぼくはきみのことなんてなんにも知らない。これっぽっちもね。なのに自分からこの場にのこのことや

ってきて、いきなり人の性格について勝手な判断を下すなんて、それはひどいよな」

出方をうかがうようなまなざしでじっと見つめられたが、どういうつもりかわからなかったので、ぼくにはただただ相手をにらみかえすことしかできなかった。

「ほんとうにきみの言うとおりだよ。ぼくっていう男はなんてものを知らない男なんだろうな。自分からのこのことやってきて、断りもなく隣に座り、ほんの短いあいだいっしょにいただけで、すっかり相手のことがわかったように去っていくなんて。いくらなんでもそれはひどいよな。そもそもぼくはきみの隣に来るべきじゃなかった。興味がないのなら、わざわざ時間を取らせるべきじゃなかった」

「なるほど。ずいぶん嫌味な言い方じゃないか」ぼくは顔を背け、男の言葉を無視しようとした。

線路の向こうでは、大勢の乗客がいまだにおしゃべりをしたり、タバコを吸ったりしている。列車が動きだす気配はない。隣に座っている記者とはとても気が合うとは思えなかったが、とにかくこのままこの場に居座ることにした。ひとりきりになる心の準備はまだできていない。

「ひょっとしたらおもしろいかもしれないな、きみについて記事を書いてみるのも」と男は言った。

「なんだって?」

「きみについての記事だよ」

「ぼくについて？　ぼくのなにを書くっていうんだよ？」

「それはまだわからない。聞かせてくれ、きみは一日なにをして過ごしてるんだい？」

「なにをして過ごしてるかって？」

「そう。きみの一日は、通常どういうふうにして成りたっているのかな？」

「ばかにしてるのか？」

「まさか。ただ興味があるだけさ」

警戒するような目でぼくは男を見た。「なにって、旅をしてるのさ。なにしろバックパッカーだからね」

「それはわかる。そういうことではなくて、旅のあいだ、一日なにをして過ごすのかって訊いてるんだ。だいたいよく飽きないな？」

「飽きる？　この国にいて飽きるなんてことないよ」

「だからなにをしてるんだよ？　それぞれの町で」

男は真剣に興味を持っているようだった。

「なにって、新しい町に着いたらまず宿を探す。少し体を休めたら、二、三日町を見てまわる。食べて、本を読んで、眠って。ほかのバックパッカーたちと話したりもする。で、つぎにどこに行くのかを考えるのさ。切符を手に入れるのはとにかくたいへんな苦労で、よっしゃって気合いを入れて窓口に行かなきゃならない。でもって苦労して朝から列に並んで切符を買って、翌日また新たな町に向けて出発するってわけ」

「なるほど。つまり、それぞれの町できみたちがする最も重要で、かつ意欲を要することは、つぎの町に行くために切符を購入することってわけだ」

「ちがう。そんなことはひとことも言ってない」

「言った」

「いい加減にしてくれ。あんたは人をばかにすることしか興味ないじゃないか。そんなあんたのお粗末な記事に、どうして協力しなきゃならないんだよ？　そんなに話を聞きたいなら、なんでも真に受けるようなお人好しにでも当たってくれ」

「心配には及ばないさ。すでに充分な題材はそろったから」

「充分な題材だって？　たとえばどんな？　いま聞いた話だけで、ぼくについてなにが書けるっていうんだよ？」

「そうだな……たとえばいまの時代、インドを訪れる者は精神世界を探求するヒッピーたちではなく、貧乏旅行をして冒険気分を味わう愚か者どもだということ。記事の要点は、今日、インドへの旅は反骨精神に基づく行為でなく、中流階級に育った野心的な若者たちにとっての服従の一形態にすぎないということになるだろう。つまりきみたちは、インドへの旅を履歴書に書きこんで、進取の精神に富んでいることを売りこもうっていう魂胆なわけだ。最近では、一流企業はどこも進取の精神に富むロボットを求めている。つまりきみたちにとって第三世界を訪れることは昇進への近道にほかならない。エッピングの森で行われるマネージメント研修の延長のような気分でこの国にやってきて、同じ目的を持っ

た者同士、互いにしがみつくようにして四六時中行動をともにする。そして不快でしかない長旅を終了してイギリスに帰ったら、尻尾を振りながら雇い主に誓うのさ。これからはちゃんと腰を落ちつけて、一生単調な仕事を続けますってな。割礼儀式の現代版。まあ、そう言ってもいいだろうな。それは苦悩の洗礼を受けたことを示すバッジなのさ。将来の英国を背負って立つエリート族に迎えられるためにも、だれもが身につけなくてはならない。きみたちは進取の精神に富んでいるようでいて、その面の皮の下はといえば、ただの視野の狭い若造にすぎないんだ。インドになんの興味もなければ、鈍感であるあまり、この国が向きあおうとしている問題になど気づきもしない。インド人を軽蔑と疑いの目で見るその態度は、ビクトリア女王時代の英国人植民者をほうふつとさせるよ。ぼくに言わせれば、きみらがこの国にいることじたい、とても腹立たしいことだ。きみらのような人種はとっととサリーに帰るべきだね」

「よくもそんな……でたらめ抜かすなよ。ぼくはインド人を尊敬してる」

「じゃあ、なぜきみはわざわざ電車のはしっこから走ってきて、ほかでもないこのぼくに話しかけたりしたんだ？　ここで英語を話すのはぼくだけだとでも思ったのか？」

「それは……ぼくはただ……そりゃあ、会社の経費で快適なホテルに泊まってるあんたにしてみれば、偏見のない正論をまくし立てるのは簡単だろうさ。でも、ほんとうの旅をしてる人たちと少しでもいっしょに時を過ごせば、外国人から金をだましとろうとしているインド人がたくさんいるってことに気づくはずだよ。うたぐり深くなくちゃこの国じゃや

ってけないんだよ。自己防衛の基本手段さ」

「ほんとうの旅をしている人たち、か。きみたちの愚かさには頭が下がるよ。それも記事につけ加えておかないとな」

「もういいよ。あきらかにあんたは人の話なんて聞いちゃいない。あんたのそのシニカルな態度は……そんなシニカルな態度は……まったく哀れとしか言いようがないね。ぼくがいまやっていることには、あんたが考える以上の価値があるんだよ」

「おっしゃるとおり」

「少なくともぼくは行動を起こしてる。ほとんどの人は第三世界のことなんて気にもかけず、無知のままそれで満足してる。でも少なくとも、ぼくはこうしてこの国を訪れてるじゃないか」

「だから何人もわれを無知と呼ぶなかれってわけか」

「また皮肉か、もううんざりだよ」

ぼくは突然立ちあがって、足を踏みならしながら自分の車両のほうに戻った。適当な距離を置いたところで振りかえり、最後にもう一度男をにらんで怒鳴った。「**だいたいぼくはサリーの出身じゃないんだ**」

男は顔いっぱいににやけた笑みを広げ、大きく手を振った。「**残りのお休みをたっぷり楽しんで！**」と男は叫んだ。「**履歴書に大冒険のことを記入するのをくれぐれも忘れないように！**」

ぼくは男に向かって指を立てた。

それからまもなくして汽笛が鳴り、乗客たちはすでに動きだしている列車に慌てて乗りこんだ。ぼくはだれか話し相手はいないかと客室を見まわした。あの嫌味な記者がまちがっていることを証明するためにも、地元の人間とちゃんとした会話をしてみせようと思った。斜向《はすむ》かいにいる年配の男の胸ポケットからペンが何本か突きでていて、見るからに教養のある空気をかもし出していた。この男なら英語を話すにちがいない。まさに妥当な推測、というところだろう。ぼくはにこりと微笑みかけた。

「ハロー、マイ・フレンド」と彼は言った。

「ハロー」とぼくは答えた。

「あなたの名前はなんですか?」

「デイヴィッド」

「あなたはどこから来ましたか?」

「イギリス」

「あなたは結婚していますか?」

「してません」

「あなたの職業はなんですか?」

「ぼくは学生です」

「あぁ、すばらしい」

例によって例のごとく。いつものお決まりのやりとり。にこりと微笑みかけた手前、こちらからもいくつか意味のない質問をすると、いつのまにか『マハーバーラタ（古代インドの大叙事詩）』のように長々とした会話に巻きこまれていた。男は自慢の息子たち――いったいぜんたい何百人いるんだよ――がめでたく公務員になるまでの経緯を、ひとりひとり詳細にわたって説明していた。家族紹介はボンベイに着くまで延々と続き、ぼくはぜひうちに来ないかと夕食の招待まで受けたが、ちょっと人と会う約束があって急いでいるからと丁重に断った。

ボンベイに降りたったぼくは、町のにおいをひと嗅ぎしたとたん、これ以上この町にはいられないと思った。最初に目に入った旅行代理店に駆けこみ、つぎに出るゴア行きのバスの切符を買った（『ロンリー・プラネット』によると、ゴアに行くには電車よりバスのほうが速く、所要時間もたったの十六時間ということだった）。バスは二時間後に出発する予定だったが、結局四時間後に出発し、町の外れに出るまでにさらに三時間かかって、広々とした道路に出るころにはすでに深夜を過ぎていた。なんとか眠ろうと試みたところで、運転手がヒンディー語のミュージカルをボリュームいっぱいにして流しはじめた。映画はオールナイトで上映され、ぼくは定期的に立ちあがって、ボリュームを下げろと怒鳴った。ところがぼくが怒鳴り声をあげるたびに、ほかの乗客たちがいっせいに振りかえって、こいつ気でも狂ったかというような目でにらみつけてきた。運転手が居眠りをしない

ためにも、夜中にがんがん音楽をかけるのは当たり前のことらしい。バスは数えきれないくらいひんぱんに休憩をとった。途中、道端の露店で箱入りのビスケットを買い、厚紙を引きちぎって即席の耳栓を作ったが、結局なんの役にも立たず、落ちては詰め、落ちては詰めをくりかえすうちに、しまいには耳の穴が痛くなった。気をまぎらわすためにビスケットをぼりぼりかじり、一気に箱をからにしても、逆に胃がむかつくだけだった。バスは翌日のなかばあたりで壊れて動かなくなり、ぼくはパナジ（ゴアの州都）までヒッチハイクをするはめになった。ぼくが乗ったトラックの荷台には車軸が山積みになっていて、それを座席がわりに、激しい揺れに耐えつづけた。ぶつけようのない怒り、いらだち、ひとりぼっちの寂しさ、臀部《でんぶ》の痛みと、まさに狂乱状態のなかでなんとか旅の最後の行程に突入すると、早速ローカルバスに乗りかえて町を脱出し、迷わずビーチに向かった。自分の乗りこんだバスがどこに向かっていようが、どのリゾート地にたどり着こうが、そんなことはいっこうにかまわなかった。そこにビーチがあればそれでよかった。

あきらかにぼくは旅の喜びというものを誤って理解していたらしい。ひとつの町からべつの町への移動はひと苦労どころの話ではなかった。だいたい旅の過程が大事だなんて思えるはずないじゃないか。インドで小指六つ分の距離を一気に駆けぬける、そんな無謀な移動をしている最中に。

コンフォタブリー・ナム

モンスーンは幅広の帯となってインド全土を移動する。ヒマラヤ山脈で始まる雨季は、インドの南端へと尾を引くようにして抜ける。北部でその始まりを感じ、短期間で千二百マイルを南下したぼくは、気づくとインドのまんなか、モンスーンのまっただなかにいた。

長旅の末にようやくたどり着いたのは、コルバ・ビーチと呼ばれる大きめのリゾート地だった。しかしぱっと見るかぎりずいぶんさびれた印象で、インド人の姿はよく見かけるものの、ぼくのように旅をしている者がいなかった。しかもほとんどのホテルが閉まっているように見える。

『ロンリー・プラネット』に載っている宿で一軒営業している宿があったので、そこに部屋を取り、午後の盛りにもかかわらず速攻でベッドに入った。

石のように眠りつづけ、目覚めたのは翌朝だった。新鮮な気分になって、はじめてちゃんと町を見てまわった。ホテルやバーは何軒もあったが、やはり大部分のシャッターが閉まっている。砂をかぶったアスファルトの道は、ぼくの泊まる宿からひとけのない町の中

心部を通り、ビーチへと続いていた。
ビーチは文句なしにすばらしいのひとこと。何マイルも先へと伸びる黄色い砂浜、海岸に立ちならぶ椰子《やし》の木々……そしてもちろん、海。空はどんより曇りがちで、湿度も少々高かったが、だからといってことごとくシャッターを閉めてしまう理由にはならないような気がした。なにもかも申し分ない。ビーチは美しく、ここならのんびりした時を過ごせるだろう。そう、問題はなし。このビーチにいるのがぼくひとりだけであることを除いては。

浜辺をあてもなく行ったり来たりしていると、やがてなにもかもに飽きはじめた。退屈であくびが出るような種類のものではなく、人生の意味を問うようなうんざりした感覚。砂の上に座り、海の向こうを見つめながら、静かに思いをめぐらせた。ぼくはいま、こうして美しいビーチに来ている。浜辺は完璧なまでに穏やか、つらい長旅を終えて心も落ちつき、自分の力で勝ちとった至福の時間を満喫している。あれこれ命令する者はいない。なんのストレスもない。ホテルは快適な上に安く、インド人もぼくをわずらわすようなことはしない。インドの地に降りたってからこんなにリラックスして、満ちたりて、しかも自分に自信を持ったことはあっただろうか？　ところがそんな幸せな思いとは裏腹に、かつて感じたこともないみじめな思いもあった。のしかかる孤独感は圧倒的で、不慣れな感情にさいなまれた。なんてろくでもない人生なんだ。自分には心の許せる友だちすらいない。ひとりぼっちでみじめな思いをするのも、当然と言えば当然だろう。たとえ自分のこ

とを気にかけてくれる人がいたとしても、彼らはみんな何千マイルも離れたところにいて、ぼくがいまどこにいるのか見当もつかない。たとえあした死んだって、だれも知ることはないだろう。どうしてぼくのことが嫌いな人を責められよう？　ああ、自分はなんてわがままで、浅はかで、無知な人間なんだ。なんて愚かで、臆病で、だめな人間なんだ。

けれどもそんなふうに自分を責めていると、いつのまにか奇妙な快感が芽生え、不幸な思いを浸食しはじめていることに気がついた。自分のことがいやで仕方ないと思うかたわら、そこにはある種の自虐的なスリルがあって、なにもかもほろ苦い憂いを帯びて見えるようになった。

熱帯のビーチにひとりで腰を下ろし、ほろ苦い憂いが顔からにじみ出ている自分の姿を、ファインダーを通すようにして思いうかべると、突如として体中に歓喜の波が押しよせるのを感じた。なかなかクールじゃないか。この場面を切りとって、アフターシェーブローションのCMのワンシーンに使ったっておかしくない。これこそまさに学業の合間の過ごし方。これだよ、これ、これぞまさしく自分探しの旅。

突然気分が高揚し、いまにも泣きだしそうになった。思いもよらぬ体の反応に、自分でも戸惑った。しかしそれはうれし涙などではなく、いったいい人生になんの意味があるのかと問う涙であり、そんな涙を浮かべてせっかくの至福の瞬間を台なしにしている自分に無性に腹が立った。怒りはあっという間に鬱に変わり、ふたたびみじめな思いが湧きおこって、ぼくは自己嫌悪の渦のなかに舞いもどった。

深く考えすぎたのがいけなかったらしい。そんなことをしたって、どこに行きつくわけでもないのに。けれども少なくともぼくは新たに自分を発見したのであり、それはそれで儲けものだった。

すぐにべつの町に移ることを考えるとうんざりしたし、ほかのバックパッカーの姿もちらほら見かけるようになったので、結局ゴアには一週間滞在した。といっても、とくにだれかと仲良くなったわけではない。イギリス人はひとりもいなかったし、世代的にもちょっと上で、ぼくが学生とわかるとなぜかばかにしたような態度に変わった。とりあえず全員と話をしたが、いかにうわべが愛想良くても、見下されているような感じは否めなかった。

オーストラリア人のグループでけっこう笑える連中がいたけれど、やはりみんな二十代に入っていて、その徹底したマッチョなふるまいは、こちらが畏縮《いしゅく》してしまうほどだった。おまけに彼らによると、ぼくらの年代の若者は例外なく精神年齢が低いらしく、しゃくにさわることに、ぼくがなにかを口にするたびににやにや薄笑いを浮かべた。実際、自分の経験を語ろうにも語れない状態だった。連中はもう何か月も旅を続けていて、ぼくなどけっして太刀打ちできない話のネタをたくさん持っていた。ヘロインの運び屋といっしょにタイのジャングルで道に迷ったこと。インドネシアの刑務所で子猫サイズのゴキブリを退治したこと。ビーチサンダルにTシャツという格好でエヴェレスト山のトレッキングをし

たこと、などなど。

インドはヒッピーのふるさとである。そんなばかげた話など、彼らはまったく信じていなかった。あくまでもオーストラリア人としてアジアを旅してまわり、しょっちゅうビールを飲んでは、笑いの絶えない楽しい時を過ごしていた。けっして好きなタイプではなかったが、クールな連中であることはたしかだった。

ぼくはインドに来てはじめて、自分にもっと旅の経験があったらと痛感した。年上の旅人たちをうらやましいと思ったことはいままで一度もなかった。だいたい彼らは見るからに社会に適応できない落ちこぼれで、三十代でインドを放浪しているような旅人にいたっては、どう考えても人生を捨てているとしか思えず、うらやむべきものなどあまりなかった。ほとんどのバックパッカーはぼくと同じ世代か、あるいは無精ひげを生やした悲しき無能世代だった。しかし不覚にもぼくが畏縮してしまうのは、二十代なかば、あるいはその後半の連中と出くわしたときだった。その年代の人たちにはどういうわけか、ぼくに羨望をいだかせるなにかがつねに備わっていた。彼らといっしょにいると、自分が子どもに思えてならなかった。会話をしていてもリラックスなどできず、なにかうぶなことを口にしてしまうのではないかと、絶えず心配する始末だった。

ゴアでの滞在のなかで唯一心底楽しめたのは、オーストラリア人のグループのひとりが、スイス人のヒッピーとけんかしそうになった晩のことだった。かなり遅い時間で、外国人の旅行者たちはそのビーチで一軒しかないバー、〈ジミ・ヘンドリクス・バー・エクスペリ

エンス〉で数時間にわたって飲んでいた。スイス人のヒッピーは大声を張りあげて女の子を口説いていて、命がけでチベットに入ろうとしてできなかったときの冒険談を自慢げに話している最中だった。

オーストラリア人のグループのなかでも図体の大きいガースが、ヒッピーの肩をぽんと叩いて話に割って入った。「よう、ピンクのズボン」とガースは言った。「いい加減声のボリューム落とせよ。こっちはみんなで楽しく酒を飲もうとしてるんだからよう」

それを聞いたほかのオーストラリア人が声を立てて笑った（ついでにぼくも）。

「なんだって？」スイス人の男が訊きかえした。

「細かいことを言うようでなんだがよう、第一に、おまえの声はでかすぎる。第二に、おまえの話はでたらめだ」

「でたらめなんかじゃないさ、マイ・フレンド。おれは一か月もゴルムドの刑務所に入れられて、危うく飢え死にするところだったんだ。ヒッチハイクでチベットに入ろうとしてな。でたらめなんかであるもんか」

「いいか、なにも自慢するわけじゃないが、脳細胞がふたつしかないまぬけだって、ゴルムドからのルートがもう何年ものあいだ閉鎖されてることは承知してる。おれ自身、数か月まえにやっと、カシュガルからの南ルートを使ってなんとかチベットにたどり着いたんだからな」

「でたらめ言ってるのはそっちのほうだろ。そのルートについてはおれも徹底的に下調べ

した。ゴルムドからのルートより警察の検問が多いじゃないか」

「ゴルムドはチベットに入ろうというそぶりだけのやつらから金を取るだけ取ってるのさ。実際は危険な賭けになど出ようとしない連中だ。本気でチベットに行きたいやつらは、みんなカシュガルに行くんだよ」

「冗談じゃない。おれだってチベットに行きたい気持ちは本気さ。けど、どうやったって警察の検問を潜《くぐ》りぬけることはできないんだから仕方ないじゃないか」

「居心地のいいゴルムドでパッケージツアーの観光客のようにふるまって、警察に言われるがまま行動してたらそうだろう」

「ゴルムドは居心地よくなんかない！」

「ほんものの旅人はな、自分で自分の行く道を切り開いていくもんさ。経験に基づく直感を信じて、危険を覚悟の上でな。おれの場合は、どこに検問があるのか知りつくしてるトラックの運転手に頼んでチベットに向かってもらった。検問が近づくたびにその手前で降りて、警察のうしろを回るようにして、道とも言えない道をトレッキングした。でもって、検問の先で待ってるトラックにふたたび乗りこんだってわけさ」

「そんなの不可能に決まってる。だいたいそんな方法で何週間かかると思ってるんだよ。途中には食べ物を買う町もないっていうのに」

「当然、何週間もかかったさ。そのあいだはもっぱらポリッジだけで空腹をしのいだよ。もちろん、運転手と分けあってな。チベット行きは不可能じゃない。ほんとうに行きたけ

ればだれだって行くことができる」

「でたらめ言うな、ほら吹きのオーストラリア人め。旅行者のチベットへの立ち入りは禁止されてる。そんなの常識だよ」

「もちろん、公にはそういうことになってる」

「いい加減にしろって。だいたい見知らぬ外国人を滞在させるとこなんてあるもんか」

「滞在したなんてひとことも言っちゃいない。おれはただ、なんとかたどり着いたって言ってるだけさ」

「ラサに？」

「ああ」

「この大ぼら吹き」

「ほんとだって。いいから黙って席に座ってろ」

「この野郎……さっきからいい加減なことばかり……きっとミャンマーにだって行ったことがあるとでも抜かすんだろうな」

「もちろんあるさ。タイからトレッキングで国境を越えた。山岳部にこもってる反政府ゲリラたちとも何週間かいっしょに過ごしたよ」

「そんなのイージーだね。おんなじ経験をしたやつらなら五万と知ってる。おれだってトレッキングでアフガニスタンに入って、ムジャヒディーン（戦士《ゲリラ》）たちと一か月もいっしょに過ごしたよ」

「そいつは勇ましいかぎりだな。ピンクのズボンをはいた戦士。まさに真の英雄だよ」

「へたな皮肉はやめろ、このオーストラリア人のアホんだら」

「アホんだらだと？　チベットにすらたどり着けなかったのはおれじゃないぜ」

「おまえの話を真に受けるとでも思ってるなら、それこそ救いようのないアホんだらだね」

「うせろ」

「やなこった、おまえがうせろ」

「やなこった、おまえがうせろ」

しばらくののしりあいが続いたところで、ピンク色のズボンをはいた戦士がスイスで使われるドイツ語の方言に言葉を切りかえた。人を侮辱するにはかなり効果的な言語で、ふたりはいまにも殴りあいを始めそうな勢いだったが、オーストラリア人の仲間がガースの体を引きはなし、その手に冷えたビールのボトルを押しつけて、まあまあここはもう一杯、と言ってなだめすかした。


ちょっとした孤独といくらかの退屈のなかで約一週間が過ぎたころ、ビーチでふたりのイギリス人の女の子と出くわした。ニューキャッスル大学に通う学生で、夏休みを利用してインドを旅行しているらしかった。クレアという名前の女の子は少々醜かったが、友だちのサムのほうは股間に思わずキュッと力が入るくらいセクシーで、人当たりも良かった。

おまけに自分の途方もない美しさに気づいている様子もない。ショートの黒髪、長く細い腕、キスしたくなるような唇、緑色に輝く瞳。毎朝鏡を見るたびに自分に恋をしないとしたら、よっぽど目が悪いか、頭が悪いかだろう。マッチョで取っつきにくいオーストラリア人のグループのあとでは、自分と同じ年代の女の子たちとの出会いはかなり新鮮だった。声をかけても快く応じてくれるし、ゆっくり腰を落ちつけて、ちゃんとした話もできる。生きるか死ぬかの体験談を、互いに自慢しあう必要もない。

聞くところによると、ふたりはコルバ・ビーチより少し南にあるビーチに滞在していて、すでに二週間が経とうとしているいま、インドをさらに南下してケララ州に向かう予定でいるらしかった。ぼくはすかさずその話に飛びついて、偶然だなぁ、ぼくも同じところに行こうとしてたんだよ、と抜け目のないうそをついた。こうして出会った以上、絶対に離れるもんかというようなせっぱ詰まった印象は与えたくなかったが、実際、ふたたびひとりで長旅をするなんて耐えられなかった。幸い、ふたりともぼくが旅の連れになることに悪い気はしていないらしく、早速あした待ちあわせて、列車の切符を買いに行こうということになった。選択の自由はほとんど与えなかったこともあって、ふたりの真意は計りかねたが、充分な時間さえあれば彼女たちに気に入られる自信はあった。

ゴアからケララ州までは長い道のりだったので、ぼくらは夜行列車でいったんバンガロールに行き、しばらく滞在したのち、準備ができたら先に進もうということで合意した。

午後遅くにマルガオ駅を出発した列車は、翌朝の昼時にバンガロールに到着する予定だった。客室のなかに旅の連れがいるという事実にぼくはかなりほっとしていて、幸せな思いが顔ににじみ出ないように、しきりに感情を抑えなくてはならなかった。いかにもうれしそうににやけていたら、自分が負け犬のように見えてしまう気がした。

ぼくは客室の片側にサムと隣りあわせで座った。ぼくらの向かい側、窓際の席にいるクレアは、読書をしながらうとうとしているようだった。サムとぼくは列車が動きだすなり会話を始め、約一時間後には話題は家族のことに移り、ぼくはサムに少しでも興味をいだかせようと、ありもしないトラウマをでっち上げた。ぼくがこの世でいちばん愛しているのはダウン症を患ってる弟のことなんだよ、とぼくは言った。ぼくのかわいい弟はだれよりも人の気持ちがわかるんだと。サムは（退屈きわまりないことに）いま交際中のボーイフレンドのことを話し、それから両親の話題に移って、ふたりの結婚生活はいま困難な段階に突入していて、おそらく母親のほうは浮気をしているんだと思うと打ちあけた。ぼくはときおり同情するようにうなずいてみせたが、欲望に頭がくらくらして気のきいた言葉ひとつかけられなかった。だってそうじゃないか。もし彼女の母親がそういう行為に走る女性なら、おそらくサムだって……。

しばらくして日が沈みはじめ、列車からの風景は息をのむほど美しいものになった。地平線に向かって果てしなく広がる水田には、幼い子どもや、水牛や、農民たちの姿が点のようになって見えた。やわらかな光に包まれるなか、人々は一日の仕事を終えて家に帰ろ

うとしている。なんて平和な光景なのだろう。列車はがたごととスピードを緩めながら村から村へと走った。水田の景色は絶えず形を変化させつつ窓の外を漂い、そのあいだに、たくさんの子どもたちがこちらに向かって手を振った。

サムはヘッドホンを二本接続できるウォークマンを持っていて、ぼくらは夕暮れの風景を眺めながらピンク・フロイドのアルバム『光』を聴いた。イギリスを出てからというもの、音楽なんて一度も聴いていなかったし、車窓の光景とピンク・フロイドの組みあわせは、まさに精神が高揚するような経験だった。電池が切れるまでのあいだ、ぼくは人生の核心に浸っているような気分をひたすら味わっていた。

このときぼくが見た光景を見ればだれしも、きっとインドの田舎は、ピンク・フロイドのサウンドトラックを頭に描いて創られたにちがいないと思うだろう。まさにそのとおり。神様はこの水田をパズルみたいに地面にはめこみながら、まちがいなく「コンフォタブリー・ナム」を聴いていたにちがいない。

かかったことないやつなんていない

バンガロールに着いてはじめての朝、ぼくは早めに起きてホテルの食堂で朝食を注文し、できるだけゆっくり食べるようにして、サムとクレアが降りてくるのを待った。偶然出くわしたようにすれば気軽にきょうの予定を訊けるし、幸運の女神が微笑めば、一日ずっと行動をともにすることだってできるかもしれない。もちろん、しつこい男だと思われることもなく。

ほかの宿泊客が食堂を出たり入ったりするあいだ、ぼくはオムレツをつついたり、紅茶をすすったりしながら、ふたりの女の子が降りてくるのをひたすら待った。

いい加減もうあきらめよう、そう思ったときにはすでに昼時になろうとしていた。ホテルのなかもほとんどひとけがなくなっていたので、ぼくはバンガロールで退屈な一日を過ごす準備をした。外に出ようとしたところで、ばったりふたりと出くわした。

「どこ行ってたんだよ?」とぼくは言った。思わず声に力がこもった。

「早起きして駅に行ってきたの」クレアが言った。

「そう」ぼくの心は一気に沈んだ。「切符買ったの？」

「ええ」とサムが言った。「この町であんまり時間を費やしたくないから」

それでつぎにどこに向かうのか、その先の言葉を待っていたが、どちらもなにも言わなかった。気まずい沈黙が続いた。

やがてサムが口を開いた。ばつの悪さにしきりにまばたきをし、その声には哀れむような響きさえあった。「で、あなたのきょうの予定は？」

「まあ……町をぶらぶらと」

ぼくは肩にかけたリュックサックを指さし、それですべてを説明しようとした。

「そう」

そしてふたたび沈黙が続いた。

「じゃあ」とぼくは言い、返事も待たずに歩きさった。そろってその場にたたずんだまま、すまなそうにぼくのうしろ姿を見つめるサムとクレアの視線を感じたが、かまわず歩きつづけた。通りに出たものの、右に行くのか左に行くのかもわからなかった。とっとと彼女たちの視界から消えたかったので、勘を頼りに角を曲がり、人混みにまぎれこんだ。

こんな国もういたくない。ぼくは突然そう思った。バンガロールになんてもういたくない。サムやクレアの近くにいるのは耐えられない。もうなにかを見たいとも、買いたいとも、食べたいとも思わなかった。なんでもいいから家に帰りたい。家に帰って、のんびりテレビを観たい。マーマイトを塗ったトースト、友だち、ソファア、『マッチ・オブ・ザ・デ

イ』（サッカーを中心とするイギリスのスポーツ番組）、緑の芝、パブ、フロスト、羽毛入りのキルトのかかったベッド。そんなすべてが恋しかった。

　行くあてもなくしばらく歩きつづけた。自分がいまロンドンからどれだけ離れた地にいるかを忘れるため、なんとか人混みから身を隠せる場所を探そうとしたが、頭のなかはひとつの考えでいっぱいになっていた。帰国予定日までまだひと月ある。そう、まるまる一か月。

　ショックだった。いまの自分の幸せが、出会ったばかりでろくに知りもしないふたりの女の子にかかっていたなんて。なにも彼女たちともう二度と会えないとか、行き先など見当もつかないというわけではなかった。ふたりはケララ州に向かっているのであり、ケララ州に入る者が最初に寄るのがコーチンであることはだれでも知っている。その気になれば、同じ列車に座席を予約することだって可能だろう。しかしサムとクレアのほうからは、ぼくを追いはらいたいという意志がはっきりと示されたわけで、なけなしのプライドをかたくなに守ろうとするなら、少なくともあと二、三日はバンガロールに滞在しなくてはならなかった。もちろん、たとえコーチンでふたりを見かけたとしても、完璧に無視しなくてはならない。とにかく予定どおりコーチンには行く。その思いは変わらなかった。彼女たちに遠慮して計画を変更する筋合いはない。だいたいどうしてこのぼくがあいつらのために？　そんなのはまっぴらごめんだった。

　それにしても悔しくてならないのは、てっきりサムに気に入られていると思いこんでい

たことだった。おまけにバンガロールはまったくおもしろみのない町ときている。インドという国にたいしては、いい加減に嫌気が差していた。ロンドンのパブで羽毛入りのキルトをかけてソファに座り、『マッチ・オブ・ザ・デイ』を観ながらマーマイトを塗ったトーストを食べたい。そんな思いはますます強くなっていた。

あてもなく町をさまよっていると、やがて〈マックスピード〉という名のレストランの前を通りかかり、誘われるようにして入り口のドアから顔をのぞかせた。店のなかは一九八二年当時の〈ウィンピーバーガー・バー〉のようで、小さなフォーマイカのテーブルのまわりにはプラスチック成型の椅子が固定されていた。こういう感じの店を見たのは……そう、一九八二年以来だったし、インドでハンバーガーの店を目にしたのもはじめてだった。

どうやら神様はちゃんとぼくを見守ってくれているらしい。憂鬱と孤独にさいなまれ、ホームシックにかかったぼくのために、こうして救いの食べ物を与えてくれるなんて。ぼくはラムバーガー（当然、ビーフはなし）とフライドポテトを注文し、飲み物にカンパ・コーラを、デザートにアイスクリームを頼んだ。アイスクリームを作るのにどんな水を使っているのかはあえて考えなかった。これはいままでの苦労のごほうびなのであり、これで元気がつくなら、なんでも好きなものを食べるつもりだった。

数週間ぶりのちゃんとした食事はまさに美味だった。フライドポテト、コーラ（かすか

にアンモニアの後味が残るけれど）、アイスクリームと、どれを取っても申し分ない。目を閉じ、心を穏やかにすれば、自分はロンドンに戻ったのだと想像することも可能だった。

ラムバーガーを四分の三ほど食べたところでふと思った。いままでゆうに二千マイル以上もインドを旅してきたのに、一匹として羊の姿を見たことはない。ではこのハンバーガーを作るためにどんな動物が細かく刻まれたのか、という疑問は、早急に答えを要するミステリーとなった。どう考えても羊ではない。もちろん、牛であることもありえない。ハンバーガー用の挽肉になりうる動物の特定は困難をきわめた。

豚？　いや、この味は豚じゃない。

ヤギ？　ありうる。ヤギならそのへんにたくさんいる。

犬？　いや、犬じゃない。頼む。どうか犬だけは。

ぼくはすでに残りわずかとなったハンバーガーを皿の上に戻し、急いでフライドポテトを平らげて、アンモニア風味のコーラで口のなかを徹底的にすすいだ。

ホテルに戻る道すがら、妙なことが起きた。いましがた食べたものを気にしながら歩いていると、突然胸がむかついて、気づくとどぶのなかにゲロを戻していた。

胃のなかのものを洗いざらい吐ききったあと、だれかに見られやしなかったかと、きょろきょろあたりを見まわした。数メートル向こうの路上で、白髪をドレッドヘアのように細かく束ね、すっかりやせ細ったサードゥーが瞑想をしている。通りの向かい側では、石《せっ》

鹸《けん》の泡に覆われた男がバケツの水で全身を洗っていて、その目の前で、二頭のロバの背中に巨大な鉄棒の束を乗せ、どこかに運ぼうとしている男が、障害物になっている荷物の山をどかそうとしないマンゴ売りの男と言いあいをしていた。

そんな状況のなか、どぶにゲロを吐く西洋人などあきらかに注意を引くようなものではないらしく、ぼくがたったいましたことを気にかけるのは、小走りでやってきて足元のかたまりをぺろぺろ舐めはじめた子犬くらいだった。ぼくはTシャツの袖で口をぬぐい、かつてハンバーガーだった液体を共食いしている犬に残し、途中でミネラルウォーターのボトルを一本買った。


その夜、ベッドに入るまえにトイレで小便をしているときだった。肛門をゆるめておならを逃がすと、トランクスのなかで妙な感じを覚えた。突然生地が重たくなり、続いて生温かい液体が太ももの裏側をつうっと伝った。自分がたったいまなにをしたのか、その事実を理解したぼくは、肛門の筋肉に力を入れ、いまだに出きっていない小便をちびちびと滴らせた。膀胱《ぼうこう》がからっぽになるころには、たれた便はひざの裏側にまで到達していた。

両方のももをぴったりとつけ、うずくまるような格好でトイレを飛びだし、階段を上って二階にある部屋に駆けこんだ。一枚残らず服を脱ぎすて、床に放りなげて、シャワーに入って全身を石鹸でごしごし洗った。体のあとは服だった。汚れた服をつまみあげ、シャワーでごしごし洗い、下痢の名残をきれいに水で流して、翌朝ホテルの洗濯係に出しても

怪しまれないように、濡《ぬ》れた服を部屋に干した。

その夜遅く、F1のレーシングカーが腹のなかでエンジンを吹かす音で、ぼくは深い眠りから目を覚ました。なにが起きているのか理解したのは数秒後だった。ぼくはベッドから飛びおきてトイレに駆けこみ、こんな排便は経験したことがないというくらいの排便を経験した。

読者のみなさんがクリケット用の投球機を見たことがあるかどうかはわからないけれど、とにかくその機械は、二本の小さなタイヤを水平に並べ、急速度で同じ方向に回転させることによって作動する。クリケットの球は二本のタイヤへと転がり、そのあいだにはさまった瞬間、時速百マイルのスピードで前方に飛ばされる。さて、その仕組みを踏まえた上で、投球機を最高速度で回転させ、そこに牛の糞を注ぎこんだときのことを想像してほしい。ぼくが新たに経験した排便は、唯一このたとえをもってしか説明できない。

こうして突然にして容赦のない排便がひと段落すると、酸化してむっと鼻を突く汚臭がひざのあいだから立ちこめてきた。あまりの刺激に鼻の筋肉がぴくぴく痙攣《けいれん》しはじめたとたん、文字どおり尻に火がついたような痛みが走るのを感じた。これ以上しゃがんではいられず、インド式の尻拭きテクニックを採用して、バケツから手ですくった水をすっかりゆるんだ肛門にぴしゃぴしゃかけた。

少なくとも十分かけて両手を洗い、ベッドに戻ると、今度は胃に激痛が走りはじめた。だれかが胃のなかで、びしょ濡れになったフランネルを絞って乾かそうとしているみたい

だった。素っ裸のまましばらく身もだえしていたが、非常事態を告げる生理的な要求を再度感じ、階下のトイレに走った。戸口まで来ると、床一面に自分の大便が飛びちっているのが見えた。便器の前までたどり着くには、汚臭のぷんぷんする個室に足を踏みいれなくてはならない。躊躇《ちゅうちょ》している余裕はなかった。悠長に靴などはいている時間もない。意を決してなかに入った。できるかぎり、自分が残した足跡の上に足の裏を重ねるようにして。

便器の上にまたがり、しゃがみこんだとたん、背後から勢いよく水が流れる奇妙な音がした。「なんだ?」一瞬、疑問に思った。「こんな夜中に、だれかがバスタブに水をためてるんだろうか?」しかしその奇妙な音の源が自分であることはすぐにわかった。感覚の麻《ま》痺《ひ》したぼくの肛門は、まさに水道の蛇口と化していたのだ。

液体の噴出がおさまると同時に前方に倒れこみ、ひたいを目の前の壁に押しつけた。しゃがんだままの体勢で何度かうめき、感覚を失った肛門がいま閉じた状態にあるのかどうか、自分なりに判断しようとした。はっきりとしたところはわからなかったが、たとえ閉じた状態にあったとしても、それは猫の出入り口用にドアにつける垂れ蓋でフーヴァーダムをふさぐようなものだった。

腹部の痛みは激しく、これ以上しゃがんではいられなかった。壁に手を這わせてなんとか立ちあがり、シャワーで両脚を洗って、よろよろベッドに戻った。脱水症状を起こしてはいけないと思ったので（なにしろここ二週間のあいだに体に取りいれた水分よりもさら

に多い液体をいっぺんに出してしまったのだから）、その晩に買ったミネラルウォーターの残り半リットルを無理やりのどに流しこんだ。

腹のなかで水がごぼごぼ音を立ててうごめき、即座に歓迎されていないことを理解した。突然胃が締めつけられ、バスルームに駆けこんで、シャワーのついた壁に向かってこサイル状のゲロを飛ばした。飲んだ水を残らず出しきっても、激しい胃の収縮はおさまらない。もう胃のなかはからっぽだというのに、げえげえ吐き気をもよおした。

ベッドまで戻る力さえ残っていなかった。仕方なくシャワーの栓をひねって水を出し、ゲロが波立ちながら洗いながされていくのを待った。肛門の締まりのなさを案じつづけなくてもすむように、意志に反してなにが漏れても、そのまま排水口へと流されるような体勢を取った。

この段階になると、時間の感覚などまったくなくなっていた。さすがにこれ以上なにも出ないだろう、と確信したところで、這うようにベッドに戻り、眠りに落ちた。

廊下から話し声が聞こえ、はっと目を覚ました。まぶたを開けたとたん、のどと胃と肛門に痛みが走った。しかし廊下から聞こえる声は、外の世界とつながる唯一のチャンスにちがいない。どうにかベッドから這いだし、清潔なズボンを探してバックパックのなかをまさぐった。Tシャツを頭からかぶり、廊下に飛びだした。

「だれか！　だれか！」しわがれた声で叫んだ。話し声は廊下の向こうに消えていくところだった。「ちょっと待った！」

数秒ほど沈黙が続いたあと、階段の角からひょっこり頭が現れた。「イエス、なにか?」

「頼む！　戻ってきてくれ！　病気なんだ！」とぼくは言い、戸枠にもたれかかった。

頭をのぞかせた男は階段の下に向かって声をかけ（言葉の響きからするにたぶんオランダ語だろう）、ふらふらとぼくのほうに歩いてきた。

「病気?」と男は言った。

「具合が悪くて歩けないんだ！　頼むから水を！」

「具合が悪いって、どこが?」

「どこもかしこもだよ。腹は下るわ、吐き気はするわ……」

「インドの洗礼ってわけか」

「おそらく」

「で、水を買ってきてもらいたいと?」

「頼む。そうしてくれるとありがたい。いま金を持ってくるから」

ぼくはおぼつかない足どりで部屋に戻り、紙幣を数枚ひっつかんだ。オランダ人の男は必死で歩こうとするぼくの姿を見て口元に笑みを浮かべた。

「痛むのか?」

「ああ。肛門なんてずたずたに裂けてるような感じだよ」

オランダ人の男は声を立てて笑い、ぼくの背中を軽く叩いた。「そんなに心配するなって！　みんな一度は経験することだし」

「断末魔の苦しみとはこのことさ」

「甘い、甘い。まあ、とにかく様子を見ることだな。たんなる食あたりだったら二、三日で良くなる。もし赤痢だとしたら症状はもっと悪化する。そうなってはじめて、ほんとうの痛みがどんなものかわかるもんさ。細菌性のものなら一週間は寝こむことになるな。万が一アメーバ赤痢だとしたら、それこそ一大事」

男はふたたびぼくの背中を叩いた。

「かかったことがあるのか、赤痢に?」

「もちろん。かかったことないやつなんていない」

「どんな感じだった?」

「ひどいもんさ。最悪だよ」

「で、きみの場合はどっちだったわけ? 細菌性のやつ? それとも……」

「それが運悪く両方いっぺんにかかっちまってな。さすがにまいったぜ。けど、それだって断末魔の苦しみとは言いがたい。たちが悪いのはマラリアさ。かかってみればわかるよ。あんなやっかいな病気はない。ネパールでかかったときには、ろくに立つこともできないくらいひどくて、医者のところにだって行けなかった。マラリアの特効薬って言われてるクロロキンを飲んで、あとはもう、運を天にまかせるほかなかったよ」

「かかったときはそうするもんなの? つまりそのう……万が一ぼくもそうなんだったら……」

「さあ、どうかな。見てのとおりおれは医者じゃないし、詳しいことはわからないけど、箱にはキニーネが含まれてるって書いてあったんだよ。で、自分の体を使って実験したってわけ」

「実験？」

「最初の日に四錠飲んで、日を追うごとに数を増やして、症状が良くなるまで飲みつづけた」

「の、飲みつづけたって、いったいどれくらい？」

とんでもない話に恐れをなし、気づくと痛みを忘れていた。

「十日くらい」

「でも、キニーネなんて飲みつづけたら、副作用で髪の毛が抜けたり、頭がおかしくなったりするんじゃ？」

オランダ人の男はいきなりその場で飛びはね、空中で脚と脚をすばやく合わせると、舌を突きだして、喚声をあげながら両手を頭の上で振りまわした。いかにも狂人らしきぞっとするような光景に、ぼくはふたたび吐き気をもよおした。

「幸い、おれの場合は平気だった。このとおりぴんぴんしてるよ」と躁病にでもかかっているような甲高い声で言った。

それが冗談だとわかり、脈拍も正常に戻ったぼくは、もう飛びはねなくてもいいからとほのめかすように、力のない声で笑った。

ぴょんぴょん跳ねるのをやめた彼は普通の声に戻って言った。「そんなにビビるなって。なにもマラリアにかかったからってこの世の終わりってわけじゃない。インド人たちはりっぱにその病気と共生してるんだから」

「なるほど」

「もちろん、それが原因でばたばたおっちんでもいるけどな！」オランダ人の男は体を折り曲げてげらげら笑った。自分の言ったことがおかしくてたまらないらしく、ようやく落ちついてしゃべれるようになると、こう言った。「そんなに暗い顔するなって。どうせただの下痢だろ。そんなの屁でもない。水を飲んでればそのうち治る。運悪くこんなのにかかってみろ！」

　オランダ人の男はズボンの裾を引っぱりあげ、向こうずねをむきだしにすると、皮膚や肉をえぐるようにしてできた痛々しいくぼみを見せびらかした。

「なんだよ、それ？」

「汚い水のなかに棲んでる虫のしわざさ。皮膚にできた小さな切り傷から侵入して、体内でどんどん大きくなっていく。ペニスの先からだって入るって話だぜ。ほら、この部分……なんていうんだっけ？　とにかくこのなかを動きまわってるらしい」

「血管？」

　くらくらめまいがした。

「そう、血管。血管のなかで虫が成長するにつれて、徐々に痛みを感じはじめる。けど、

表面的にはなんの兆候も見られないし、どこが悪いのかなんてだれにもわからない。とにかくいつも注意して体中をチェックしてなきゃならないんだ。で、皮膚の下にしこりのようなものができてて、しかもそれが動いてたら、針かなにかで突きさして、虫の頭が出てくるまで肉を掘りつづけなきゃならない。一気に引きぬこうったって無理なんだ。ぷつんと切れちまうからな。生きてる虫を体のなかに飼ってるより、死んだ虫をそのまま放っておくほうがよっぽどたちが悪い。だからマッチ棒の先に虫の頭を巻きつかせて、一日ごとに一回転させて、全身が棒に巻きつくまで辛抱強く我慢しなきゃならないんだ」

すうっとひざの力が抜け、視界でちかちか星が瞬きはじめた。戸口にしがみつく手に力をこめ、これ以上話を聞くまいとした。

「その虫が心臓まで到達したらもうお陀仏。一巻の終わりさ。ふぅー！　まったくおれは運が良かったよ。脚にいるあいだに取りだせたからな」

ぼくらはふたりしてふくらはぎにある穴をじっと見つめた。ようやく脚に力が入りはじめ、視界も元に戻りつつあった。

「運が良かった？　ふくらはぎにこんな穴までできて？」

「もちろん」

「で、この傷は治るの？」

「いずれ治ってくれることを願うよ。まあ、傷跡は残るだろうけど」

「それはなにより」

「ん？」

「だって傷跡が残ればあとでみんなに自慢できるじゃないか。自分がどんなにすごい目に遭ったかって」

「傷跡なんて必要ないさ。体のなかに入ってた虫をちゃんととってある。証拠を見せろって言われたときのためにね」

「虫を持ち運びながら旅してるってこと？」

「まさか。両親の家に郵送したよ」

「両親がきみのために保管してるってわけ？」

「おふくろにはホルマリンにでも漬けておいてって言ってあるんだけど、どうやらあんまり気が進まないらしい」

「それにしても妙な傷だな」

「まあな。悪い、友だちが待ってるんだ。水を買ってきてほしいんだろ？」

「頼む。助かるよ」

「食い物は？」

「いい。食欲ないんだ」

「少しは腹になにか入れたほうがいいんだけどな」

「でもいまはなにも食えないよ」

「バナナ買ってきてやるよ。でもって少し力がついたら、白いご飯を食うといい」

「でもいまはなにも」

「すぐ戻る。ベッドに横になってろよ」

「サンキュ。ほんと恩に着るよ。命の恩人だ」

「そんな大げさなもんじゃないさ」

「ほんとだって。ありがと。感謝してる」ぼくは目がうるうるしはじめるのを感じた。胸が詰まり、いまにも大声で泣きだしそうだった。

オランダ人の男がぼくの肩に手を置いた。「だいじょうぶだって。ところで名前は?」

ぼくは深く息を吸い、裏返るような甲高い声で言った。「デイヴ。イギリスから。そっちは?」

「イゴー・ボーグ。オランダのデルフトから」とイゴーは微笑み、ぼくの肩をぎゅっと握った。「心配するなって、デイヴ。すぐ戻るから」

「ありがとう。ほんとに、ありがとう」

「べつにいいって」

サンダルをぺたぺたいわせながら歩きさるイゴーに向かってぼくは声をかけた。「サンキュ、イゴー」

イゴーは声を立てて笑い、振りかえることなく手をあげた。「デイヴ、気を大きく持って」そしてくすくす笑いながら階段を降りていった。

翌週はほとんど部屋の外に出なかった。毎朝イゴーが様子を見にやってきて、そのつど水とバナナを、数日後には白いご飯まで持ってきてくれた。ぼくが食べるあいだはベッドのわきに腰を下ろし、ひどいけがや生命にかかわる病気をしたときの話をして元気づけてくれた。

その週も終わりに近づいたころ、ぼくが久しぶりのゆで卵をぺろりと平らげると、イゴーがそろそろバンガロールを出なければならないと言った。すでに数日ほど予定より長く滞在しているらしく、ぼくの具合も快方に向かっているので、このへんで旅を再開するということだった。

ぼくはまたしても泣きだしそうになった。

「わかったよ」とぼくは言った。

「悪いな、デイヴ、ほんとに行かなきゃならないんだ。バンガロールですることはもうなにも残っちゃいない」

「わかったって。いろいろありがとう。イゴーがいなかったらどうなってたか」

「なんとかなってたさ」

「命の恩人だよ」

「大げさだって、結局赤痢じゃなかったんだし」

「わかってる。でもとにかく、病気で倒れたころはなにもかもにうんざりしてて……いまだってうんざりしてることに変わりないけど、少なくともひとりで歩ける力はついた」

ぼくの言ったことがおかしかったらしく、イゴーは声を立てて笑った。

「デイヴ、もっと前向きになれよ。インドはすごい国だぜ」

「わかってる、わかってるけど」

「世界でインドの右に出る国はいない」

「イギリスはべつとして」

「アフリカを旅してみろ。濡れた服に卵を産む恐ろしいハエがいて、体温で孵化《ふか》した卵からはちっちゃなうじ虫のような生き物がうじょうじょ出てきて、皮膚のなかに入りこんで徐々に体内で成長するんだ。やつらを駆除するためには全身にワセリンを塗って――」

「イゴー、頼むよ。きょうはそんな話を聞く気分じゃないんだ」

「おれはただ元気づけようとして」

「わかってる。でも、いまはちょっと気が弱ってるっていうか……イゴーが行ったらまたひとりきりになるわけだし。コーチンに友だちがいることはいるけど、彼女たちにはもう追いつけるわけがない。だからなんだか気が重くて」

「デイヴ、おまえは病気だった。でもいまはこうしてよくなったんだ。それを幸せと思えよ」

「ああ」

「おれはもうここに来て笑える話はしてやれない。だからもっとポジティブにならなきゃ」

「ああ」

「これからは自分ひとりの力で」

「オーケー。ほんとにいろいろありがとう。わざわざ滞在を延ばして看病してくれて。ほとんどの人はこんなにやさしくは……見ず知らずの男の面倒を見るなんて絶対に……でもイゴーは……イゴーは……」だめだ、これ以上話したらわんわん泣きだしてしまう。

イゴーがぼくの腕をぎゅっと握りしめた。ぼくは思わずすすり泣いた。

「デイヴ、しっかりしろって」とイゴーが言った。

「悪い。めそめそなんかして。でもほんとに感謝してるんだ。これは感謝の涙だよ」

「こんなのなんでもないって。だれだっておんなじことをしたさ」イゴーが顔を拭くようにとシーツの端を差しだした。

「やさしいんだな」

「なんてことないって、ほんとに」

イゴーが微笑んだ。そろそろ出ていってもだいじょうぶかどうか、ぼくの気持ちの落ちつき具合をうかがっているらしい。ぼくが弱々しい声ですすり泣くあいだ、シーツ越しにぼくの脚を叩きながらドアのほうに目をやった。

「家に帰りたいよ、イゴー。**家に帰りたい！**」

心のなかでがっくりきたのが、イゴーの顔にはっきり表れた。

「じきによくなるって。あとは体力が回復するのを待つだけさ」

「**帰りたい！**」

「だったら帰ればいいじゃないか。帰りたいならいつだって帰れるだろ」

「そんなことできない」

「できるさ」

「できない。帰りの飛行機を予約してある日まであと三週間ある」

「だったら変更すればいい」

「そんなことできない」

「できるさ」

「できない。ぼくのチケットは……ほら、なんていうんだっけ？」

「フィックス・チケット？」

「そう、それ」

「フィックスだって変更できるさ。追加料金を払えばいいだけのことだよ」

「できない」

「どうして？」

「できないものはできない」

「だからどうして？　追加料金を払う余裕がないのか？」

「さあ」

「いくら残ってるんだよ？」

「五百ポンドくらい」

「それって、七百ドルくらいってことか?」

「たぶん」

「だったら帰れるよ。新しくチケットを買ったっておつりがくる」

「でも帰れない」

「どうして?」

「だって」

「だってなんだよ?」

「だってはだってさ」

「いいから言ってみろよ」

「だってばつが悪いじゃないか」

「なるほど、そういうことか。予定より早く帰ったりすれば、途中でギブアップしたような気分になる」

「そのとおり」

「試練に耐えられなかったような気分になるってわけか」

「なんとか二か月終わったんだ。あともうちょっとなんだよ。この期に及んでギブアップするなんて」

「旅は力試しのテストじゃないんだぞ」

「じゃあなんなんだよ?」

「息抜きさ」

「息抜きなんかであるもんか。旅であるからには、ただの休みとはまったく質がちがう」

「だったらもう少しこの国にいて、堅苦しい旅を息抜きの休みに変えちまったらどうだよ? そうしたらもっと楽しくなるだろ? ばかげたビーチリゾートにでも脚を伸ばしてみればいい。浜辺には、インドにいることなんて忘れてのんびりしてる旅人たちがたくさんいるさ。残りの時間はゴアのビーチで過ごしたらどうだ?」

「ゴアはこの町のまえに行ってきたばかりだよ」

「ほかにも同じようなところがあるさ。コバラムとか、アジメールとか」

「ゴアのまえにそこにいた」

「もうインドなんかうんざりってわけか」

「そう」

「おれの目には、おまえはこの国のことなんかまだなんにも見ちゃいないように見えるけどな」

「どう見えようがかまわない。とにかくインドにはうんざりなんだ」

出会ってはじめてイゴーが黙りこんだ。

「どうせ心のなかで思ってるんだろ、愚かな男だと」とぼくは言った。

イゴーは肩をすくめた。

「そうさ、愚かな男だと思ってるんだよな」

「愚かだなんて。ただ若いなって。若すぎるんだよ」

「若すぎる？」

「この国を訪れるには若すぎるってことさ」

「ぼくよりずっと若いインド人だっているじゃないか」

イゴーが声を立てて笑った。「彼らはこの国に住んでる人たちじゃないか」

「だから？」

「デイヴ、もう行かないと」

「わかったよ」

「ほんとに行くよ」

「わかったって」

「じゃあな、デイヴ。元気で」

「じゃあ。いろいろありがと」

「もっと旅を楽しめよ、な？」

「ああ」

イゴーは部屋を出ると、振りかえりもせずに背後でドアを閉めた。親切にしてもらったのにこんな別れ方をして、自分が恥ずかしく思えたが、ぼくにはどうすることもできなかった。だれかに見捨てられるのはもう耐えられない。そんなときに大きな心でいるなんて

できなかった。

ばたんと閉まったドアを数時間ほど見つめたあと、ぼくは意を決して外の世界に出てみることにした。靴を探しだすのにしばらく手こずり、ようやく見つけた靴はトイレのわき、一週間まえに脱ぎすてたところに置いたままになっていた。

ふらつく脚で階段を降り、ロビーを抜けて、くじけそうなくらいまぶしい日の光のなかへと歩きだした。

最高の教材

しばらく町を歩くとさすがにぐったりして、ぼくは道路の縁石の上に腰を下ろした。行きかう人々を眺めるには格好のスポットで、やがて年配の男がやってきて、ぼくの隣に座った。

「なにを隠そう、インドとパキスタンが分離して独立するまえ、わたしの遊び仲間のほとんどは英国人だった」と男は言った。

ぱっと見たかぎりではいかにも退屈そうな老人で、普通なら完璧に無視しているところだが、会話に飢えているぼくは急いで頭を働かせ、なにか気のきいた答えを口にしようとした。

「ほんとですか？　それは……なんというか……すごいじゃないですか」

「ほんとうだとも。ジョニー、ピーター、フレディというのが三人の良き友の名前でね。もちろん一九四七年以降、みんなつぎつぎとこの国を去っていったが」

「三人ともですか？」

「分離独立のあとは、大勢の良き仲間が野営を引きはらい、急いで祖国に帰っていった」

「それはなんとも……でも、どうしてそんなにたくさんイギリス人の友だちがいたんです？」

「英国人だよ。カレドニアの友のことも忘れてはならん。フレディはスコットランド人だった」

「なるほど。でも彼らはどうして……」

「いまは亡きわたしの父が――神よ、父の霊を休ましめたまえ――教会の牧師だったのだよ。そして幸運にも、このわたしが父親の足跡をたどることになった。きみはキリスト教徒かね？」


冗談でアーセナル（ロンドンのサッカークラブ）のサポーターですと答えようとしたが、この場は如才なく、うそをついたほうが妥当だろうと判断した。


「はい」

「シー・オブ・イー？」

〝C of E〟がなんの略なのかは思いだせなかったけれど、どうみてもイエスと言ってほしそうな顔だったので、無言でうなずいた。

「すばらしい。なんという幸運な偶然だろう。これはこれは、自分の名も名乗らずに失礼した。わたしはチャールズ・A・トリパティ二世」

チャールズ・A・トリパティ二世がぼくの手を取った。

「デイヴです。デイヴィッド」

「会えて光栄だよ、デイヴィッド。きみは紅茶を好む人かね？」

「ええ……まあ」

「ぜひわたしの家に来たまえ。ひとりでいるのは好ましくない」その言葉がぼくに向けられたものなのか、あるいは自分のことを言っているのかはわからなかったが、ぼくは誘われるまま彼のあとについて通りを歩きだした。チャールズはしばらくしてわき道へと折れ、ぼくの二、三歩前をつかつかと進み、歩いているあいだはいっさい話しかけてこなかった。

これ以上はもう歩けない、そう思いはじめたところで、コンクリートでできた小さな家の前にたどり着いた。チャールズはドアのそばに立ってぼくを招きいれた。

考えてみれば、インドに来てだれかの家に入るのはこれがはじめてだった。驚いたことに、部屋のなかはまるでイギリスのように見える。隅に置かれたテレビ、椅子が数脚、ラグマット、壁に飾られた写真。なにもかもなじみがある。

「さあさあ、座って」とチャールズが言い、椅子を指さした。「われわれの文学に興味があるならご自由に」コーヒーテーブルの上に置かれた冊子の山を示し、部屋を出ていった。

部屋の外からチャールズがヒンディー語でなにやら怒鳴る声がしたので、ぼくは一枚のパンフレットを手に取ってぱらぱらやりはじめた。インクの色や書体からするに、七〇年代に印刷されたものらしい。表紙には『南インドにおけるキリスト教の布教――概論』と書かれ、中身は読む気にもなれないくらい文字がぎっしり詰まっていた。その三つ折りの

パンフレットを広げてみると、写真が三枚載っていて、それぞれの写真の上に大きなキャプションがつけられていた。左側のページには「知識」と書かれ、その下に白いひげを生やした賢そうな老人の写真があった。中央には「美」、その下の写真は蝶。右側には「力」と書かれ、核爆弾のキノコ雲の写真があった。

コーヒーテーブルからあごを離そうとしたところで、チャールズがぼろ服を着た男の子を連れて戻ってきた。チャールズに怒鳴られるやいなや、男の子は長い細枝を束ねたほうきでぼくの足元を掃きはじめ、大声でべつの命令が下されると、小走りで部屋から出ていった。

「いま紅茶とケーキを準備させているから」とチャールズが言った。

チャールズが落ちつきなく歩きまわるなか、ぼくは椅子に座ったまま、パンフレットを指でめくり、なにか言うことはないかと頭を働かせた。

しばらくすると、こぎれいな格好をした子どもたちがぞろぞろ部屋に入ってきた。七人くらいだろうか、お互いに体を押しあい、けっしてそばに寄ることなくぼくのことをよく見ようとした。

「わたしの孫なんだよ。もしよければサインしてやってもらえないだろうか?」

「サインって、ぼくのですか?」

「そのとおり。手書きの模範があれば最高の教材になる」

ぼくの字は十歳のころからへたくその烙印《らくいん》が押されていて、その後もますますひどくな

るばかりだった。しかしこの状況でさすがにそんなことは言えない。チャールズはぼくにペンを渡し、孫たちに向かってヒンディー語でなにやら声をかけた。子どもたちはひとりひとりぼくの前にやってきて、紙切れを一枚差しだした。ぼくは自分の名前とちょっとしたメッセージを書き（できるだけていねいに）、ひとりひとり軽く頭を叩いた。

そして子どもたちは部屋からぞろぞろ出ていき、笑い声をあげながら外の通りへと走っていった。

「きみはとても心のやさしい人だ」とチャールズが言った。「自分の務めを超えた行いをすべし――それがきみのモットーだろう」

「ええ……まあ」

「しかもその謙虚な態度。英国の教育はいまだ世界で随一と見た。きみのような若者に出会えて光栄だよ」

「そんな、ぼくなんてたいした人間じゃないですよ」

「さあさあ、もっとこっちに。もう謙遜などする必要はない。きみが通っていたのがグラマースクールだろうが、パブリックスクールだろうが、そんなことはいっさい知る必要はない。きみの顔には紳士の印が刻みこまれているからね」

「ありがとうございます。そうおっしゃるあなたのお顔にも同じ印が刻まれています」

なにをばかなことを！　いつのまにかこっちまで妙にかしこまったしゃべり方になってる。

「まあ、紳士でいるよう努力はしている。努力はね」

年配の女性が紅茶とケーキをトレイに載せて部屋に入ってきた。どぎつい色をしたケーキは、見ているだけで歯が痛くなりそうだった。彼女はぼくの目の前にトレイを置き、ドアのほうへと下がった。

「わたしの妻だよ」チャールズが言った。

「はじめまして」とぼくは言い、軽く手を振った。

「ナマステ」と彼女は言い、こくりとうなずいて笑みを浮かべた。

ぼくがうなずいて笑みを返すと、彼女はそのまま部屋をあとにした。

その後、チャールズとぼくの会話はしだいに途切れ途切れになり、話題も底を突きはじめた。家族や仕事についていろいろ尋ねようとしたが、ぼくの質問が無礼なのか、あるいは退屈なのか、チャールズはすっきりしない答えを短く返すばかりだった。いまこそインド人の生の声を聞く絶好の機会だとわかっていながらも、残念なことに、話はなかなか深いところまで入っていかなかった。

会話を成立させようというぼくの試みが暗礁に乗りあげたところで、今度はチャールズが主導権を握り、出身・仕事・結婚というお決まりの質問パターンをぼくに課した。そのあとはもう教会での彼の地位や、南インドにおける布教の成功に関するばかげた話が延々と続き、退屈のあまり危うく気が狂いそうになる直前で、なんとか家から脱出した。

結局たいした会話はできず、死ぬほど退屈な思いをしたものの、ぼくの旅において、チャールズの家への訪問はまさに重大にして前向きな分岐点となった。なにしろぼくは、実際にインド人の家のなかに足を踏みいれたのだから。しかも居間で椅子に腰かけ、ほんもののインド人と話をしたのだから。

これまで二か月ほど旅をしてきて、民家の前を通りかかるたびになかの様子を思いえがいたが、ちらちらのぞいてみるだけで、けっして窓やドアの向こうに行きつくことはなかった。それが今回は実際になかに入り、インドの真の姿をこの目で見て、その暮らしぶりをかいま見ることができた。

ぼくは突然、いままでインドでしてきたことがものすごく中身のないことのように思えた。ぼくはただホテルでうだうだし、ほかのバックパッカーたちとくだらぬ話をし、無駄に時間を過ごしていた。イゴーの指摘はまさに図星だった。ぼくはこの国のことなんかまだなんにも見ちゃいない。でもこれからはちがう、とぼくは思った。今後はひとりで行動するし、ほかの西洋人を探したりもしない。ましてや頼りにするなんて。積極的にインド人に話しかけ、仲良くなって、どんどん家のなかに入っていく。目指すは真の旅人だった。

インドのしわざ

　その晩、ぼくはドッグバーガーを食べて以来のちゃんとした食事をとった。もちろんこれが数か月まえなら、固くなったライスのかたまりの上で滴る水っぽいレンズ豆を、ちゃんとした食事とは呼ばなかったろう。けれどもそれはまさに、ぼくの内臓がここしばらく経験したことのないような挑戦だった。

　何度かごろごろと異議を唱えたものの、やがてぼくの胃は負荷を受けいれはじめた。食べ物はなかで動きまわっていきなり口の外へと飛びだすかわりに、おとなしく胃のなかにおさまって消化されつつあるようだった。十分ほど消化の過程をじっと見守れば、いま口にした食べ物から充分なエネルギーを得て、そのうち体力も回復するような気がした。

　胃のなかにおさめられるだけのものをおさめたあと、だれか話のできそうな人はいないかとホテルの食堂を見まわした。しかし客の出入りはあるものの、どうもみんなに避けられているように思えてならない。どうしても話し相手が欲しくて、ゆうに一時間はそこに座っていたが、だれかと目が合うたびに、こちらが声をかける間もなくさっと顔を背けら

れた。

わけのわからないまま部屋に戻り、ようやくその理由がわかったのは、ベッドに入ろうとして鏡に映る自分の姿を見たときだった。ぼくはインド第一日目、デリーに到着したその日に見た生気のない骸骨《がいこつ》男そのものだった。

げっそりとこけた頬は、長たらしく伸びた無精ひげに覆われていた。死んだような目。ぎとぎと脂っぽい髪。口元はいかにも機嫌が悪そうにへの字に曲がっている。なんてひどい姿。こんな姿の男がいたらぼくだって避けて通る。

とりあえずそのままベッドに入り、数時間ほどぼうっと宙を見つめた。

どうやら自分は文字どおり生ける屍《しかばね》になってしまったらしい。

久々の「食事」をとったあとだというのに、その夜はトイレに駆けこむこともなく、ひたすら眠りつづけた。そして翌朝目を覚ましたぼくは、人間らしい姿を取りもどすまで腹いっぱい食べつづける決意をした。

脂っこいものや辛いものはさすがにまだ胃が受けつけそうになかったので、朝食はゆで卵四個とチャパティ数枚にし、地元の人々と友だちになろうと早速町にくりだした。

しばらく通りを歩きまわり、だれかと目が合うたびに微笑みかけたが、ぼくと話したいと思うような者はひとりもいなかった。ひょっとしてなにかの宗教の勧誘とかんちがいされてるんじゃないかと思い、あえて微笑みを加減してみたものの、やはり人々はいっさいぼくとかかわろうとしなかった。

気力をくじかれたぼくは、昼食がてら最も混んでいるレストランに入ると、いかにも孤独そうな男の隣に座り、笑顔でこんにちはとあいさつをした。ところが男はかすかにおびえたような顔をして、食べ物を載せたトレイを持ってそそくさとべつの席に移っていった。ここに来てまた新たな試練。ほかのバックパッカーたちに見捨てられた上に、今度はインド人にも冷たくあしらわれるなんて。最悪も最悪。ぼくはわらをもすがる思いでホテルに戻り、床掃除をしているボーイに話しかけたが、男の子は恐れをなして走って逃げた。ぼくに唯一残されたのは、家族に向けて絵はがきをしたためることだけだった。

母さん&父さんへ

いまバンガロールにいます。カルナータカ州の州都で、工業化された現代的な町です。居心地はまずまず。いままで訪れた町と比べて、とても栄えているように感じます。といっても、まだろくに見ていないんだけど。ここ一週間ひどく体調を壊して、ホテルの部屋から一歩も出られない状態でした。ようやく歩けるようになって、きょうはこの町に来てはじめて散策に出た。だいぶ体重が減ったようだけど、まあ、すぐに元に戻るでしょう。いまだにホームシックで、孤独にさいなまれてるけど、旅にたいしてはがらりと考えを変えたので、これからは最後までひとりで行動するつもり。ほかの旅人たちとふれあ出会うのがこの旅の目的じゃない。せっかくインドに来たからにはインド人とふれあわなくちゃ。自分探しの旅をしたいなら、第一に自分を解放することが肝心。それがぼく

のつぎのステップ。ほんと、いろいろ学んでるよ。

愛をこめて、デイヴ

絵はがきを書きおえたところでふと思った。たとえだれもぼくと話したがらないにしても、さすがにホテルの受付係はぼくを無視するわけにはいかないだろう。宿泊客の相手をするのも仕事のうち、だいたいぼくは金を払ってここに泊まっているんだから。フロントにいるところを捕まえればどこにも逃げられやしない。長話はできないだろうが、確実に話し相手にはなってもらえる。

受付係がカウンターの裏に回るのを待って、ぼくは奇襲攻撃に出た。

「こんちは」とぼくは言った。

「こんにちは」受付の男が答えた。

ほかになにを言えばいいのだろう？

「なにか問題でも？」と男は言った。

「いや、なにも。ありがとう」

言うべき言葉が見つからない。ほどなくして、そうそう、会話といえばこれだよなと思った。

「きょうは暑いね」とぼくは言った。

「ええ、とても。いつもよりは暑くないですけど、暑いことに変わりありません」

いさぎよく降参しようと思ったところで、インド人の男がホテルに入ってきた。頭と首に綿のスカーフを巻き、顔半分を覆っている。男はフロントに近づくと、強いサウスロンドン訛《なま》りで部屋は空いているかと尋ねた。その声を聞いたとたん、だれなのかぴんときた。

「ランジ！」

ランジはさっと振りかえっていぶかしげにぼくを見つめた。数秒経ってやっと気づいたらしく、頭からスカーフをはぎ取った。

「デイヴ！　おまえか？」

「ああ、ぼくだよ」

「なんなんだよ、そのざまは？」

「この町を動けなくなってたんだ。ちょっと体調を壊して」

「なんだかくそみたいな顔してるぞ。くそだよ、くそ」

「なんともありがたい再会の言葉で。励まされるよ」

「ぱっと見じゃ気づかなかったぜ。ちょっと待った……おまえやせすぎじゃないか、最近体重測ったか？」

「いや」

「医者には？」

「行ってない。いまはもうその必要ないんだよ。体調は回復しつつある」

「そうか、そいつはなによりだよ。それにしてもひどい姿だな」

「そんなことより、会えてよかった」

「こっちもさ。同感、同感。で……なんっていったっけ？　連れのかわいいの」

「もういっしょじゃないんだ。どうしても相容れない意見の相違があって」

「つまり捨てられたってわけか」

「そんなとこかな。でもまあ……お互いべつべつの道を歩きはじめてたとこだったし、いまとなってはなんでそんなことになったのか思いだせないけど、お互い心の底から憎みあうようになって」

「そいつは残念だな。まあ、それもインドのしわざさ」

「イギリスにいたときにはあんなにうまくいってたのに」

「そういう意味じゃ、おれだっておんなじだよ。イギリスにいたときには家族ともうまくやってた。それがいまじゃ、みんなおれのことを殺したいほど憎んでる」

「また逃げてきたのか？」

「ああ。きょうデリーから飛んできたんだ。トリバンドラムまで行こうと思ったんだけど、都合のいい便がなくて、とりあえずこの町に寄ったってわけ」

「いまごろみんなはらわたが煮えくりかえってるんじゃないか？　とくにおまえの兄貴のおかげで、このあいだはこっちまでとばっちりが飛んできて」

「今回はもっと最悪だよ、なんてったって……」ランジは声を低くしてあたりを見まわした。「……クレジットカードや現金をたんまりくすねてきちまったからな」

「くすねてきたって、だれから？」

「おじさんとか、そのへん。とにかくむかついて仕方なかったんだよ」

「マジで？」

「マジで」

「身内から金を盗んだのか？」

「わかってる、わかってるよ。いまとなっては少々後悔もしてる。だからとっとと使いはたして、家に戻って謝るつもりだよ」

「頭が下がるね、その逆説的な道徳観には」

「だろ？」

「なわけないだろ？　そんなことより、ぼくの部屋に泊まらないか？　ダブルの部屋だし、ふたりでシェアしたほうが安く上がる。ちょうど話し相手も欲しかったんだ」

「安上がりだろうがなんだろうがおれには関係ない。いまおれは、金玉を縛りつけられるまえの借り物の時間を生きてるんだよ。このしょぼいホテルに来たのだって、たんに『ロンリー・プラネット』の最初に載ってたからにすぎない。ここで一泊したら、すぐにコバラムに向かう」

「なにがあるんだよ、コバラムに？」

「女だよ、女。パッケージツアーでやってきてる女たちさ。ゴアみたいなところだけど、ヒッピーは少ない。おまけにもうじき観光シーズンも始まる。インドの南端にあるから、

モンスーンだってもう終わるころだろう。快適なホテルに部屋を取って、白人の女をヤレるだけヤリまくるのさ。取り返しのつかないことにならないうちに」

「取り返しのつかないこと?」

「今回の騒動はすべてそれが発端だった。おやじはいままで一度も男と寝たこともないような退屈なブスとおれを結婚させようとしてる。そのブスの父親がボンベイの証券取引所だのなんだのを所有してるからって理由でな。おれが結婚の承諾をするまでイギリスに帰そうとしないんだよ」

「冗談だろ! どうするつもりだよ?」

「どうするもなにも、もう承諾しちまったんだ。どうすることもできない。だからまた逃げだしてきたんだ」

「おじさんの金を持って」

「そう。そのくらいのことしたって罰は当たらないさ。そんなことより、おまえもいっしょに来ないか? 宿代はおれが出してやる。きっと楽しいぜ。おまえだって服を買って、ちゃんと食べて、きれいにひげを剃れば、それなりに見苦しくない格好になる。おまえとおれならいいコンビになるさ。いとこの話じゃ、尻軽女がこぞって泊まる快適なホテルがあるらしい。どう思う?」

「どうって?」

「いっしょに来ないか?」

「本気なのか?」

「本気も本気。どうだ、おまえも?」

「んん……乗った! とにかく楽しそうだし」

「そう来なくちゃ。早速ボーイに頼んで列車の切符を買いに行かせる。おまえはそのあいだにひげを剃ってこいよ。あとでここで落ちあおう」

「オーケー。じゃあ、きょうはいっしょの部屋に泊まるんだな?」

「いいや、ありがたいけどそれは遠慮しとく。病気の名残のある辛気くさい部屋はおれ向きじゃないしな」

でもってゴルフ？

トリバンドラムへの道のりは気が遠くなるほど長かった。しかしランジがスイカを数個、マンゴを一袋、バナナを数房、ナッツの詰めあわせを一キロ、そしてボンベイ・ミックス（インド風に味つけられたスナック菓子）をたんまり買いこんでいたので、うまく時間をつぶすことができた。おまけに客室をともにした家族は、ランジ以上にいろいろ買いこんでいたので、目の前をひっきりなしに食べ物が行きかうなか、ただの移動のつもりがいつのまにか宴会のようになっていた。その家族に英語を話す者はいなかったし、ランジも方言の問題で会話こそできなかったが、仲良く膨大な量の食べ物を平らげる妨げにはならなかった。

当然、ぼくとしては果物の食べすぎに注意しなければならなかった。しかしほかにも食べる物は山ほどあったし、なにを食べてもおいしく感じられて、つぎからつぎへと腹いっぱいに詰めこんだ。旅の連れがいることがよほどうれしかったのだろう。食欲もいつのまにか完璧に戻っていた。

マナーリーにいたとき以来の幸せな気分だった。

トリバンドラムからはバスに乗ってコバラムに向かった。途中、ランジが『ロンリー・プラネット』に書かれている文を大声で読みはじめた。

「どう思う？　『最も豪華なホテルは〈コバラム・アショカ・ビーチ・リゾート〉で、バスターミナルのすぐ上にある岬に建っている。ワンルームの部屋やコテージはシングルで五百五十ルピー、ダブルで六百五十ルピー。エアコン、プール、バー、工芸品店、レンタルボートと、ホテルにはさまざまな設備が整い』、それからえーっと、『ヨガ、アーユルヴェーダ式マッサージ、ゴルフ、テニスなどの設備も充実している』だって、どう思う？」

「六百五十ルピー？　冗談だろ？」

「もちろんダブルには泊まらないさ。ふたりでダブルルームなんかに泊まって、どうやってセックスするんだよ？　五百五十ルピーのシングルをひとつずつ取るのさ、決まってるだろ？」

「本気か？」

「当然」

「全部ランジのおごりで？」

「そっ」

「プールとエアコン？」

「そっ」

「でもってゴルフ?」

「そう」

「とにかくどんな感じか見てみよう」

「いや、もう決定」

そう言ってランジはバスの窓からガイドブックを投げすてた。

「おっ、おい……どういうつもりだよ?」

「あんなもんおれたちにはもう必要ない。これはバケーションなんだ」

「けど……けど……ガイドブックなしにこれからどうやって」

「落ちつけって。ただの本じゃねえか」

「けど……」

ショックだった。顔から血の気が引いた。

「そんなにうろたえるなよ。なにもおまえの本を捨てたわけじゃないんだから」

「けど……」

「おまえのは尻拭き用の紙にとっておこうぜ」

「なんだって! 気でも狂ったのか?」

「まるでおれが人でも殺したような慌てぶりだな」

「殺したも同然さ。だってそうだろ……あの本がなきゃ、ほかのバックパッカーたちがどこに行くのかわからないじゃないか? どうやってほかの旅人たちと出会えっていうんだ

よ？」

「ビーチに出てみりゃいい、だろ？」

「出てみりゃいいって……」

「だいいち、おれたちはほかの旅人たちを探してるわけじゃない。だれがお堅い中流階級の女なんかとベッドをともにしたいと思うよ？　どうせ経験なんて浅くて、オルガスムにも達しなきゃ、口でやってもくれないんだぜ。それこそ冗談じゃない。もっと守備範囲を広げろよ。おれたちが狙うのは離婚してセックスに飢えてる女たち。アソコの締めつけ方には年季が入ってるのに、ここ何年かすっかりごぶさたしてる女たち。それをおれたちが雷に打たれたようにびんびんに感じさせてやるのさ！」

ランジは座席の上でしきりに身もだえし、欲望に満ちた期待によだれを垂らさんばかりだった。

「たしかに、ランジの言うとおりかもしれない。それに、おれも年上とは一度もやったことないし」

ランジはうっとりした目で宙を見つめ、ひとりでぼそぼそつぶやいた。「いいぞ、いいぞ、こいつはおもしろくなりそうだぜ！」

サウスロンドンはまさに猥雑《わいざつ》な地区であるらしかった。

血統書つきの男

ホテル側は薄汚い格好をしたぼくを泊まらせることに乗り気でなかったけれど、ランジが札束を見せびらかすと、がらりと態度を変えて部屋をくれた。

ポーターがぼくのバックパックを手に取り、まるでスーツケースでも持つようにして運ぼうとした。当然、そんなふうでは歩くこともままならず、そばで見ているぼくらの目にはきわめて滑稽に映った。しかしなんとかエレベーターの前までたどり着き、ぼくらを階上の部屋へと案内した。

エレベーター！　ぼくは思わず目を疑った。しかも案内された部屋の豪華なこと！　これまでの旅の仕方からして、インドでホテルの部屋といえば、コンクリートでできた壁と床、それに石のように硬いベッドというのがお決まりだったが、この部屋にはイギリスにあるようなちゃんとしたベッドがあり、床一面絨毯が敷きつめられ、海を見わたせるバルコニーまでついている。しかも家具つき！　シングルルームにもかかわらず、ベッドは大人ふたりが横になっても余りある大きさで、専用のバスルームには、インドではじめて目

にするバスタブまで備わっていた。マーマイトを塗ったトーストよりもよっぽどいいぞ！なによりも先に風呂をと、バスタブをお湯で満たし、服を脱ぎすてた。

お湯はぼくが体を浸すやいなや灰色に濁った。なかに入ったままいったんバスタブをからにし、新たにきれいなお湯を注ぎこんだ。さっぱりと汚れやあかを洗いながしたあと、ランジとロビーで落ちあうと、「よし、ちゃんとした服を買いに行くぞ」と早速タクシーに乗せられた。支払いはすべて向こうまかせだったので、さすがにランジの趣味に文句はつけられなかった。結局ぼくが買ったのはアロハシャツ、レモンイエローのショートパンツ、そしてブルーのデッキシューズという組みあわせ。おまけに三つ揃いのイブニングウエア（光沢のある派手なポリエステル製で、スリムな型なのか、わきの下がやけにきつく感じられた）と、ばかばかしいくらい高いリーバイスのイミテーション（尻の割れ目の奥まで食いこむので、あまりの痛みに目がうるうるするほど）まで買わされた。

上から下まで新しい服で身を包んだぼくを見て、ランジは感服したように両腕をつかみ、まるでインド人のプレイボーイみたいだなと言った。

「それってほめてんの？」

「もちろん」

「ランジもそうだってこと？」

「いや、おれはさながらパトニーの杭打ち人さ。まあ、おれが使うのは杭じゃなくて、この竿だけどな。でもさすがにここじゃ、パトニーの杭打ち人用の服は手に入らない。イン

ド人のプレイボーイで手を打つんだな」

「なんだかポン引きになったような感じだよ」

「ポン引きだって？　失礼な。じゃあ、このぼろ服を着てたときはどんな感じだったっていうんだよ？」ランジはぼくの古い服が入った袋を指さした。処分しろと言われたものの、どうしても捨てることができなかった。

「どんな感じって、充分に快適だったさ」

「冗談だろ、こんな物乞いみたいな格好。だいたいこんなもんどこで買ったんだよ？」

「どこって、そのへんだよ。ほとんどはマナーリーとかダルムシャーラーで」

「なるほどな。こんな服を着れば、南インドで地元の人間みたいに見られるとでも思ったのか？」

「そんなんじゃない」

「じゃあなんでだよ？　なんでみんなこんな薄汚い格好をする必要があるんだよ？」

「そんなの知るか。バックパックの底にはいちおうジーンズとTシャツが入ってるけど、インドに来てそんなの着たら、なんだか浮いちゃうような気がして。だからほかのバックパッカーたちが着てるような服を手に入れたのさ」

「バックパックの底にジーンズが入ってる？」

「ああ」

「メーカーは？」

「リーバイス、だと思う」

「バックパックの底にリーバイスのジーンズが入ってる？」

「ああ。インドに着いてからははいてないけど。この国じゃ、だれもジーンズなんかはいちゃいないから」

「なんだって？　インド人はみんながみんなジーンズをはいてるじゃないか」

「はいてないよ」

「はいてるって。だいたいなんでおれに偽物なんか買わせたんだよ？　バックパックに本物が入ってるってのに」

「さあ、持ってたことじたい忘れてたから」

「この国でリーバイスのジーンズがどれだけの値で売れるか知ってるのか？」

「いや」

「かなりだよ、かなり。この国じゃ値打ちもんなんだ。まったく信じられないぜ。本物のリーバイスをバッグにしまいこんで、二十ルピーのぼろ着で町を歩きまわってたなんて」

「二十ルピーじゃない。五十ルピー」

「こんなのに五十ルピーも払ったのか？　まったく、話を聞けば聞くほどあきれるよ」

ぼくのリーバイスのにおいを嗅《か》いだとたん、ランジは文字どおり窒息しそうになり、ぼくが持っている服を一枚残らず袋に詰めこむと、そのままホテルのクリーニングへと回し

た。そしてぼくはおニューのイブニングウエアに身を包み、ランジとふたりでナンパにくりだした。

ホテルのバーはまさにジェームズ・ボンドの映画に出てくるような雰囲気で、ぼくらは祖国が誇るスパイに敬意を表し、それぞれドライマティーニを頼んだ。ほとんどの客はリッチなインド人（ちなみにぼくはこの形容詞と名詞のつながりにつねに矛盾したものを感じていた）だったが、バーの一角には白人たちの島ができていて、ぼくらはそちらに行って彼らのグループに加わった。

数分後、ぼくはちょっと話があると言って、ランジをカウンターに引っぱっていった。

「どういうつもりだよ？　しわの寄ったババアばっかじゃないか」

「だから？」

「よく見てみろって。気持ち悪いったりゃありゃしない」

「離婚した金持ちの女たちになにを期待してるんだよ？　いいか、離婚経験のあるセクシーな二十歳の女なんて存在しないんだ。ものすごく運が良けりゃ、若くして旦那に先立たれた未亡人に出会えるかもしれない。でもな、離婚した女ってのは、みんなそれなりに歳がいってるんだよ」

「そういう女たちを狙ってるわけ？」

「まあ、ちょっと見てくれが悪いのはおれも認める」

「ちょっとどころの話かよ。だいたい離婚してる人なんてひとりもいないじゃないか。み

んなカップルだよ」

「わかった、わかったって。おれには透視能力があるわけじゃない。このホテルにどんな女が泊まってるかなんてわかるはずないだろ？」

「唯一きれいだと思うのはあそこにいるブロンドだよ」

「ブロンド？」

「そう」

「あそこの角にいる？」

「そう」

「図体のでかい男といっしょの？」

「そう」

「こんなに詩的で美しいところにハネムーンで来られるなんてうれしい〜、なんて喜んでる女のこと？」

「そう」

「いつまでも夢を見てろ」

「じゃあほかにだれがいるっていうんだよ？」

「あの娘《こ》なんかいい感じだな」

ランジはカウンターの近くに立っているインド人の女の子をあごで指した。

「あの娘？」

「そう」

「インド人じゃないか！」

「だから？」

「インド人をナンパできるかよ？」

「どうして？」

「どうしてって……つまり……だいたい家族といっしょだろ」

「だから？」

「だから部屋なんかに連れこんだら、真夜中に彼女の兄弟が殺しに来かねない」

「どうして？」

「どうしてって……彼女の純潔を奪ったとかなんとかって理由で」

「いったいどこの国にいると思ってるんだよ？　パキスタンかどっかか？　インドはれっきとした文明国なんだぞ」

「わかってる」

「世界のこの地域に住む人間は、いったいどんな方法で子孫を残してると思ってるんだ？」

「そんなこと言われたって……でも、もうじき親に決められた相手と結婚させられるって言ってたのはランジだろ？」

「だからこうして一夜限りの相手を探してるんじゃないか」

「だいいち……誘いに乗ってくるのか？　やらしてくれるのかよ？」

「だれが?」

「インド人の女の子さ」

「もちろんおまえには乗ってこないさ。でもおれの場合はちがう。忘れたのか? おれは血統書つきの男なんだぜ」

ランジはそう言いのこすと、眉を指でなでてゆうゆうと歩きさった。


その夜、ぼくはランジの部屋から聞こえる騒々しい音で目を覚ました。ワールドカップの決勝戦、ロスタイムが終了する直前にハーフラインから放たれたシュートを、ふたりの男女が目で追っているときのような叫び声だった。衛星放送の入るインドならポルノ番組が見られるはずだ、とすぐに気づいたのは不幸中の幸いだった。


翌朝のランジの報告によると、きのうの女は自分の好みからするとちょっと若すぎたもののの、セックスの相手としてはまずまずだったということだった。ランジはことの詳細をひととおり説明したあと、「で、おまえのほうはどうだった、ブリッジは楽しかったか?」といかにも儀礼的な質問をした。

「ばかにするなよ。それに、やってたのはブリッジじゃない」

「じゃあなんだよ?」

「ホイスト」

「どっちもどっちだな」

「まったく死ぬほど退屈だった。なあ、このホテルで時間を費やしたって、おれにはなんにも得るものがないよ」

「だいじょうぶ。おれに考えがある」

「どんな?」

「ホテルのボートをレンタルして、ビーチにクルージングに出るのさ」

「ボートね……でも、一度も漕いだことないし、あんまりクールに見えないと思うけど」

「漕ぐやつじゃないって。なに言ってるんだよ?　モーターボートのことさ」

「モーターボート?　ほんとに?」

「ほんと」

「モーターボート?　いいね、一度乗ってみたかったんだ」

「モーターボートも乗ったことがないのか?」

「あいにく」

「どんなボートなら乗ったことがあるんだよ?」

「どんなって……フェリーとか、そういうの」

「デイヴ、おまえってやつはなんて魅力的な男なんだ」

「よく言われるよ」

ピン

本人は一度も操縦したことはないと言うものの、ランジはモーターボートの操縦の仕方を完璧に心得ているようだった。ぼくらはもっとジェームズ・ボンドらしい雰囲気を演出しようと、ホテルのバーからカクテルを持参してきていた。ビーチの端から端へと何度か往復するあいだ、ぼくは舷側から身を乗りだして歓声をあげた。こんな幸せな気分を味わったことがかつてあっただろうか？　ぼくはたった一週間のあいだに人生のどん底から抜けだしていた。そう、こんな自分をショーン・コネリーだと思いこむほどのお気楽な気分へと。もちろん、ショーンが大喜びしてヒューヒュー歓声をあげるタイプだとは思えないけれど。

女の子たちの品定めができるほど浜辺には近づけなかったので、ぼくらはビーチの片端にボートを停め、カクテルを手にガールハントに出かけた。ランジには遠く離れた場所からでもいい女を探知できるセックス・レーダーが備わっていて、信号が強くなるにつれてある種のトランス状態に入った。

「感じる、感じる。ビビッとくるぞ。左、左」ランジはターゲットに向かってすでに走りだしていて、ぼくは熱い砂に足を取られながら必死にあとをついていった。

いきなりランジが立ちどまり、危うく追突しそうになった。

「ビンゴ。金髪が七人」

「どこ?」

「あそこ」

「どこ?」

「波打ち際。ほら、向こう」

「いったん休もうぜ。あんな遠くまで歩けないよ」

「うわっ、なんだありゃ!」

「え?」

「あそこのふたり」

ランジの指先が浜辺のほうに向けられた。その先に視線を這わせると、さほど遠くないところに白いサリーを着たヨーロッパ人がふたりいて、木陰に並んで腰を下ろしているのが見えた。ここまでインドを旅してきていろいろな女の人を見たが、白いサリーを着た人などはじめてだった。だいたいサリー姿の西洋人だってお目にかかったことがない。奇妙な光景だった。顔こそはっきりと見えないものの、どこか見覚えがあるような気がしてならなかった。

「まったく妙なやつらだな」とランジが言った。

「どっかで見たことがあるような気がする」

「知ってるか、白いサリーがなにを意味するのか?」

「いや」

「イギリスで黒を着るようなもんさ」

「黒? つまり喪服ってこと?」

「そう。インドでは未亡人は白いサリーを着なくちゃいけない。世俗的な喜びを絶ってる象徴だよ」

「でも世俗的な喜びを絶ってるどころか……」

「そのとおり、ひとりはマリファナを吸ってる。まっ白なサリーに身を包んで、マリファナをぷかぷかやってるよ」

「やっぱりどっかで見たことがある」

「気味の悪い女たちだぜ。ううっ、身震いがする」

「ちょっと見てくる」

「勝手にしろ。おれはあっちに行って金髪のねえちゃんたちをチェックしてくる」

浜辺を歩いて、木陰にいるふたりに近づいているので、徐々に顔もはっきりしはじめた。サリー姿のふたりは、なんとフィーとキャズだった。ふたりとも死人のような顔をしてい

る。最後に見たときよりもいっそうやつれ、青白い肌にはしみのようなものができ、髪の毛は妙に脂ぎっていた。ぼくが近づくのに気づいたフィーがはっと息をのんだ。

「オー・マイ・ゴッド！」とフィーは言った。「あんたなの！」

「まあね」とぼくは言った。

フィーは恐怖と反感が入り混じった表情でぼくを見つめた。

「どうしちゃったの？」

最近ひどく体調を壊しちゃってと説明しようとしたが、どうやらフィーが驚いているのは、ぼくのアロハシャツと、レモンイエローのショートパンツと、首からぶら下げたシュノーケルのことらしかった。

「どうしちゃったって言われても、まあ、いつもこんな感じで」

フィーはどう答えたものかわからないようだった。

「それにしても……こんなところでなにしてるのよ？」

「べつに。ビーチでのんびりしてるのさ。そっちは？」

「まあ、同じようなもの」

ふと横を見ると、キャズが背筋をぴんと伸ばして座っていて、ぼんやり宙を見つめたまま、自閉症の子どものように体を揺すっていた。いまだにこちらに目を向けないどころか、ぼくがここにいることすら気づいていないらしい。

「だいじょうぶなのか、彼女？」とぼくは言った。

「だいじょうぶなんかじゃないわ」とフィーが言った。あんたのせいよ、とでも責めんばかりの言い方だった。

「それにしてもすごい偶然だな。だいたいなんでこんなところにいるんだよ？　てっきりアシュラムで楽しんでるとばかり。ほら、いまじゃもう名前すら思いだせないけど、あのとんでもない女といっしょにさ」

「とんでもない女ね、まさにそのとおりだわ。あの女はもうわたしたちの友だちじゃないの」

「あの女がなにかしたのか？」

「長い話よ」

「時間はたっぷりあるさ」とぼくは言って、砂の上に腰を下ろした。波打ち際に目をやると、ランジはすでに金髪のおねえちゃんたちのグループに溶けこんでいるようだった。キヤズは海を見つめながらいまだに体を揺すっている。

どうやらフィーはひとりでストレスを抱え、がんじがらめになっているようだった。本人は認めたくないだろうが、こうしてぼくに会えてあきらかにうれしがっている。しばらくぼくの顔を見つめてマリファナを吹かし、それからぼくに手渡すと、おもむろに話を始めた。

「つまるところ、問題の原因はすべて男にあるの。ピンっていうんだけど……」

「ピン？」

「……アシュラムでプライベートヨガの先生をしてるインド人よ。とにかく、キャズとわたしは今年に入ってからすでに二回そのアシュラムに行ったことがあって、今回は三度目の訪問だったの。そしてキャズはアシュラムを訪れるごとにピンに特別な感情をいだくようになって。そんなところに、今回あの女をいっしょに連れていったの。もちろんピンにも紹介したわ。あの女だってキャズとピンのことは知らないわけじゃなかったのに……なのに……ああ、もうこれ以上続けられない」

フィーはふいに黙りこみ、唇をすぼめて宙を見つめた。

「なのに？」

「つまりかいつまんで話すとね、そのときわたしたちはプライベートヨガのレッスンを受けてる最中だったの。ピンはリズに、じゃなかった、あのとんでもない女につきっきりで指導に当たってて、体の中心の位置を探しだすのを手伝ってた。そしたら突然、あの女があえぎ声をあげはじめたの。しかもその声がまた初心者らしからぬものだったのよ。どう見たって、突きとめたふりをしてるとしか思えなかったわ。だってアシュラムに来てまだ一週間よ？　なのにあの女ときたら、安っぽい尻軽女みたいにあんあんあえいじゃって。突然ピンとふたりで立ちあがったかと思うと、手に手を取って出ていくっていうじゃない。ピンのことならなんでもわかってるキャズは、ふたりがどこに行ってなにをするのか、それこそ手に取るようにわかったの。で、何分か待ったあとで個人伝授室に行ってみたら、そこで……そこで……ああ、もうこれ以上続けられない」

フィーはふたたび黙りこんだ。

「そこで?」しばらくしてぼくは訊いた。

「ドアから顔をのぞかせたときのキャズの驚きを想像してみてよ。あのふたりは……あのふたりは……タントラの瞑想法を実践してたの」

「は?」

「だから……タントラの瞑想法よ」

「なんなんだよ、タントラって?」

「タントラも知らないの?」

「知らない」

「ほんとに聞いたことない?」

「ない」

「つまり、瞑想法にはおもに十六の異なった種類があって、主要となる五つの宗派がそれぞれ、その十六の瞑想法を三つのおもなカテゴリーに分類してるの。紅帽派とか黄帽派とかいうチベットの宗派は基本的な分割法にのっとって――」

「かんべんしてくれよ。ほかの十五はどうでもいい。タントラっていうのだけ教えてくれよ」

「タントラは瞑想法のひとつじゃないのよ、ばかね。宗派全体のことを指すの。主要となる五つの宗派のひとつ」

「わかった。いい加減その意味を教えてくれないか？」

「ひとくちに言葉で説明するのはむずかしいんだけど、基本的には、性的な自己に精神を集中させて、解脱に到達しようとする試みを指すの」

「は？」

「だから性行為を介した瞑想法よ」

「つまりリズとピンがタントラの瞑想法を実践してたってことは、ふたりがセックスに励んでたってこと？」

「そうとも言うわね」

「冗談だろ！　信じられないよ！　きみらはそんなところにリズを連れてったのか？　しかもあの女は一週間もしないうちにヨガの師匠とファックしちまうなんて」

「この期に及んで意地悪なこと言わないでよ。要は運の悪いことに、そのときキャズがきわどい精神状態にあったってこと。なにもかもがひっくり返るのはあっという間だったわ」

「ひっくり返る？」

「ぷつんと切れちゃったの。それはもう最悪だったわ。ピンとあの女のあいだでタントラの瞑想法が実践されてるのを目の当たりにしたキャズは、突然大声で叫びだして、手当たりしだいにものを壊しはじめたの。服を全部脱ぎすてて、素っ裸でアシュラムのなかを走りまわって、こんな瞑想がなんの役に立つのかって汚い言葉でわめきちらして。しまいに

はアシュラムでスピリチュアルヘルパーをしてる人たちが、彼女を押さえつけて拘束服を着せなくちゃならなくなったの」

「拘束服？」

「もちろんいまはだいじょうぶよ。まあ、完璧にだい、い、じょうぶとは言えないけど。いまだにひとことも口をきいてくれないし。でも、人に危害を加えたりはしないから」

「しかしひどいな。だいたいなんでアシュラムに拘束服なんかあるんだよ？」

「残念ながら、こういうことはよくあるの。厳しいヨガの修行からくるストレスでまいっちゃう人もいるのよ。とくにキャズに問題があるわけじゃない。ただ、いまは休養が必要なの。だからアシュラムを追いだされたわたしたちは――」

「追いだされた？　アシュラムから？」

「ええ。でもそれは仕方のないことよ。みんなが気持ちを落ちつかせて瞑想しようとしてるのに、向こうだって頭の狂った人を走りまわらせておくわけにはいかないじゃない。でしょ？　みんなのためよ。とにかくアシュラムを追いだされたあと、わたしはキャズを連れて飛行機でここまで来たの。人混みから離れて、ビーチでのんびりさせようと思ってね。口がきけるようになったらイギリスに連れて帰るつもり。だってこんな状態のまま連れて帰ったら、彼女の両親だって動揺しちゃうじゃない」

「たしかに。それにしても……ひどい話だな」

「まあね」

「見てみろよ、この姿。まるでゾンビじゃないか」

「ほんと。しかももうじき大学も始まるっていうじゃない。あと、そうね……一か月もしたら」

「げっ？」

「厳密に言えばあと一か月ちょっとか。だいたいこのわたしだって、西洋文化に順応できるようになるまでにはそうとう苦労するっていうのに。また洋服を着なきゃならないって考えただけで、いまから体中がむずがゆくなるくらいよ。あんな服、窮屈で仕方ないわ。そう思わない？　これでキャズが帰ったときのことを考えたら……ああ、いったいどうなっちゃうんだろう？」

「キャズはなにを専攻してるんだい？」

「ブリストル大学でフランス語とスペイン語」

「口もきけないのにどうやって外国語なんか勉強するんだよ？」

「しばらくしたらきけるようになるわ。ハンセン病の患者たちと生活をともにすれば、こんなことほんとになんでもないって思えるの。冷静に考えてみてよ。たとえこんな状態になったって、インド人ならだれもがキャズのことをうらやむにちがいないわ」

「そんなばかな」

「あなたはこの国の暗部を見てないのよ。西洋人であることで、わたしたちがどんなに心強い特権を享受してるか。もちろん、経済的にって意味だけど。精神的にはわたしたち西

洋人は完璧に貧しい状態にあるわ。だからこんなふうに簡単に心が壊れちゃうんじゃない」

「でもキャズの場合は……だいたいもうどれくらいこんな状態でいるんだい?」

「そうね、二、三週間は経つわね」

「リズがピンとセックスをしたってだけの理由で?」

「もちろんそれはたんなるきっかけにすぎないけど、基本的にはそうなるわね」

「まったく」

「ほんと、まったくばかげた話なのよ。だってピンはだれかれかまわずやりまくってたんだもの」

「なんだって?」

「それもレッスンの一部だったんでしょ、よくは知らないけど。見込みのありそうな人を見ては、タントラの瞑想法を伝授するってわけ」

「冗談だろ? ひょっとしてきみも?」

「まさか。もちろん、ピンは例によってわたしの体の中心を探すのも手伝おうとしたわよ。でもわたしはあえて拒否したの。だってわたしとしては、そこに先にたどり着くのはキャズであってほしいって思ってたんだもの。キャズはずっとピンのことが好きだったんだし、わたしがピンに冷たくすれば、向こうもそれを察してキャズに注意を集中すると思ったのよ」

「で、ピンはキャズに目を向けたの?」

「いいえ。それが悲劇の始まり。ピンはこともあろうにリズに目をつけはじめちゃって。はたから見てるかぎりでは、あっという間にリズの体の中心を探しあてっちゃったわね。キャズの中心を突きとめたときよりもずっと早く」

「体の中心って、それってひょっとして……」

「ちがうわよ。へんな想像しないで。プライベートヨガがどんなものか知らないの?」

「知るわけがない」

「ちゃんとした能力のあるヨガの修行者が直接手で触れることによって、体内を流れるエネルギーの中心点となる位置を探しだす方法なのよ」

「直接手で触れる?」

「そう。はじめにグループ全体に基本姿勢を教えて、みんなが瞑想しているあいだにひとりひとりのところに行って、その人に合った姿勢を取らせるの。体のバランスが取れて、心も静まったところで、修行者が体に手を置いて、中心の位置を探すのよ」

「で、きみの中心はどこだったんだい?」

「はっきりと特定はできなかったけれど、このあたり」

フィーはあぐらをかいて背筋をまっすぐ伸ばし、右手の指先を股間のちょっと上のあたりに当てた。

「そんなところに! なあ、みんながみんなそこに中心を持ってるのか?」

「そんなことないわ。人によって中心がある位置はちがうの」

「まさか年取って太った人は肩にあって、若くてぴちぴちした女は股間にあるっていうんじゃないだろうな？」

「あいかわらず皮肉ばっかり言って。そんな性格の自分によく我慢して生きてられるわね」

「ピンって男は天才じゃないか。で、キャズの中心は？」

「そういうことは気安く尋ねるものじゃないの。きわめて個人的なことなんだから。中心がどこにあるのかさえわかれば、その人についていろんなことがわかっちゃうの」

「いいから教えてくれよ。だれにも言いやしない。なあ、どこにあるんだよ？」

「結局はっきりしたところはわからなかったの、ほんとよ」

「だいたいでいいから。ピンって男はどのへんを見てた？」

「しょうがないわね。漠然とつかめた程度らしいけど、だいたいこのあたり、ひじの内側じゃないかって」

「ほらね」

「どういう意味？」

「べつに。ただ、その男はキャズのことは気に入ってなかったってこと。考えてみろよ。だれが骸骨とセックスしたいなんて思う？」

「キャズはこんな状態だけど、ちゃんと耳は聞こえるのよ。よくもそんなひどいこと」

「ヨガの修行者だかなんだか知らないけど、まったくピンって男は天才だよ。だってそうだろ？　アシュラムを訪れる者たちから金を巻きあげて、自分はただ体をなでなでするだけで、みんな幸せそうに帰っていくんだから」

「そのとおり、ピンの才能はまさに天からの恵みよ。天才である彼にはなでなでなんて俗っぽい言葉、とうてい理解できないわ。ピンの精神はもっと高いレベルにあるの」

「それはそれは。その中心の探り方ってのをぜひとも伝授してもらいたいもんだね」

「ピンは最高の資格を持った先生なの。その資格を取るには、プライベートヨガの国際本部で少なくとも五年間は学ばなきゃならないんだから」

「国際本部？」

「サンフランシスコにあるわ」

「これって、インドの片隅にある小屋で若い女の体をなでなでしてる男だけの話じゃないの？」

「まさか、れっきとした国際的な活動よ」

「うそだろ！　ってことはいまこの瞬間、世界中で何百人っていう若い女が体をなでなでされてるってこと？」

「そういうことになるわね」

「考えただけでも恐ろしい」

ランジがやってきたのはそのときだった。ぼくをわきに引っぱっていき、波打ち際にい

る金髪のおねえちゃんたちは、スウェーデンから来た女子ハンドボール・チームだったぜ、と言った。南アジア遠征の中休みでコバラムに来ているらしく、今夜、真夜中のパンジャブ語レッスンをしようと、ビーチで待ちあわせをしたということだった。

「ハンドボールのチームって何人いるもんなのかな?」とぼくは訊いた。

「さあ。とにかく七人はいたぜ。補欠も入ってるかもしれない」

「いいね、いいね。フィー、今夜パンジャブ語のレッスンがあるんだけど、よかったらきみもどうだい? こっちは友だちのランジ。講師は彼が務める」

フィーはインド人を見るなりぱっと顔を輝かせ、地元の人間と仲良くなりたい一心で、とっておきの笑みを浮かべた。

「そうなの……あなたが……デイヴィッドの……お友だち」とまるで五〇年代の『ブルー・ピーター』(イギリスの子ども向けテレビ番組)の司会者のように途切れ途切れの言葉であいさつした。

「そうとも、こいつはとんでもない変わりもんさ」とランジは流暢《りゅうちょう》な英語で言った。

「なるほど」フィーが顔を赤らめながら答えた。

充分に楽しんだでしょ？

真夜中のパンジャブ語パーティが開かれているあいだ、不思議なことにぼくは、スウェーデン人の体の各部分を言いあてるゲームなどそっちのけで（当然のごとく、ゲームの最中には黄色い声が飛びかうことになった）、終始フィーとの会話に夢中になっていた。

フィーのことは最初に目にしたときから気に入らなかったし、いんちき臭いことばかり言っている知ったかぶりのお嬢さんであることは重々承知していたけれど、この状況において、彼女に魅力を感じはじめていることは否定できなかった。あるいはキャズがあんな精神状態にあることも関係しているのかもしれない。いかにもパブリックスクール出らしい尊大な態度には閉口させられたが、いまのフィーはぎすぎすした角も取れ、少々落ちこんだような悲しげな様子には妙にそそられるものがあった。ぼくは不幸な女性を前にすると妙に興奮するたちなのだ。

フィーはスピリチュアルな世界にほとんど愛想を尽かしたようで、ぼくらはのんびりと腰を下ろし、隣に座るキャズの存在にときおり注意をそらされながらも、いたってノーマ

ルな話題で会話を楽しむことができた。フィーはいまだに白いサリーを着ていたが、それはイギリスから持ってきた服をアシュラムで一枚残らず取りあげられ、キャズのこともあって、新しい服を買いに行くどころではないからだった。

「乳首」を指すパンジャブ語の単語をランジがつぎからつぎへと挙げるのを耳にしつつ、ぼくらは一時間ほどふたりきりで話をし、確実にお互いを意識するようになっていた。打ち寄せる波の音。月の光が落とす椰子の影。浜辺に漂う音楽。そしてもちろん、乳首の話。そんなひとつひとつが雰囲気作りにひと役買い、ふたりのあいだで性交への欲求が一気に高まった。

「リズとはどれくらいつきあってたの？」かすかにはにかんだふりをしながら、フィーが言った。

「ほんのちょっとのあいださ」

「それで……よかった？」

「よかったって、セックスのこと？」かすかに唇を突きだしながら、ぼくは言った。

フィーが肩をすくめた。

ぼくは即座に頭のなかで計算をした。「いや」と答えたら、恋人としてのぼくの資質が問われることになる。「ああ」と答えたら、フィーを暗に拒んでいるように聞こえなくもない。かといって真実を告げようものなら、世界で最もさえない男として正体を暴露することにもなりかねない。

「まああってとこかな。もちろん、いままでいちばんってわけじゃない」とぼくは言い、自分で導きだしたそつのない答えに思わず感動した。

「まあまあって……なにか問題でもあったの？」

「リズの性格はきみも充分に知ってるだろ？　自分のことばかりしか考えてなくて……」ぼくはフィーの脚に手を置いた。「……とてもじゃないけど繊細な人間とは言えない。その性格がセックスにおいても如実に出てね」

「ほんとやな女」とフィーが言った。「あの女ほどやな女はこの世にいないわ」

「まあ、ぼくもそんなにほれてたわけじゃないけど」

「あんな女、できることなら……できることなら……」

「焼きを入れてやりたい？」

「ええ、焼きを入れてやりたいわ」フィーの上品ぶったアクセントで言うとどこかまぬけに聞こえて、ぼくらはふたりして笑みを浮かべた。

「知ってる？　どうやったらあのリズを怒らすことができるのか」とぼくは言った。

「教えて」

「当然、ぼくと彼女はもう恋人同士でもなんでもないわけだけど、それでもリズがものすごく嫉妬深い人間であることに変わりはない。別れてまもないのに、ぼくがほかのだれかと仲良くなったりしたら、それこそプライドを傷つけられて激怒するにちがいない。それが彼女の知ってる人間だったらなおさらのことだよ」

フィーはぼくの目を見つめ、二度まばたきをしたものの、基本的に表情にたいした変化はなかった。ぼくはフィーを見つめかえし、にやにやと作り笑いをした。

「ひょっとしてわたしが考えてることと同じことを考えてるの？」とフィーは言い、わずかに身を乗りだした。

「さあ、ぼくがなにを考えてると思ってるんだい？」とぼくは言い、同じように身を乗りだした。

「あなたが先に言ってよ、その頭のなかでいまなにを考えてるのか。そうしたらわたしも、それがわたしの考えてることとおんなじかどうか教えるわ」とフィーは言い、さらに身を乗りだした。ぼくらの唇のあいだにはあと一インチの空間しか残されていなかった。

「いや、きみが先に言えよ、その頭のなかでいまなにを考えてるのか。そうしたらぼくが、それがぼくの考えてることと同じかどうか言うから」とぼくは言い、半インチほど身を乗りだした。

「どうやら引き分けのようね」とフィーが言い、残りの空間を埋めて唇と唇を重ねた。

ぼくはこの種の状況のなか唯一礼儀正しいとされているように、キスをしながらフィーの体をまさぐった。

フィーはぼくがいままで唇を重ねたなかでもいちばんキスの下手な女の子で、その下手さ加減といったら、掃除機で舌を吸われた上に、洗濯機に入れられてすすがれているような感じだった。

舌の筋肉の痙攣に苦しむぼくを救ってくれたのはランジだった。みんなで〈コバラム・アショカ・ビーチ・リゾート〉に戻って、部屋にあるミニバーをからっぽにしようぜ、とランジが言うと、ハンドボール・チームのメンバーは土壇場になって数人ほど怖じ気づいたものの、結局ランジは三人のスウェーデン人といっしょに一台のリクシャーに乗りこみ、ぼくはフィーとキャズとべつのリクシャーに同乗して、総勢七人でホテルへと続く丘の道を上った。

ぼくの部屋のミニバーが全部からっぽになると、ランジは三人のスウェーデン人を引きつれて隣室に移っていった。ぼくの部屋にはフィーとキャズとぼくの三人だけになった。

「ふうっ、やっと静かになった」とぼくは言った。

「ほんと、やっと静かになった」

長い沈黙があった。

これといって話すことはなかったので、ぼくはフィーに歩みよってキスをした。舌や唇が麻痺してはたまらないと、早速服を脱がしにかかったが、その作業には予想外に手こずることになった。それは服を脱がせるというより、ミイラの包帯を解く行為に近かった。結局ぼくは片手をブラジャーへと滑りこませつつ、さりげなくできるようなものではない。結局ぼくはフィーを直立させたまま、布を巻きとりながらそのまわりを歩きまわって、顔の前を通りすぎるたびにキスをした。正直なところ、その行為じたいはとても愉快ではあるものの、前戯のひとつと考えるにはかなり無理があった。

お互い下着一枚になり、ようやくベッドに横たわったぼくらは、興奮を装う場合には恒例となっているように、全身をくねくねさせては荒い息を漏らした。それでもフィーがほんとうに興奮しはじめ、あんあんあえぎ声を漏らしはじめると、さすがのぼくも照れくさくなった。

「キャズはどうする?」とぼくは口を開いた。

行為を中断して体を起こし、ぼくらはじっとキャズを観察した。キャズは背筋をぴんと伸ばして椅子に座っていて、向かいの壁を見つめながら、いつもよりかすかに速い動きで体を揺すっている。

「だいじょうぶよ」とフィーが言った。「こっちを見てないから」

「けど、あのままあそこに座らせておくわけにはいかないだろう?」

「じゃあどうするっていうの?」

「それはわからないけど、でも、なんだか落ちつかないじゃないか?」

「べつに。わたしは慣れてるから」

「ぼくは見物されながらセックスしたことなんて一度もないんだ」

「ならバスルームにでも入れておく?」

「そんな……もっと気がとがめるよ」

「だいじょうぶよ。いまのキャズの目にはなんにも見えてないんだから。逆に見られてたほうがもっと興奮したりして」

「コンドーム取ってくる」

「行かないで。そんなのいいわよ」

「いいわよって言ったって……ピル飲んでるの？」

「ううん。挿入なしでセックスしたいの」

「挿入なしでセックスしたい？　どういう意味だよ？」

「どういう意味もなにも、言葉どおりの意味よ」

「無理に決まってるだろ、挿入しないでセックスするなんて」

「無理じゃないわ、ほかにもすることあるじゃない……いろいろと」

「だいたいそんなの矛盾してるよ。自転車に乗らずにサイクリングするようなもんだ」

　フィーはふたたび唇を重ねてぼくを黙らせると、やがてペニスを口に含んでフェラチオを始めた。状況としてはなんともきまりの悪いものだった。ふと目を開けるたびに、そこにキャズの姿があるなんて。キャズはもう壁を見てはいなかった。くるりと体の向きを変え、怒りに血走った目を細めて、まっすぐぼくのほうを見つめている。こっちはフェラチオを満喫しようとしているのに、そんなふうに見つめられたのでは勃《た》つものも勃たない。けれども幸い、フィーの悲惨なキスのテクニックはフェラチオには最適で、ぼくはさほど集中力を欠くこともなく、やがてフィーの口のなかで射精した。フィーはすかさず精子を絨毯にぺっと吐きだし（なにもぼくの目の前でやらなくても）、ガムかキャンディを持っていないかと訊いてきた。荷物のなかを探してもハシシしか見つからなかったので、ぼく

らはフィーの口のなかに残っている精子の味を消すために、一本のジョイントを分けあって吸った。おかげでふたりともすっかりくつろいだ気分になり、ありがたいことに、性欲が消えさったあとでぼくのほうからフィーにお返しをする必要も自然となくなった。

「キャズのことだけど、ほんとにだいじょうぶなのかな？」とぼくは言った。

キャズはいまだにぼくらのことをにらんでいた。病的な怒りに燃えているように、その目はさらに血走っている。

「さすがに座ったままじゃ眠れないでしょうね。このベッドに寝かせられる？　そんなにスペースは取らないと思うわ」

「いいけど。でもきみがまんなかになってくれよな。ぼくとしてはあまりキャズには近よりたくない。かなりやばい感じだよ」

「そんなに心配しなくてもだいじょうぶよ。きっとただ疲れてるだけよ、彼女も」

ハシシを吸いおわると、フィーはちょっと向こうを向いててと言い、そのあいだにキャズの服を脱がせて、ぼくらのベッドに横にならせた。

翌朝、壁越しに聞こえる騒々しい口論で目を覚ました。

「ダメと言ったらダメです。絶対にダメです」とひとりの男が叫んでいた。「こんなことは許されることじゃありません。だいたいここは売春宿ではないんです。あなたたちにはモラルというものがないんですか？」

その声に続き、壁を通ってはっきり聞こえてきたのはランジの声だった。「ここはおれの部屋じゃないか。好きなことしたっていいはずだろ？」

「ここはわたしのホテルです。こんなことは絶対に容認できません。シングルルームから四人分の朝食を注文するなんて、なんてふしだらな。かわいそうに、ルームサービスのボーイはこの部屋で目にした光景にまだショックを受けているんです。わたしは第一に自分のスタッフのことを考えねばなりません。あなたたちにはこのホテルから出ていってもらいます」

「規則でもあるのかよ？　ベッドを共同で使っちゃいけないなんてどこに書いてあるよ？」

「フロントで記入された用紙にあったはずです。支配人の権限で、望ましくない方々にはご遠慮願うと。わたしはその権限を行使しているまでです」

ランジの部屋のドアが閉まる音がし、数秒後、ぼくの部屋のドアがノックされた。

「開いてるよ」とぼくは大きな声で言った。てっきりランジだとばかり思った。

部屋に入ってきたのはスマートなスーツを着たインド人だった。

「お邪魔して申し訳ありません。ですが、お客さまのお連れの方と問題が生じまして、あの方にはこのホテルから――」支配人の言葉が尻すぼまりになるにつれ、その頬から血の気が失われていくのが見てとれた。「オー・マイ・ゴッド！　なんてことだ！　この部屋でも！」支配人はさっと背中を向け、ドアのほうに向かって怒鳴りはじめた。「こっちは三人でひとつのベッドときてる！　てっきり隣の部屋だけかと思ったら、ふたりのイギリス

人の紳士が同じ夜に大勢の女性と！　らんちきパーティに、今度は3Pまで！　限界にもほどがある。ふたりとも三十分以内にこのホテルから退去してください。あなたたちは獣だ。モラルのかけらもない」

「ちょっと待って。誤解だって。ぼくらはべつに……彼女はただ……これはこの人の友だちで……椅子に座らせたままにしておくわけにはいかなかったから」

「あなたの性癖にはなんの興味もありません。とにかくわたしのホテルから出ていってください。そして二度とこのホテルの名前を汚すようなまねはしないでもらいたい」

支配人はそう断言して廊下に突き進むと、叩きつけるようにしてドアを閉めた。ブラジャーとパンティ姿のスウェーデン人が三人、そのあとに続いた。

ランジは満面の笑みを浮かべながらすぐにぼくの部屋に入ってきた。

「こいつは傑作だよ」とランジが言った。「ホテルから追いだされるなんてはじめてだ」

「でもべつにぼくらは……」

「おまえらも見つかっちまうなんてな。壁越しによぉく聞こえたよ。おかしくておかしくてちびりそうだったぜ。**らんちきパーティに、今度は3Pまで！**　まさに傑作だよ」

「でもぼくらは3Pなんて。ほかにキャズを寝かせるところがなかったから――」

「弁解は無用さ。こんなお堅いホテル、こっちから願いさげだよ。このかわいこちゃんたちが泊まってる〈ムーン・コテージ・ホテル〉に移るってのはどうだ？　ビーチのすぐそばにあるってさ」

「とにかくパンツ取ってくれよ」

ぼくはランジが投げてよこしたトランクスをシーツの下ではいた。信じがたいことに、キャズはこの騒動のなかでも目を覚ますことなく眠りつづけていた。フィーはといえば、かなりのショックを受けたらしく、いつものキャズのように向かい側の壁をじっと見つめている。

ぼくはベッドから出て、フィーの腕をそっと叩いた。

「フィー？　きみも起きろよ」

「やだ」とフィーは言った。

「えっ？」

その瞬間だった。フィーは大きく口を開き、とんでもない声で叫びはじめた。「**やだぁ～～～～！　起きたくない！　ベッドから出るなんて絶対いやっ！　こんな気持ちいいベッドはじめてだもん！　いや、いや、いやっ！　やだったらやだぁ～～～～！**」

支配人がふたたび部屋に飛びこんできた。

「今度はなんの騒ぎだっていうんです？　いったい――」と言いかけた瞬間、支配人は半裸姿のスウェーデン人たちに目をとめ、くるりと壁に向きなおった。「オー・マイ・ゴッド！　なんという光景！　もう我慢ならない！」今度は支配人のほうが泣きださんばかりだった。「お願いです。いい加減この女性たちに服を着せてください。目も当てられない。おまけにこの耐えがたい叫び声――」

「やだぁ〜〜〜〜！　行くのなんていや！　絶対にいやっ！」

「ほかのお客さまの迷惑です。このままじゃホテルの評判が台なしになってしまう」

「こんな気持ちいいベッド！　これこそほんもののベッドよ！　あたしはほんもののベッドで眠りたいの！　硬い板の上になんかもう寝たくない！　絶対にいやっ！　この部屋には絨毯まで敷いてあるのよ！　あたしには絨毯が必要なの！」

「このキーキーうるさい女をおれのホテルから出しやがれ！」

キャズが目を覚ましたのはそのときだった。泣き叫ぶフィーを見て顔をしかめると、背筋をぴんと伸ばして、両方の乳房を部屋にいる全員にさらした。いつもよりも速い動きで体を揺すりはじめ、髪の毛に指をからめながら、不快なまでに甲高い声でうめきだした。

「まるで精神病院だ！」支配人が怒鳴った。

「心配しないで」とスウェーデン人のひとりが声をかけた。「この女の子たちはちょっと気が動転してるだけなの。気持ちを落ちつかせたら、すぐにみんなで出ていくから。心配しないで」そう言って支配人の肩に腕を回すと、支配人は犬が吠えるようにキャンと短い叫び声をあげた。

自分のあごのすぐ下で揺れている見事な乳房に目を向けられない苦しみからか、支配人は顔面を土色に染め、体をくねらせながらスウェーデン人の腕を振りはらった。「二十分、二十分以内に出てってください。わたしの言葉に従わない場合は警察を呼びます」

支配人は廊下へと突き進み、途中で椅子の脚に足を引っかけて上品にすっ転んで、うし

ろ手でドアをばたんと閉めた。

支配人に声をかけたスウェーデン人がベッドに歩みより、今度はフィーの肩に腕を回した。フィーはいまやキャズと競うようにうめき声をあげていた。「あなた、インドにいて幸せじゃないんでしょ、そうなんでしょ？」

「ベッドから出るなんていや！　いやよ、いや、絶対にいやっ！」

スウェーデン人の女の子がぼくに目を向けた。

「このふたりはここのところいろいろつらい目に遭って」とぼくは言った。

「家に帰りたい？」スウェーデン人の女の子がふたたびフィーに声をかけた。

「そんなことできない。いまは帰れない。あと二週間だもの。いまさらギブアップするなんて。もう少しでこの旅も終わるの。いまさらあきらめるなんて」

「でももう充分に楽しんだでしょ？　国に帰ったほうが幸せになれるわよ」

「でもあとちょっとなんだもん。いまはまだ帰れない」

「このホテルにはもういられないの。イギリスに帰るまで快適なベッドは我慢しなきゃ」

その言葉を聞いたとたん、フィーはふたたびわれを失った。

「やだぁ〜〜〜〜！　絶対にいやっ！　このベッドがいい！　いやぁ〜〜〜〜っ！」

「いや〜〜〜〜っ！」今度はキャズまでいっしょになって大声をあげはじめた。一か月以上ぶりに口にした言葉がこれだった。

「わかった」とスウェーデン人の女の子が言った。「じゃあ、こうしましょう。いまから

あたしたちが街に連れてってあげる。あなたの両親に電話をかけて、あなたがこの国でつらい目に遭ってるってことを説明しましょう。それから旅行会社に行って、イギリスに帰れるように手配してあげる。代金はあなたのお父さんにカードで払ってもらえばいいわ。ね？　そうすれば、あっという間に快適なベッドで眠れるようになるから。もう二度と硬い板の上で寝なくてもすむわ」

「そう思う？」

「もちろんよ。もうひと晩くらいは我慢しなきゃならないかもしれないけど、そのあとは快適なベッドに直行よ」

「ほんと？」

「ほんとよ。あなたたちふたりは――」スウェーデン人の女の子が部屋の片隅にしゃがみこんでいるぼくらに向きなおり、指をぱちんと鳴らした。「あなたたちふたりはちょっと外に出てて。彼女に服を着せちゃうから。なんていう名前かしら？」

「フィー」

「もうひとりは？」

「キャズ」

「オーケー、じゃあとりあえず出てって」

半裸状態のぴちぴちしたスウェーデン人たちが頭のいかれたふたりのイギリス人に服を着せているあいだ、ぼくらは隣の部屋でうろうろ歩きまわっていた。

ランジが着替えて荷物を詰めるのを黙って見つめていると、やがてスウェーデン人たちが服を着たフィーとキャズを連れて部屋に入ってきた。いまだにトランクスしかはいていないぼくが自分の部屋に戻ろうとすると、非常口の前に部屋係のメイドたちが二十人ほど寄り集まっていて、大きく目を見開いてぼくをじっと見つめていた。ぼくは肩をすくめ、そそくさと部屋に逃げこんだ。

一週間かけて丹念におじさんのサインを練習していたランジは、優雅なデザインがほどこされたアメリカンエキスプレスのゴールドカードでホテルの支払いをすませた。その午後、行動力のあるスウェーデン女子ハンドボールチームのメンバーは、フィーとキャズの両親に電話を入れて事情を説明した。受話機越しに、彼女たちの両親までもが神経衰弱におちいる声が聞こえたが、結局フィーの母親がいっさいを仕切り、エア・インディアのロンドン支店でイギリス行きの便を予約して、トリバンドラムの空港でチケットをピックアップするよう手配した。

それでもいちばん早くて二日後の便しか確保できず、ぼくらはかわりばんこでふたりのボディガードを務めた。フィーの精神状態が3P事件をきっかけに大きく後退する一方、キャズのほうは一転して快方に向かいはじめたようで、その症状は完全な沈黙から、なかば延々と続く独り言へと変化していた。

ぼくらはみんなでバスに乗ってトリバンドラム空港まで行き、飛行機のチケットをピッ

クアップして、フィーとキャズを出発ロビーに解き放った。おぼつかない足どりで思い思いの方向に歩きはじめたふたりを見ると、ちゃんと自分たちの飛行機に乗れるのかどうか、しかもボンベイでちゃんと乗り継ぎができるのかどうか危うかったけれど、ぼくらにはそれ以上どうすることもできなかった。まあ、国際空港でうろうろさまよっていれば、そのうちしかるべき人が近づいてきて、しかるべき方向に向かう飛行機に乗せてくれるだろう。そう願うほかなかった。

フィーとキャズが神経衰弱におちいった一連の背景については、この時点ですでにランジに説明ずみだった。ランジはそれを聞いて発作を起こしたように大喜びし、スウェーデン人の女の子たちに全部説明する必要はないぞ、と言いはった。ランジのたくらみは言うまでもない。みずからプライベートヨガのマスターのふりをして、彼女たちにいろいろなポーズをさせる魂胆なのだ。

フィーとキャズがトリバンドラムをあとにするのを心待ちにしていたランジは、ふたりを乗せた飛行機が出発したその日に、自分がヨガのマスターであることをそれとなく口にし、ビーチでの午後のヨガレッスンはすぐに毎日の恒例行事となった。

やがてスウェーデンの女子ハンドボールチームのメンバーは、ゴールキーパーを除いて全員が、太もものつけ根のあたりか、腹部のかなり下のあたりに中心があることを発見してもらうことになった。

ピース

母さん＆父さんへ

前回のポストカードでは心配させちゃってごめん。ちょっと落ちこんでいたもんだから。でもいまはすっごく楽しい時を過ごしてます。とても親切なインド人の青年と出会って、高級ホテルの部屋代をぼくの分まで払ってくれてて。馬が合うのか、いっしょにいると笑いが絶えなくて、今度はふたりしてビーチサイドにあるこぢんまりしたホテルに移ったところ。ビーチの近くにいたほうが、いろいろおもしろいことも多いしね。もうじき家に帰るよ。

愛をこめて、デイヴ

追伸、どうやらリズはラージャスターンでヨガのグルといい関係になってるらしい。どこかで彼女の両親に会うようなことがあったら、そう伝えておいて。

おじいちゃんへ
ぼくはいま最高の時間を過ごしてます。今回のインドの旅はかけがえのない経験となったよ。ぼく自身、すっかり成長したみたい。
ちなみにこの国では、場所によってはいまだに蒸気機関車が走ってるよ！
元気？

愛をこめて、デイヴ

しばらくしてスウェーデンの女子ハンドボールチームがコバラムを去ると、ランジはがっくり落ちこんで始終暗い顔を浮かべるようになった。この時点になると、ぼくの旅も残すところ一週間となっていたので、ランジは実家に戻って家族に謝り、約束どおり婚約をすませ、ぼくはぼくで、鉄道を使ってデリーに戻ることになった。インドの南端からデリーへと一気に北上する旅は、『ロンリー・プラネット』によると四十八時間かかるらしかった。なにかあったときのために一日取っておき、ロンドン行きの飛行機の予約をリコンファームするため、デリーには少なくとも三日まえに着いていなければならないことを考えると、早速重い腰を上げなくてはならなかった。
ランジとぼくは重苦しい空気のなか、いっしょにトリバンドラムへと出て、ランジはパンジャブ州に戻る便の確認に空港に向かい、ぼくは鉄道の駅に行って切符の手配をした。ビーチに戻ったぼくらは、各自が購入した細長い紙切れをまるで死刑執行令状のように見

つめた。といっても、真剣にそう感じていたのはランジだけかもしれない。ぼくはといえば、ようやくイギリスに帰れることをとてもうれしく思っていた。愉快な時間を過ごしたコバラムをあとにするのはちょっぴり心残りだったけれど、もうじきロンドンに戻れるのかと思うと、その夜は興奮して眠れないほどだった。

ぼくの列車が出発する朝、ランジは早起きしてホテルの玄関まで見送ってくれた。住所や電話番号を交換したが、その時点ではすべてがうそくさくなっていた。ぼくらが二度と顔を合わせることがないのは、お互いがいちばんよくわかっていたのだ。じゃあ今度はロンドンで、なんて約束して実際に会おうものなら、せっかくの思い出が台なしになってしまうだろう。ぼくとしては、パトニーに戻ったランジには会いたくなかった。きっとランジはそのへんにいるアジア系の男となんら変わりないだろうし、インドでいっしょに時を過ごしたクレイジーなドンファンの面影など、すっかり消えてしまっているだろう。

デリー行きの列車のなか、ぼくはすでにイギリスに向かっているような気がした。この旅でぼくがなによりもしたかったのはこれなのだ、という奇妙な実感もあった。とはいえ、イギリスに戻ったときのことを考えてうれしくなったわけではない。ぼくはいまイギリスに戻ろうとしている。その行為じたいに、とても感慨深いものを覚えていた。つらいことがひとつ残らず過去のものとなったいま、首都デリーに向かう旅は、レースの優勝者が最後にトラックを一周する勝利の走行のように思えた。スタート地点へと戻りながら、列車の窓から外を眺めていると、なんだか植民者になって征服した領地を見渡しているような

気分になった。デリーに向かう旅が長く続けば続くほど、それだけ自分にたいして感動する気持ちも強くなった。この広大な大地はすべてぼくのものであり、この果てしのない距離をぼくはすべて制覇した。いまでも信じられなかった。ひとりでこんなに長い道のりを旅したなんて。しかも命を奪われたり、強盗にあったり、ましてや食べられたりすることもなく。

四十八時間、ぼくはとても穏やかな心で窓の外を眺めつづけ、オリンピックで金メダルを取ったばかりのチャンピオンのように、夢も見ずにぐっすりと眠った。

デリーに戻ってふたたび〈ミセス・コラソーズ〉に行くと、インドに着いてはじめて泊まったドミトリーのベッドがちょうど空いていたので、迷わずそこに泊まることにした。硬いマットレスの上にあぐらをかいて座り、静かに思いに浸っていると、あらためて自分のことが誇らしく思えた。ぼくは実際にやってのけたのだ。こうして無事に、最初に旅を始めた場所へと戻ってきたのだ。あのときここにいた自分と比べると、いまの自分は何歳も年上に感じられ、いろいろなことを学んで一段と賢くなったような気がした。三か月間、ぼくは途中であきらめることなく旅を続け、いまこうしてイギリスに帰ろうとしている。上出来、上出来。

バックパッカーたちが一日なにをして過ごすのか、その答えはいまだにわからなかったけれど、そんなことはもうどうでもよかった。いまのぼくはれっきとした旅人であり、そ

れこそいろんな場所に訪れ、ほとんどの人が恐れて避けるようなことも経験した。苦しみに耐え、いままで気づかなかった自分の一面を発見し、それにまっ向から立ち向かった。そう、ぼくはこの世界を身をもって体験したのだ。

しばらくすると、こざっぱりしたジーンズをはいた若い男がふたり、いかにも不安そうに部屋に入ってきて、自分たちのベッドを確保して無言のまま座りこんだ。まるで頭のなかで爆弾でも爆発したかのように、呆然とした顔をしている。ふたりの荷物には、乗ってきた便の札がいまだにぶら下がっていた。

「どうも」とひとりが言った。

「ピース——おっと、どうも」とぼくは言った。「たったいま着いたばかり?」

「まあ」

「さしずめ頭んなかはまっ白って感じだろ」

「ヒューッ」もうひとりがうめくように言った。「とにかく暑いのなんのって。まったく信じられないよ。こんなに暑いところでなにをすればいいっていうんだ?」

「なんにもする必要ないさ。なにをするでもなくふらふらと。それでいいのさ」

「なるほど」しきりに暑がっている男が、こいつはなにをばかなことを言ってるんだというような目でぼくを見た。

「インドにはもう長いの?」と相棒が尋ねた。

「まあ、それなりに。でもあと二、三日でイギリスに戻るんだ」

「大学が始まるってわけか」

「まあ……そんなとこかな」

「いまなに読んでんの？」

「ジョン・グリシャム、タイトルはなんだっけな」

「じゃなくて、大学の授業でってこと。専攻は？」

「なんだ、そういうことね。えっと……英語学」

「英語学？　どこで？」

「ヨーク。で、きみらも一年の休みの最中？」ぼくは話題を変えようと質問した。いまはまだ帰ったときのことを考える気にはなれなかった。

「そう」

「旅はこれから？」

「そう。この国で数か月過ごして、できればパキスタンで一か月。タイ、インドネシアと回って、オーストラリアへと足を伸ばす予定」

「いいねぇ」

「正直言って、ちょっと怖じ気づいてるんだけど」

「だいじょうぶだって」とぼくは励ましつつ、内心思っていた。このふたりも遅かれ早かれひどく腹を下し、ベッドから起きあがることもできなくなるにちがいない。もちろん、

憂鬱、孤独、絶望、盗難、ホームシックなどに悩まされることは言うまでもなく、やがてはお互いを憎みあうことにもなるだろう。「とにかく旅を楽しむことさ」とぼくは言った。

これから始まろうとしているインドの旅に怖じ気づくふたりを見ていると、ぼくはあらためて自分が無事に旅を終えたことをうれしく思った。いまではこの国に来てほんとうによかったと思っていたが、正直なところ旅の最中はつらいことばかりで、こうしてすべてを終えてはじめてその楽しさを実感できるようになっていた。パンツをはいたまま大便を漏らした自分。あのときは不快で仕方なく、自分がみじめに思えてならなかったけれど、いまではそんな経験も旅のおかしさを伝える格好のエピソードとなっていた。ドッグバーガーのエピソードだって、まちがいなくいつまでも色あせずに心に残りつづけるだろう。実際、十年後に今回の旅のことを振りかえるとしたら、唯一鮮明に思いだせるのはそのことだけかもしれない。冷静に考えれば、おそらくそれは犬の肉ですらなかったというのに、ドッグバーガーのエピソードは、いまやぼくのインドの体験談のなかでも不動の地位を占めようとしていた。ほかのバックパッカーたちから聞いたいくつもの話と比べても、おかしさの点ではひけをとらない。なんでそんなまぬけなことをという恥ずかしさと、漏らしてしまったものは仕方ないという開きなおりが絶妙に入り混じった、傑作のエピソード。

イギリスにいるぼくの仲間にしても、それはきっと同じにちがいない。ヒマラヤの山々はどうだったとか、地域によって天候はどう変化したかなんていう質問は、まちがってもしてこないだろう。やつらが知りたいのはインドでだれかとやったかとか、どれくらいひ

どく腹を下したかということだけで、幸い、その両方を経験したぼくは（もちろん、あいにくセックスに関しては中途半端に終わったものの）、今回の旅の成果をみんなに自慢することもできる。そして今後、ぼくの人生にとんでもないことが起き、とんでもなく退屈な日々を送るはめになっても、ぼくはいつだってこう言うことができるのだ。ぼくはかつて、たったひとりで三か月もインドを旅してまわったのだと。もちろん、旅のあいだずっとひとりだったわけではないけれど、まあ、細かいことはどうでもいいじゃないか。長い旅を終えたいまのぼくなら、なんだって好きなことを言えるんだから。

ぼくは生まれ変わったのさ

飛行機の出発時刻は午前六時半だった。チケットには三時間まえにチェックインをすませなくてはならないと書かれていたので、その夜はベッドに入ってもたいして眠る時間はなかった。ぼくはホテルの従業員に頼んで夜中の二時にリクシャーを手配してもらい、約束の時間まで本を読んで過ごして、運転手と待ちあわせた場所に向かった。

リクシャーの運転手は運転席で熟睡していた。何度か腕を叩いても起きる気配はなく、ぎゅっとつねるとやっと目を覚ました。まるでバネ仕掛けのように、両腕に埋めていた頭を勢いよく起こし、わけのわからない顔でぼくの顔を見つめ、ようやく目の前にいる男のことを思いだしたようだった。運転手は低い声を漏らすと、近くの壁から突きだす水道の蛇口へと寝ぼけまなこで歩いていった。そして冷たい水で顔を洗い、ふらふらとリクシャーに戻ってエンジンを吹かし、ぼくを乗せて空港へと走りだした。

デリーの町中を走っていると、リクシャーの運転手たちが狭苦しい運転席に身を縮めるようにして眠っているのが、いたるところで見えた。この人たちは一日の終わりに自分の

家に帰らないのだろうか？　そんなことはいまのいままで知る由もないことだった。ぼくは急に罪悪感を覚え、ひょっとしたら自分は、リクシャーの運転手たちにたいして必要以上に失礼な態度を取っていたのではないかと後悔した。どこかに連れていってもらうたびに、一ルピーをも惜しむ勢いで値切りの交渉をしていたなんて。けれどもそんな罪悪感は、一瞬にして安堵の思いにかき消された。この三か月間、ことあるごとにその種のうしろめさを感じ、良心をさいなまれてきた。しかしあと数時間もすれば、すべてから解放され、二度とわずらわされることもなくなる。

後部座席からではたしかなことは言えなかったが、ときおり頭ががくんと揺れ、ハンドルさばきも終始不安定だったことから察するに、どうやらぼくの運転手は、大部分の道のりを居眠り運転で走っていたようだった。何度かヒヤッとさせられつつも、リクシャーは無事空港に到着し、ぼくは気前よくチップをあげた。皮肉好きな人間なら、もう必要のなくなった小銭を処分したいだけじゃないかとでも言いそうなところだけれど、チップをはずみたいという気持ちは心からのものだった。リクシャーの運転手たちの稼ぎがそんなに少ないことを知っていたら、旅先で世話になった全員に気前よくチップをやっていたにちがいない。

ぱっと見たかぎり、空港のなかはまったくひとけがなかった。それでもチェックインカウンターのある広々したホールをふらついていると、やがて片隅に数人のグループができているのを発見した。結局そのグループは五人ともバックパッカーで、みんなぼくと同じ

便に乗る予定だった。ブライアンはブリティッシュ・テレコムの技師で、生涯最高の旅を終えたばかりだったが、帰国したらもう仕事がなくなっているのではないかと心配していた。ガールフレンドといっしょにいるものの、なぜか彼女のほうはむっつり黙りこくったまま、自分の名前すら口にせず、ジリー・クーパーの本にかじりついていた。ランカシャー出身のライオネルは、足治療医《キロポディスト》の見習い。エンジニアリングを専攻するドイツ人のオームプトと、そのガールフレンドで、農作物に害を与える霜の研究で博士号を取得しようとしているリティもいた。

　その場に座りこんでみんなで話をしていると、やがてオームプトがバッグにフリスビーが入っていると言いだし、ブライアンの彼女とリティをのぞいたぼくらは立ちあがって、建物の半分の場所を使ってインドアのフリスビー大会を始めた。

　出会ったばかりの四人で仲良く遊んでいるときだった。出発ロビーのドアから、先天性色素欠乏症を患ったような奇妙な女性が入ってくるのが見えた。手押し式のカートにバックパックを載せているところをみると、どうやら色素欠乏症などではなく、恥知らずの服の趣味を持つただの西洋人であるらしい。ところがその女性がこちらに顔を向けた瞬間、ぼくはその場で凍りつくように動けなくなった。フリスビーが顔面を直撃したのはその直後だった。

　オー・マイ・ゴッド！　リズじゃないか。インドの服に身を包んでいるものの、リズであることにまちがいない。不自然なまでに気取った歩き方はあいかわらずだった。

ぼくはオームプトに向かってフリスビーを投げ、ゲームの輪から離れて、リズが出発ロビーのいちばん奥の椅子に腰かけるのを見つめた。ぼくのことに気づいたのかどうかはわからなかった。一瞬ためらったあと、心臓をどきどきいわせながら彼女のほうに歩きはじめた。再会の興奮を隠そうと深呼吸をくりかえしたが、逆に息苦しくなっていっそう興奮した表情になった。

そばに近づくと、リズは白いサリーを着ているだけでなく、ひたいにインド人たちがつけている例の赤い印までつけていた。なんて愚かな女！

「やあ！」

「ふん」

リズは冷ややかな笑みを作ってぼくをにらみ、すぐに顔をそらした。空港にたったひとりで現れた姿を見たときは、思わず同情しかけたものの、軽蔑に満ちたその表情を見たとたん、ぼくは自分がどれほど彼女を憎んでいるかを思いだした。

ここは如才なくフレンドリーにいこう。ぼくはそう心に決めた。リズをむかつかせるにはそれがいちばん。

「すっごい偶然だと思わないか？」

「なにがよ？」

「ぼくらのことさ。こうして空港でばったり会うなんて」

「最初から同じ便を予約してたんだもの、そんなに驚くことじゃないわ」

「そうだった。すっかり忘れてたよ」

リズがふたたびぼくをにらみ、ぼくらは沈黙に包まれた。

「空港に入ってきたきみを見たとき、てっきり色素欠乏症の人かと思った」

「言ってくれるじゃない」

「でもよぉく見たらきみで、ほんとびっくりしたよ。しかもこんな格好して！」

「インドの気候と文化に順応してるまでよ。だってそのためにこの国に来たんだもの。もちろん、だれかさんは忘れちゃったようだけど」

「でも西洋人のきみが着たって風変わりにしか見えないよ。その格好でピカデリー線に乗ったらかなり浮くだろうな」

「それはご親切に。でも空港に両親が迎えにきてくれるからだいじょうぶ」

「じゃあ、家に戻ったらそういう服を着るのはやめるってこと？」

「家って？」

「家は家さ。きみのお父さんとお母さんの家」

「あたしはもうそこを家とは考えてないの。あたしの人生は新たな段階に移行したのよ」

「だったら、いまのきみが家と呼ぶところはどこなんだい？」

「たとえどこであろうと、あたしがそこを家と思えばもうそこはあたしの家なの」

「これからもサリーを着つづけるってこと？」

リズはさげすむような目でぼくを見つめた。

「イギリスに戻ったらまたそっちの環境に順応するでしょうね。でもいまでは、イギリスっていう国がどんなところだったかも思いだせないわ」

「どんなところって、寒くて、雨ばかり降ってる国だよ」

「あいかわらず文句ばっかり言ってるのね」

「文句なんかじゃない。現にぼくは、こうしてイギリスに帰れることをうれしく思ってるんだ。もちろん今回の旅は楽しかったけど、そろそろ現実の生活に戻らなきゃね」

その言葉が口から出たとたん、急に頭がくらくらするのを感じた。ぼくはほんとうにイギリスに帰ろうとしている。身をもってそう感じたのはこれがはじめてだった。大きな鉄の箱に乗りこんでイギリスに戻れば、そこにはいつもと変わらぬ暮らしが待っている。二週間もすれば大学も始まり、教科書を読んだり、レポートを書いたりしなくてはならない。

「現実の生活に戻るですって？　まったく、おざなりなことばっかり言って。あなたはキャリアのことしか頭にない典型的な西洋人よ」

「そんなこと言ったって、じゃあ、きみにはなにか計画があるのか？　イギリスに戻ってまで、そんなヒッピー崩れのたわごとを吐いていられるわけないじゃないか。きみだって充分にわかってるだろ？　いい加減、目を覚ませよ」

「信じられない。あなたの考え方はなんにも変わってないのね。三か月もこの国で過ごして、貴重な経験からなにひとつ学ばなかったなんて」

「なにひとつ学んでないだって？　笑わせるなよ。ぼくは車一台ぺしゃんこになるような

衝撃を受けて、たったひとりでそれを乗り越えてきたんだ。ぼくは文字どおり生まれ変わったのさ」

「それはそれは」

「ほんとだって」

「どうやって？」

「つまりそのう……だいぶ成長したってことだよ。いままでのぼくはたんなるガキにすぎなかった。でもいまは自信に満ちた一人前の大人なんだ」

「デイヴ、あなたはそもそもうぬぼれがすぎるのよ。少しくらい自信がついたからって、それで一人前の大人になれると思ったら大まちがい」

「うぬぼれと自信は確実にちがう。ぼくはまさにそのことを言ってるんだよ。ガキはうぬぼればかり強くて、口をついて出るのは生意気なことだけさ。でも大人の男は、寡黙で、自信に満ちてるんだ」

「で、いまのあなたは寡黙で自信に満ちてるっていうわけ？」

「まあ、そういうことになるかな」

リズがいきなりけらけら笑い声をあげた。

「なにがおかしいんだよ、リズ。きみのそういう態度にはうんざりなんだ」

「ちゃんちゃらおかしくて笑わずにいられないわ」

「ばかにするな、この高慢ちきなあばずれ女」

「あらっ！　それが寡黙で自信に満ちた大人が言う台詞？」

リズはふたたび大きな声で笑いはじめた。

「いい加減にしろよ。きみがそんなばかにした態度を取るなら、いっそのこと……プライベートヨガのグルとのあいだになにがあったのか、ジェームズにばらしちまうぞ」

笑い声がぴたりとやんだ。

「だれからそれを？」

「きみの旧友とやらと偶然に再会してね。まあ、いたって自然な流れというか、ぼくらはすっかりいい仲になったよ」

「偶然にって……」

「あえてこれ以上はなにも言わないことにしよう。でも、アシュラムでなにがあったのかは、彼女たちの口から全部聞いたよ」

「いいこと、デイヴ、あなたはここ数か月のあいだ、親友の恋人を寝取ろうと躍起になってたのよ。そんな脅迫めいたことができる立場にいると思ってるの？」

「だれが脅迫だなんて言ったよ？　ぼくはただ、お互いに大人の関係を維持していこうって提案してるだけじゃないか。イギリスに帰って妙な噂が広まるのはお互いのためにならない、そうだろ？」

リズは例の刺すような鋭い目つきでぼくをにらんだ。

「二度とあなたと顔を合わせる必要がないことを祈ってるわ」とリズは言い、ひざの上に

置いてあった本を開いておもむろに読みはじめた。

ぼくは数秒ほどリズが本を読む姿を見つめていたが、やがて例のごとく、リズが捨て台詞を吐いて会話が終了したことに気がついた。

「それはこっちの台詞だよ」ぼくは不本意ながらもそうつぶやき、ゆっくりとその場を歩きさった。

Part Three

デイヴ・ザ・トラベラー

非現実的

ヒースロー空港から自宅に戻るタクシーのなか、ぼくは生まれてはじめてこの目でロンドンを見るような気分に浸っていた。なによりも驚いたのは、目に入るものがことごとくきれいなこと。道路は一本残らずきちんと舗装され、店という店には大きなガラス窓がはめこまれ、野外で目にする唯一の動物といえば、丸々と太った首輪つきの犬ばかり。通りを行きかう車にいたっては、交通安全を推進する映画のひとコマのように整然と走っている。あてもなく外をふらついている者はひとりとしていない。人々は自分の行こうとしている場所に向かってつかつかと歩いている。ガラス窓の向こうにいる人、レインコートを着ている人、足早に歩く人、だれもがそれぞれの小さな世界にひきこもっていた。

なぜか車のナンバープレートがばかげたものに見え、街全体がおもちゃでできているように感じられた。とにかくなにを取ってもどこか非現実的で、ぼくの目に映る光景は、まるでイギリスというばかげた国のパロディのようだった。

ぼくは自宅に戻るとまっすぐキッチンに向かい、水道の蛇口から直接コップに水を注いでごくごく飲みくだした。なんていうぜいたく！　母親がなんでも好きなものを作ってくれると言ったので、じゃあ、ステーキにインゲン豆と新じゃがを添えたものが食べたいと頼んだ。母親はすぐさま冷蔵庫から材料を取りだすと、その場で料理をしはじめ、あなたが食べたがるものは聞くまでもなかったからまえもって買っておいたのよ、と言った。

ぼくがむしゃむしゃステーキを食べるあいだ、母親は今回の旅についていろいろ尋ねてきたが、ひっきりなしの質問は逆に答える余地を与えてくれなかった。ぼくが口を開くたびに、向こうではなにを食べてたのとか、どこに泊まったのとか、洗濯はどうしてたのとか、どうでもいいようなことを訊かれ、せっかくの話の腰を折られた。こちらが説明すればするほど、母親のなかで謎は深まっていくようだった。いったいこの子はなにを言ってるのかしら、とひそめた眉がすべてを語っていた。ぼくの世界と彼女の世界に接点はひとつもなく、まるでクラゲに野球のルールを教えようとしているような気分になった。

やがて母親はぼくの話に興味を失い、ぼくがインドに行ってから家で起きたことを話しはじめた。もちろんそれらはどれもとりとめのない話で、ぼくが判断するかぎり、母親の生活に目立った変化はなにひとつ見受けられなかった。しかしここ三か月のあいだに起きたことを伝えようとする母親の話は、ぼくの旅の話とほとんど同じだけの時間を要した。べらべらしゃべりつづける母親を見つめながら、ぼくはひたすら疑問に思っていた。この人は気づかないのだろうか、自分の話がどんなに退屈であるのか？

ステーキはひっくり返るくらいおいしかったが、食後に軽いさしこみに見舞われた。無理もない。ここ数か月というもの、ぼくの胃は固いものなどほとんど消化していないし、考えてみればインドにいるあいだ、ちゃんと歯で噛まなくてはならない食べ物を口にしたのは、例のドッグバーガーだけだった。

ぼくは親指を口のなかに入れ、いまだにちゃんと歯がついているかどうかひととおり確認したあと、腹ごなしに外に散歩に出た。天気は例のごとく完璧で、灰色の雲が太陽を覆いかくし、冷ややかな風にあたって両腕に鳥肌が立った。ぼくはいま寒さを感じている。それは喜びにほかならなかった。凛々としたすがすがしい空気がのどや胸のなかをくすぐり、頬や鼻を刺激してまっ赤に染めた。ぼくはおもむろに立ちどまって、久々に味わうイギリスの風を肺いっぱいに吸いこんだ。ああああぁーっ！

地元の公園にある湿った芝生の上を歩いていると、一面に広がる緑の世界にあらためて驚かされた。インドにいるあいだは、目にするものといえば毒々しい食べ物や、茶色い景色ばかりだったけれど、ここイギリスではすべてが正反対の色あいを持っていた。ぼくはふたたびどこか腑《ふ》に落ちないものを感じた。なにを見ても、そこに現実味を感じられないのだ。実際に手で触れて存在を確かめようと、草の束をむしったり、水に濡れたベンチをなでたり、枝を引っぱって葉を落としたりした。

公園からの帰り道、街角にあるインド系の個人商店に立ちより、ほんもののデイリーミルク・チョコレートを買った（インドでも同じ包みに入ったものが手に入るが、どういう

わけか食感はパン菓子のようだった)。ぼくはカウンターの向こうにいる男とお決まりのやりとり(調子はどう? アーセナルは最近ぜんぜん勝てないな、とかなんとか)をし、自分でも知らないうちに、出身はどこかと尋ねていた。

店の男は妙な目つきでぼくを見た。

「インドから帰ってきたばかりなんだ」とぼくは説明した。「しばらく顔を見かけなかったろ?」

「そういえばそうだな!」と店の男は言い、満面の笑みを浮かべた。十五年もこの店に出入りしているというのに、その男が笑ったところを見たのはこれがはじめてだった。「グジャラートさ」と彼は言った。「うちの家族はグジャラート州の出身でね」

「なるほど。グジャラートは通りすぎただけだったけど、どんなところなの?」

「そりゃあもう美しいところさ。世界でいちばん美しい場所だよ。もちろん、自分が生まれ育った場所だから、ひいき目で見てるのかもしれないけどね」

「イギリスにはいつ?」

「十四歳のときさ」

「十四!」

「そう。いまでも年にいっぺんは帰るよ。家族に会いに」

「なるほど」

「で、インドのどこに行ってきたんだい?」

「まあ、あちこちと。飛行機でデリーに入って、北部のヒマーチャル・プラデシュ州に向かって――」

「ああ、あそこは美しい州だろう？」

「たしかに。息をのむくらい。で、そこからラージャスターンに向かって、ゴアへと――」

「飛行機で？」

「おもに列車とバス」

「飛行機を使わなかったのか？　ラージャスターンからゴアに行くのに？　冗談だろ？」

「どんなに離れてるかなんてそのときはわからなくて。正直言って、あとになってちょっと後悔したけど。それからバンガロールに寄って、ケララ州の南端まで」

「あいにく南には行ったことないな。いつの日かとは思ってるけど、仕事もあるし、子どもがいるとなかなかね……」

「そういうもんなのか」

「そういうもんさ」

「でもいつかきっと行くべきだよ。すごくきれいなとこだから」

「らしいな」

「ほんと、行ったら驚くと思うよ」

「それで？　また戻るのかい？」と店の男は訊いた。

「戻るって、ぼくが？」

「そう」
「んんん、どうだろう。じつはまだそのへんのところは考えてなくて。インドを旅して回るのはとにかくたいへんだし、のんびりくつろげるようなところでもない。でも……ひょっとしてあと何年かして……機会があったら……そうだな、もう一回行ってもかまわないな」

徐々に話題もなくなり、ふらふら店の外に出たぼくは、すでにインドに戻りたいと口にしている自分に少々驚いていた。イギリスに帰ってきてまだ数時間しか経っていないのに、不快な旅の思い出は記憶から洗いざらい消えつつあった。理性的な判断力は残っているらしく、インドでは終始みじめな思いをしていたことは覚えているものの、実際に旅を終え、無事に帰ってきたという幸福感が、ほかのあらゆる感情を圧倒しはじめていた。漠然とではあるけれど、今回の旅はすでに、いい経験として胸に刻みこまれようとしていた。旅のあいだに感じたみじめな思いは、三か月間、最後まであきらめることなくがんばりつづけたという達成感に取って代わり、いまとなっては喜ばしい思いしか残っていなかった。バスの旅がどんなにつらいものだったか、そんなことはもう思いだすこともできなかった。ひどい揺れに尻が硬いシートに叩きつけられ、おまけに下に転げ落ちてあざまでできたことも、映像こそ鮮明によみがえっても、そこにはもう痛みは伴っていなかった。いまのぼくに思いだせるのは、バスの窓から見えた景色や、ヒマラヤの山々をはじめて目にしたと

きの心臓の高鳴りだけだった。

そんなおめでたい考え方に相反するあらゆる感情は、不快でつらい思い出を取りのぞくフィルターを通し、きれいに濾過《ろか》されつつあった。今回の旅が、ポジティブな楽しい思い出というきわめて単純な形で記憶に刻まれることになるのは、いまからでも充分に想像がついた。そう、ぼくのインドへの旅はすでに、一旅人の「驚くべき経験」におさまりはじめていた。

やるときはやらなきゃならない

ジェームズから電話がかかってきたのは、ロンドンに戻って数日後のことだった。言いたいことはたくさんあったけれど、それ以上に、言ってはならないこともたくさんあったので、電話での会話は短めにしてパブで落ちあう約束をした。リズのことはあえて話題に出さなかった。ぼくとしてはいっしょに来ないことを願うのみだったが、ジェームズが「おれ」と言うべきところを「おれたち」と言ったことから考えると、その期待も望み薄だった。

その晩、ジェームズとリズはふたりしてパブに姿を見せた。おまけに腕まで組んでいる。ぼくはすっかりブルーな気分になった。ぼくらの旅についてリズがなにを話したのか、それがわからないとあっては、こちらとしてもどう話を合わせたものか見当もつかない。

ジェームズはぼくの記憶にあるイメージよりかなりやせ細って、つねにきちんと整えられていたブロンドの髪はぼさぼさになり、無精ひげに覆われた顔の両わきへと波打ちなが

ら垂れていた。サンダルにジーンズ、そして上半身は、すっかり伸びて形の崩れたTシャツという格好。以前は大学のプリーフェクト（寮長や監督役を任されている優等生）を務めるリチャード・クレーダーマンのようだったが、いまはさしずめ、学友会の代表をする二日酔いのイエス・キリストというところだった。

リズはミニスカートに体にフィットしたトップスといういでたちで、ぼくは図らずも股間に血液が流れこむのを感じた。サリーとひたいの赤い点の面影はかけらもなかった。ジェームズはぼくに目をとめるなり、パブの向こうから大声で名前を呼んだ。そして弾むような足どりでやってくると、ぎゅっと体を抱きしめた。これにはさすがのぼくも戸惑いを覚えずにいられなかった。ジェームズはいまだになにが起きたのか知らないのだろうか？　それともすべてを知っていながら、ぼくの背中にナイフを立てる機会をうかがっているのか？　リズがにこりと微笑んでぼくの頬に軽くキスをした。そのしぐさにしても、インドの名残はいっさいない。

しかしジェームズがバーに飲み物を頼みに行くと、ぼくらを包む空気に一瞬にして緊張が走った。リズは無表情な顔でぼくを見つめていた。ぼくはリズをじっと見つめかえし、その頭のなかでどんな思いが渦巻いているのか想像しようとした。

「きょうはサリー姿じゃないんだな」やがてぼくは口を開いた。

「関係ないでしょ、あなたに」

ぼくは肩をすくめた。

「ジェームズには話したのか？」

「話すって、なにをよ？」

「ぼくらのことさ」

「話すことなんてなにもないわ」

「そうだった。訊いたぼくが愚かだった」

「ふたりでインドに行って、楽しい時を過ごして、イギリスに帰ってきた――ジェームズに言ったのはそれだけ」

「言わなかったのか、ぼくらが途中で別行動を取ったこと？」

「言うわけないじゃない」

「どうして？」

「ジェームズにうそをつかなきゃならないようなことになるのがいやだからよ。だから今回の旅のことを説明したときも、できるだけあなたのことは口にしなかった」

「つまりきみがうそをついたのは、ジェームズにうそをつかなきゃならないようなことになるのがいやだからってわけ？」

「信じられない。例によって皮肉屋デイヴのお出ましね」

「こんなところで蒸しかえすなよ、リズ。ぼくはただ、言っていいことと言っちゃいけないことを知りたいだけなんだから」

「いいからあなたはできるだけ黙ってて。もちろん、あなたにそれができるならの話だけ

ど」

「なるほど、おしゃべりなのはぼくのほうだってわけか。そいつはいい」

「黙って。ジェームズが戻ってくる」

ぼくらは凍るような笑みをお互いに向けながら、テーブルに戻ってくるジェームズを迎えた。リズがジェームズの体に腕をからめ、首もとに顔を埋めてこれ見よがしに色っぽいキスをした。

「おまえも運がいい男だな、ジェームズ」ぼくはリズだけに皮肉が伝わるように愛想良く言った。

「まったくだよ」とジェームズが言い、かすかに笑ってリズの腕をなでた。

「で、旅はどうだった?」とぼくは訊いた。

「最高だったよ。いままでやってきたことのなかでも群を抜いてよかった。そっちは?」

「ああ、もちろんよかったよ。多少は問題もあったけど、旅そのものは驚くべき経験だった」

「リズの説得で、居心地のいいイギリスを出る決心がついたって?」

「まあね」

「よくその気になったな?　ウォットフォードより遠くには行きたくないっていつも言ってたのに」

「リズの説得力には有無を言わせないものがあるからね」

「たしかに」

「お互い、合意の上での選択よ」とリズが言った。「いわば一時的な便宜結婚ってやつ」

「で、ふたりは気が合ったのか？」

質問の答えが口にされるまでにはちょっと長めの間があった。リズとぼくはお互いに目をそらした。

「まさに火に包まれた家って感じだよ」夫婦間のむつまじさを表現するにはあきらかに不適切な比喩《ひゆ》を使い、ぼくは皮肉たっぷりな口調で答えた。

ふたたび沈黙が降り、ジェームズがいぶかしげな目をぼくらに向けた。

「なにかあったのか？」

「なにかって？」とぼくは言った。

「おまえたちふたりのあいだにだよ」

リズとぼくは自分たちのグラスに目を落とした。

「なんだかさっきから妙な気がして」ジェームズは続けた。「おまえらひょっとして……」

「ひょっとして？」きっと結ばれたリズの唇が白くなった。

「……けんかでもしたんだろう」

ぼくはかすかに息を漏らした。どうやらリズも胸をなで下ろしているらしい。ジェームズはぼくらの関係など疑ってもいないようだった。

しかしぼくは突然疑問に思った。どうしてぼくまでほっと胸をなで下ろさなくてはなら

ないのだろう？　なにもリズのためにうそをつく必要はない。だいいちリズにはなんの恩義もない。なにしろリズは人をゴミみたいに扱い、インドのどまんなかで見捨てたのだから。そんなリズのために、こっちまでうそをつかなくてはならない筋合いはなかった。ましてや、どうせいつかは破局を迎える欺瞞《ぎまん》に満ちた関係を長続きさせるためになんて。ぼくは自分がどんなにリズを憎んでいるかをあらためて実感した。唯一考慮する必要があるのはジェームズとの友情だった。もちろん、ジェームズがリズとの関係を続けるのであれば、ぼくらの友情もそれで終わりということになるわけだけれど。

急に頭が軽くなったように感じられ、ぼくは自分になにも失うものがないことを理解した。ここはひとつ楽しませてもらおう。

「驚いたよ」ぼくはにやにやしながら言った。「てっきりおまえら寝たんだろとでも言われるかと思った」

ジェームズがいきなり笑いだし、ぼくもつられて笑いだした。リズはひどく混乱した表情を浮かべつつ、なんとか平静を保って無理やり笑顔を作り、指の爪を噛みはじめた。

笑い声が静まったところで、ぼくはリズに向かって微笑みかけた。「きみも思ったかい？　ジェームズがそう言うんじゃないかって」

リズは答えるかわりに、例の刺すような目でぼくをにらんだ。

「どうやら馬が合わなかったらしいな、おまえたち。図星だろ？」とジェームズが言った。

「はじめのうちはこれでもけっこううまくいってたさ」とぼくは言った。「思った以上に

親しくなって。だろ、リズ？」

　ぼくはこの状況をすっかり楽しんでいた。リズはこれまで見たこともないくらい苦しんでいる。リズとの関係のなかでぼくが主導権を握るのははじめてだった。

「ジェームズ」リズはがらりと鋭い声になって言った。「もう行きましょ」

「なんで？」

「これ以上この変態と同じ席に座ってるのは耐えられないわ」

「本気か？」とジェームズが言った。

「あなたたちの友情に水を差すようなまねはしたくないけど、この変態がこういう態度に出る以上、あたしたちのあいだになにがあったのか、ほんとのことを言うしかないわね」

　リズの顔に浮かぶ深刻な表情を見て、ジェームズは不安げに眉をひそめた。「いったいなにがあったんだよ？」

「できればあなたにはこんなこと言いたくなかった。だっていやな思いをさせるだけだもの。でも、もう仕方ないわね。デイヴとあたしはあくまでも友だちとしてインドに行ったの。それが向こうに着いたとたん、この変態が執拗にあたしの体を求めてきて」

「**なんだって！**」ぼくは思わず叫び声をあげた。

「むちゃなこと言ってあたしを脅そうとしたのよ。やらせてくれなきゃインドのどまんなかでおまえをひとりにしちまうぞってね。あたしはそのたびになんとか受け流してたけど、この変態は絶対にあきらめようとしなくて、結局あたしは自分から逃げるしかなかった」

ジェームズの顔が怒りの赤に染まった。

「ちょっと待った、ジェームズ。まさかそんな話信じるわけじゃないだろうな?」

ジェームズがきっとぼくをにらみつけた。

「どうしようもない大うそつきだよ、この女は。おまえもそのことは充分に承知してるだろう?」

ジェームズはいまや怒りと困惑のあまり椅子の上で身もだえしていた。

「デイヴ」やがて口を開いたジェームズが言った。「おれは平和主義者だ。でも、男としてやるときはやらなきゃならない」

「え?」

ジェームズはいきなり立ちあがってぼくの顔を殴った。

ぼくは椅子から投げだされ、大きな音とともに床に転げ落ちた。静まりかえったパブのなか、ビール臭い床の上に大の字に倒れこみ、ショックのあまりしばらく痛みも感じなかったが、やがて頬がずきずきしはじめた。口のなかにぬるっとしたものを感じて、耳鳴りがした。

ふらつきながら立ちあがり、こぶしが当たった頬を強く押さえた。パブのなかはあいかわらず静まりかえったまま。

「ジェームズ、この女の言ってることは大うそなんだって。いつだってそうさ。しかもすぐにばれるようなうそばかり。なにもかもでたらめなんだよ」

「どうしておれがリズの言葉を疑わなきゃならない？」片手のこぶしをさすりながらジェームズが言った。

「そんなに言うならほんとのことを教えてやるよ。おまえが旅に出たあと、リズとぼくは意気投合して友だちになった。その後すぐに恋人へと発展して、いっしょにインドに行った。そして向こうで大げんかして別れ別れになったのさ。それだけのことだよ」

「**なんですって！**　恋人へと発展しただなんて、それこそでたらめよ！　ジェームズ、この変態はね、ずっとあたしに迫りつづけてたのよ。あなたが旅に出たとたんに言いよってきたわ。でもあたしは断固として拒みつづけた。こんなやな男、見たことない」

　いまやパブにいる全員の目がジェームズに集中し、つぎはだれがどう出るのだろうと見守っていた。完全な沈黙のなか、時間さえもぴたりと止まってしまったようだった。静寂をやぶったのはひとりの女の声だった。バーのいちばん奥から、強いアイルランド訛りの声が言った。

「その女の言うことなんて信じるんじゃないよ。性悪な顔中に大うそつきって書いてあるじゃない」

　みんなが声のほうにさっと振りかえると、その女はこくりとうなずいて、薄笑いを浮かべながら酒をひと口すすった。

「恋人の言葉を信じることだな」とバーテンダーが言った。「そんないい女のかわりはすぐには見つからないぜ」

「なに言ってやがる！」今度はスロットマシーンの近くから男の声がした。「ダチよりスケを取るなんてろくな男じゃない」

「そんなこと言ってるからもう三年もごぶさたになっちゃうのよ」入り口近くのテーブルから女の声がした。

「そのとおり」と同じテーブルにいるべつの女が言った。「そいつはあんたの恋人を寝取ったのよ。第三者が客観的に見たって状況は一目瞭然だわ」

「殴れ」バーテンダーが言った。「このおれが許可する」

「その男に指一本でも触れたら、ただじゃおかないぜ」スロットマシーンのそばにいる男が言った。

「ったく、尻の軽い女だな！」へべれけに酔っぱらった男が吐きすてるように言い、手にしたグラスを床に投げた。「陰でなにやってるかわかりゃしない。女なんてみんなアバズレさ」

「だれがアバズレだって？」入り口近くのテーブルからふたりの女が声をそろえて言った。

感情的になった声があちこちであがるなか、ぼくはひざの力が抜け、頬に新たな痛みが押しよせるのを感じた。倒れた椅子を元に戻し、ふたたびその上に腰を沈めた。ジェームズとリズはいまだに立ったままで、ジェームズがリズの肩に腕を回すのが見えた。その背後では、騒々しいけんかがくりひろげられている最中だった。

飛びかうこぶしをかわしながら、ふたりは逃げるようにドアへと向かった。

デイヴ・ザ・トラベラー

あと二週間で大学も始まろうとしていたので、ぼくは履修課目の必読書リストにエネルギーを費やすことにし、早速リストに目を通して、そのうちの一冊を読みはじめもした。

プライベートの生活においても、そろそろ新しいスタートを切るべきだった。もうじき新しい場所で、大勢の新しい人たちと出会うことになる。最も身近にいる人間をふたり敵に回したからといって、それで人生の終わりというわけではない。前向きに考えれば、むしろそれは都合のいいことだった。今回の大きな旅でぼくはすっかり成長し、ほとんど新しい人間に生まれ変わった。いまがちょうど古い絆を断ちきるべきときなのであり、惰性で過去の友だちとつきあいつづければ、おのずと過去の自分に縛られることになるだろう。新たに生まれ変わった者としては、意味のない過去は清算しなくてはならない。そう、これから新しく出会う人たちのために。大学に行く意義はまさにそこにある。ぼくは新しい自分として新しい生活を始めるのだ。ノースロンドンに住む平凡な学生デイヴ、からっきし女運のないデイヴとしてではなく、旅人《デイヴ・ザ・トラベラー》のデイヴとして。

訳者あとがき

かつて、横尾忠則は三島由紀夫にこんなことを言われたと、その著書『インドへ』のなかで記している。「人間にはインドに行ける者と行けない者があり、さらにその時期は運命的なカルマが決定する」。なんとも濃いこのふたりのアーティスト。いろんな意味でものすごい取りあわせではあるけれど、それはさておき、日本を代表する作家をしてここまで言わしめるインドという国、その魅力とはいったいなんなのだろうか？「神々と信仰の国」、「喧噪と貧困の国」、「聖と俗が混じりあうカオス」。インドを無謀にもひとことで説明しようとする言葉はいろいろあれど、そのどれを取っても、多様で奥深いインドの一面をなぞるにすぎない。「旅先は？」と訊かれて「インド」と答えれば、おそらく十人中九人、あるいは十人そろって、「インド？」と驚いた顔で問いかえしてくるだろう。旅人たちのあいだでは、インドを訪れた者たちの反応は見事にふたつに分かれるとい

う。もう一度行きたいとその虜になる者と、もう二度と行きたくないと毛嫌いする者。それほどまでに極端な反応を引きだすインドは、いまも昔も旅人たちの冒険心や好奇心を刺激してやまない。

本書の舞台となるのはそのインド――

ロンドン育ちのデイヴはシニカルな十九歳、大学の休みを利用して、インドへの旅に出かけることになった。期間は三か月。旅の連れは親友の恋人、リズ。どうせ旅行するならもっと衛生的な国に行きたいところではあるが、スピリチュアルな自分探しの旅に憧れるリズに強引に押しきられ、しぶしぶ承諾した。といっても、デイヴにだって旅の目的はある。リズの下着の中身である。親友のいない隙にあわよくば×××という魂胆で、好機と見るなり下心を丸出しにする。しかし高飛車なリズはひと筋縄ではいかない。事実上すでに「挿入」までしたにもかかわらず、身勝手な解釈で、ふたりの関係を「あくまでも友だち同士」と位置づける。しかもはるばるインドまで来てみたはいいものの、とにかく暑いわ、貧しいわ、人は多いわ、腹は下すわで、デイヴにしてみれば下着の中身どころの話ではない(下痢に見舞われてべつの意味で下着の中身の話になるものの)。おまけに旅の途中でついにお互いブチキレて、インドのどまんなかでリズに見捨てられる始末。しかしそこからがデイヴの真の旅の始まりだった。

本書『インドいき』は、イギリスはロンドン発の痛快風刺コメディ、"Are You Experienced?"の全訳である。風刺の対象となるのは薄汚れた服を着て、大きなリュックを背負い、いわゆる第三世界（本書の場合はとくにインド）を旅してまわるバックパッカーたち。もちろん、バックパッカー全員が本書で諷されているようではないにしろ、だれもがうんうんとうなずくであろうステレオタイプが、著者の好みの特技とも思える皮肉たっぷりのタッチで描かれている。かつてその反骨精神から独自の文化を築きあげた純粋なヒッピーたちの姿はそこになく、デイヴやリズが旅の途中で出会うのは、両親から旅費の援助を受け、ガイドブックどおりのルートで旅を続けるパブリックスクール出の学生たち、貧困の国インドで突如ボランティア精神に目覚め、ハンセン病患者のホスピスで働くイギリス人女性、旅の最中に経験した危険なできごとを勲章のように自慢しあう若者たち。旅慣れた彼らはそれぞれに、インドという国にたいして思い入れのある考えを持っている。しかしバックパッカーとしては初心者である皮肉屋デイヴの目を通しては、だれもがちょっとかんちがいしているように思えてならない。そしてインドでストライキの取材をするイギリス人記者との出会いによって、デイヴ自身も少なからず、皮肉や嫌味を言われてもおか

しくない滑稽な存在であることを痛感する。
いったい真の旅とはいかなるものなのか？　度重なる意見の衝突が原因でリズに愛想を尽かされ、だだっ広い未知の国にひとり放りだされたデイヴは、病気や孤独のあまりホームシックにかかりながらも、自分なりのやり方で地元の人々や文化に接していく。その結果デイヴが行きつくインドの感想は……？

個人的なことで恐縮だが、訳者自身、十数年まえにやはりインドを旅してまわった。沢木耕太郎の『深夜特急』がバイブルだったあのころ、こんなとぼけた小説の誕生をだれが予測できただろうか？　世紀の変わり目に、待ってましたとばかりに世に出たこの本が、旅人たちのあいだで新たなバイブルと化すのもまた皮肉なことだろう。旅をする人も、旅そのものも、時代と共に確実に進化（？）を遂げているらしい。バックパッカーたちにたいするデイヴの徹底したシニカルぶりや、これでもかこれでもかと揚げ足を取るさまはとにかく笑える！
ちなみに原題の“Are You Experienced?”はその言葉どおり、人生における経験の有無を問うタイトルだが、本書の冒頭でギリシアの悲劇詩人アイスキュロスに並べて、小柄な移民の妻に暴力をふるったあげく、当

の妻に性器を切断されたアメリカ人、ジョン・ウェイン・ボビットの言葉が引用されているところもまた興味深い。この苦しみと喜びは経験した者にしかわからない、というのが旅というものにたいする著者の正直な思いなのだろう。

著者について知られているかぎりの情報を最後に。ウイリアム・サトクリフは一九七一年、ロンドンに生まれた。著者自身も大学入学まえに四か月、インドを旅してまわった経験がある。卒業後、テレビ・リサーチャーやツアー・ガイドなど、さまざまな職種を経て作家に。処女作は“New Boy”、本書“Are You Experienced?”は二作めにあたり、その後、“The Love Hexagon”というタイトルで三作めが出版されている。ちなみに“The Love Hexagon”の翻訳は来年、ソニー・マガジンズから発売される予定。これもまたコメディタッチの小説で、ロンドンに住む六人の男女を題材にし、その微妙で複雑な関係を描いている。「新しいミレニアムを背負って立つ若き才能」と批評家たちの評価も上々らしい。

本書の翻訳にあたってはソニー・マガジンズの真山りかさんをはじめ、いろいろな方々にお世話になった。この場を借りてお礼を申しあげたい。ありがとうございました。

二〇〇一年九月

［著者紹介］

ウイリアム・サトクリフ

William Sutcliffe

1971年ロンドン生まれ。テレビ・リサーチャーやツアー・ガイドなど、さまざまな職種を経て作家になる。大学入学前に4か月間インドを旅行した経験から本書を執筆。著書に『New Boy』、『The Love Hexagon』がある。

［訳者紹介］

村井智之 Tomoyuki Murai

1968年生まれ。ニューヨーク市立大学卒業。主な訳書に、エドワード・バンカー『リトル・ボーイ・ブルー』（ソニー・マガジンズ）、アレックス・ガーランド『ビーチ』（アーティストハウス）、ジョン・アーヴィング『マイ・ムービー・ビジネス』（扶桑社）などがある。

インドいき

2001年11月20日　初版第1刷発行

著　者　ウイリアム・サトクリフ
訳　者　村井智之（むらい・ともゆき）

発行人　三浦圭一
発行所　株式会社ソニー・マガジンズ
〒102-8679
東京都千代田区五番町5－1
電話　03-3234-5811

印刷所　中央精版印刷株式会社

ISBN4-7897-1729-1